EUGÉNIE DIELENS

GODS OF *Love*

TOME II

Hugo Poche

NEW ROMANCE®

PROLOGUE

Mon monde m'avait manqué. La Terre a beau sembler merveilleuse du point de vue des humains, elle est en réalité insipide. Quel intérêt peut-on trouver à un monde dénué de divinité ? On finit forcément par se lasser. La preuve en est : après plusieurs millénaires à être un dieu de l'amour, je ne veux qu'une chose, du changement. Et c'est peut-être ce que je m'apprête à obtenir.

Chacun de mes pas résonne dans le couloir désert qui mène aux quartiers d'Aphrodite. Ils sont baignés d'une lumière qui se reflète sur les murs d'un bleu brillant, ce même bleu que la Grèce actuelle apprécie tant. C'est ma mère qui l'a choisi, pour mettre en valeur les peintures de mon frère Antéros, aux couleurs toujours très claires. J'ai évolué ici, à l'Olympe, ce sont ces lieux qui m'ont façonné… Et j'espère qu'ils me mèneront à un avenir plus enviable. Je n'en peux plus de me rendre sur Terre, de réparer des cœurs brisés et de faire mon rapport à Aphrodite, inlassablement. Je me suis dégoûté de l'amour. Qui n'en aurait pas marre de voir ces mortels pleurer parce que leur « moitié » s'est laissée aller dans les bras d'un autre ? Si une telle chose devait arriver, c'est que ce n'était pas leur âme sœur, inutile d'en faire toute une histoire.

Au moins, j'ai cet avantage-là en tant qu'Érote : tomber amoureux m'est interdit. Je n'ai donc pas à me soucier des états d'âme d'une autre personne, cela viendrait affecter mes pouvoirs. C'est pourquoi cela fait partie de nos trois règles fondamentales : ne pas révéler notre identité, ne pas briser de cœur, et surtout, surtout, ne pas tomber amoureux.

Autant de contraintes qui n'en sont pas vraiment puisque ce sentiment me répugne. Mais peut-être vais-je bientôt en être enfin débarrassé ? Juste après ma dernière mission sur Terre, Aphrodite a demandé à la compagne de mon frère, Éros, de me transmettre un message : si la raison pour laquelle je souhaite me défaire de mes obligations est juste, ma liberté me sera aussi accordée.

Et j'y ai déjà suffisamment réfléchi pour être sûr de moi.

Je tape quelques coups secs contre sa porte, mon cœur divin battant bien plus fort que la normale, et la voix cristalline de ma mère m'intime d'entrer. Je la découvre dans un fauteuil, face à l'énorme baie vitrée qui donne sur la cour centrale du palais olympien. La décoration a encore changé depuis la dernière fois que je suis venu : d'énormes bibliothèques recouvrent les murs, et je n'ai pas besoin de m'approcher pour savoir que ma mère y a rangé toutes les œuvres qu'elle a aimées depuis que les humains savent écrire.

Elle observe chaque détail de la cour en silence, comme elle le fait toujours lorsqu'elle est pensive. J'y aperçois quelques nymphes ainsi que certaines harpies au service de ma mère, en train de discuter joyeusement autour de l'un des banquets que Perséphone aime tant nous faire envoyer des Enfers. De mon côté, je n'ai pas eu à réfléchir longtemps avant de me décider à lui rendre visite. J'ai simplement eu du mal à croire que demander ma liberté serait si simple. Il ne faut pas se méprendre : j'aime ce que je suis. Être un dieu me plaît, le pouvoir et ma beauté aussi, c'est une part de moi que je refuse d'effacer. Mais l'amour… Ça, ce n'est pas pour moi. Je veux faire autre chose de ma divinité.

– Je me demandais quand tu te déciderais… intervient Aphrodite dans un souffle.

Je m'avance jusqu'à pouvoir me placer face à elle. Son teint hâlé et ses pommettes rosées semblent briller de mille feux sous la caresse du soleil. Ses cheveux bouclés sont semblables aux miens, bien qu'ils soient bruns alors que je suis blond, et ils encadrent son visage parfait. Ses traits sont détendus, ses yeux reflètent un calme à toute épreuve. Elle semble… sereine.

– Ta dernière mission s'est-elle bien déroulée ? me questionne-t-elle.

Je sais qu'elle ne pose cette question que pour la forme, elle a déjà eu le compte rendu de nos missions par l'un de mes frères, mais s'il suffit d'y répondre pour la mettre de bonne disposition… Me vanter un peu ne peut pas faire de mal.

– Très bien, oui. C'était un jeune homme assez facile à comprendre, son cœur est à présent parfaitement sain.

– Tu as encore choisi un cœur simple pour ensuite t'amuser sur Terre ?

Je sens le jugement dans sa voix. C'est la réalité, j'aime passer du temps sur Terre pour pimenter ma vie. Justement parce que je n'en peux plus de celle-ci.

– Si je suis ici, c'est pour te demander ma liberté.

– Je le sais, oui.

Elle ne daigne toujours pas me regarder. Je me redresse dans le fauteuil, déterminé. J'ai donné des millénaires de mon existence à l'amour. Je mérite cette faveur.

– Je suis le plus âgé de nous sept, commencé-je. Mon existence se résume à te servir et à servir les cœurs brisés, et je n'ai jamais vraiment eu le choix de faire autre chose.

J'attends une réaction. Devant son silence, j'ignore le mauvais pressentiment qui me gagne et poursuis :

– Je pourrais être utile ailleurs, peut-être rejoindre le conseil olympien, ou même accompagner d'autres divinités dans leurs tâches. Je veux rester un dieu, mais découvrir d'autres choses.

Et pour ça, je dois cesser d'être un Érote… Je pense que l'amour ne me permettra jamais de devenir un meilleur dieu.

Lentement, ma mère tourne son visage vers moi. Ses yeux si bleus sont en train de devenir marine, et je sais parfaitement ce que cela signifie : elle n'est pas convaincue. Elle me toise en silence, et je sens mon cœur divin s'accélérer un peu plus.

– Tu penses que tes arguments sont… suffisants ? demande-t-elle avec dédain.

J'hésite un instant. Je ne dois pas me dégonfler, je suis un dieu, pas seulement son fils. *Et de toute façon, elle a cinq autres enfants pour continuer cette tâche.*

– J'en suis convaincu, oui.

– Je ne suis pas de cet avis.

Elle se lève pour me surplomber, la divinité supérieure prenant la place de la mère.

– Ta demande est motivée par le pouvoir. Tu souhaites évoluer au sein de l'Olympe ? Obtenir un meilleur rang ? Je ne peux t'en blâmer, mais tu n'es pas prêt.

Je me lève à mon tour.

– En quoi ne suis-je pas prêt ? Il me semble que je suis le seul capable de savoir ce qui est le mieux pour moi, non ? Je devrais avoir le choix de ce que je désire faire de mon éternité. Elle n'appartient qu'à moi.

– Tu es peut-être le plus vieux, mais tu n'es pas encore prêt à quitter tes frères, explique-t-elle d'un air las qui me hérisse encore plus. Éros l'était, il a su montrer qu'il était capable de faire ses propres choix, guidé par son cœur.

– Éros, toujours Éros ! m'emporté-je en levant les bras au ciel avant de faire les cent pas devant elle. J'en ai marre d'être sans cesse comparé à lui ! Oui, je sais, il est parfait. Il l'a toujours été ! Même en enfreignant nos lois, il a gardé ton estime, lui.

Elle me jette un regard mauvais.

– Pothos, tu n'es motivé que par l'ambition, et tu es incapable de te débrouiller seul ! Nous savons que la soif de pouvoir mène à la chute d'un empire. Prends exemple sur ton frère.

– Ce n'est pas vrai ! crié-je avec force.

Ce n'est pas une question de pouvoir, mais de liberté. Je devrais rester sous ses ordres pour toujours ? Obéir comme un chien des Enfers, alors que d'autres peuvent choisir leur destin ? Mais c'est vrai que je ne suis pas Éros, et je ne le serai jamais. Je ne serai jamais assez parfait pour elle.

Dégoûté, je lui jette un dernier regard furieux avant de tourner les talons et de quitter cette foutue pièce. Puisque ma propre mère ne souhaite pas m'aider, je ne peux compter que sur moi-même. Et j'ai bien l'intention de trouver une solution.

– Pothos ! Je t'interdis de partir maintenant, nous n'avons pas terminé !

– Sinon quoi ? la défié-je en me retournant. Tu me prives déjà de ma liberté, qu'est-ce que tu voudrais faire d'autre ?

Elle m'observe avec déception, mais je m'en moque. J'y suis habitué.

– C'est bien ce que je me disais, reprends-je.

Je fais demi-tour sans un regard de plus, et je quitte les quartiers d'Aphrodite. Je laisse derrière moi l'élégance des soies, la splendeur des tableaux, je fuis le raffinement des sculptures et des tentures, et je m'évanouis dans l'Olympe. Tout cet art n'a qu'un seul but : nous distraire de notre cage dorée. Elle pense que je n'ai pas les moyens de m'en évader ? De me débrouiller seul ? Elle ne croit pas en moi ? J'en ai marre d'être celui qui ne sait rien faire, de ne jamais rien mériter. Alors je vais réparer ces foutus cœurs, oui.

Mais je trouverai le moyen d'avoir ce que je veux.

CHAPITRE 1

POTHOS

Le menton posé sur mon poing, j'observe la scène avec un désintérêt total. Ma cible sourit à son âme sœur, et j'entends son cœur finir de se réparer, jusqu'à ce qu'il soit de nouveau en parfaite santé. Leurs rythmes cardiaques finissent par s'accorder, jusqu'à ne créer qu'un seul son. *Enfin*. J'ai terminé cette mission en un temps record, comme toutes les précédentes. Je suis irréprochable, les humains sont heureux, et j'étais persuadé que cela ferait pencher la balance. Pourtant ma mère n'a toujours pas changé d'avis. Non, elle passe plus de temps à se réjouir de la vie humaine d'Éros et de Kaléa qu'à considérer mes progrès. Elle n'a même pas daigné me recevoir la semaine dernière, alors que je n'ai jamais été aussi efficace qu'avec ma dernière cible. Un temps record. Alors si je dois moi aussi agir dans mon coin pour qu'elle se rende enfin compte de ce que je mérite, c'est ce que je vais faire.

À une époque, je comptais le nombre de cœurs que je réparais. C'était une source de fierté.

Je sors de ma cachette et passe à côté du couple sans même que la femme, Ania, fasse attention à moi. Elle n'a plus aucun souvenir de ma personne depuis déjà quelques heures. C'est ainsi que fonctionnent nos dons. Nous charmons pour mieux réparer les cœurs, puis lorsque l'humain nous embrasse, signe qu'il refait confiance en l'amour, nous déclenchons notre pouvoir et il oublie tout souvenir de nous, avant de créer une belle relation avec son âme sœur que nous avons nous-mêmes mise sur son chemin.

Cette fois-ci, je connaissais déjà l'humaine, puisque je l'ai rencontrée au moment de mon dernier passage sur Terre. C'est une amie de Kaléa, celle qui a épousé mon frère cadet devenu humain. Une longue histoire, mais qui me permet de garder espoir. Si Éros a pu obtenir ce qu'il désire, je ne vois pas pourquoi je ne le pourrais pas.

Je me rends en haut de la plus haute tour de Vancouver afin de profiter de la vue. Peu de constructions humaines valent vraiment le coup, pourtant, ici, je retrouve parfois la même sensation qu'en plein vol, et je m'éloigne des mortels. Je me repais de toutes ces lumières vacillantes, avant de me jeter dans le vide. Je me laisse glisser sur quelques centaines de mètres, savourant simplement le fait de tomber sans me soucier du reste, l'air m'entourant comme un doux cocon, et je déploie mes ailes au dernier moment pour rejoindre l'Olympe et faire mon rapport.

J'ai passé ces derniers mois à penser stratégie. Comment réussir à convaincre le conseil de m'accorder ma liberté, quand ma propre mère n'est même pas de mon côté ? Seulement deux solutions me sont apparues : tenter de demander de l'aide à Artémis, déesse de la chasse et membre éminent du conseil olympien, ou trouver une solution en dehors du conseil, auprès d'une certaine personne… Cette deuxième option est loin d'être rassurante, aussi ne l'envisagerai-je qu'en dernier recours. *Pas question d'y songer avant.*

Je profite du paysage qui rétrécit à vue d'œil à mesure que je m'éloigne. Je discerne facilement la France et sa construction de fer. La tour Eiffel paraît si grande lorsqu'on en est au pied, et la voilà pourtant si petite de là où je suis. Je vole un peu plus vite jusqu'à traverser les couches de nuages, et je souris en découvrant le dégradé de bleu du ciel. Voici ce que je préfère : la beauté naturelle. Si je le pouvais, je me poserais pour pouvoir observer le soleil se coucher… Mais je n'ai malheureusement pas le temps. Alors je rejoins les quartiers d'Artémis sans faire de détour. L'idée de lui être redevable ne m'enchante pas, mais elle est la seule option que j'accepte d'explorer. La déesse ne pourra pas refuser de me rendre service. Elle est éperdument amoureuse d'un de mes frères. Je pourrais utiliser ce levier pour obtenir son aide, mais je compte surtout sur le fait que nous nous entendons bien, elle et moi.

Nous partageons le même regard désabusé sur ce qui nous entoure. Si j'arrive à l'avoir de mon côté, les autres suivront et Aphrodite sera contrainte de céder.

Je marche d'un pas lourd sur la verdure si parfaite qu'a fait pousser Perséphone. Tout ici est fruit de son don, bien avant qu'elle n'épouse Hadès. Elle a rendu les jardins olympiens colorés, à son image, et chaque plante y est unique. Pourtant, la magnificence des lieux me laisse de marbre. Je n'ai qu'un but en tête, et je ne viens pas de passer des mois à peaufiner mon image de dieu parfait pour ensuite rater ma chance de quitter l'Olympe.

Divinité mineure ou non, je vais choisir ce que je veux faire de mon éternité.

– J'en connais un qui n'a toujours pas obtenu ce qu'il voulait… se moque une voix dans mon dos. Tu me cherchais ?

Je me retourne et jette un regard surpris à Artémis.

– Antéros t'a dit ce que je voulais faire entre deux parties de jambes en l'air ?

– Ne sois pas si condescendant, me rabroue-t-elle d'un sourire. Il a simplement partagé son inquiétude après t'avoir vu ruminer depuis des semaines. Il ne veut pas que tu sois déçu…

– C'est agréable de savoir que ma famille raconte mes déboires à tout le monde dans mon dos… Mais rassure-toi, je ne le suis pas. Je cherche des solutions, c'est tout. Et tu es l'une d'elles.

Artémis m'adresse une œillade désolée. Je tente d'ignorer l'inquiétude qui noue mon estomac, mais cette réaction ne me plaît pas du tout.

– Pothos…

– Écoute au moins ce que j'ai à dire, la coupé-je.

– Ton cas a déjà été abordé, Pothos. Aucun dieu du conseil olympien ne pourra t'aider. Tu dois faire tes preuves seul.

Je donne un coup dans une fleur, et celle-ci se fane presque immédiatement, à l'image de mon espoir. Alors comme ça, ils ont déjà clos le dossier ? Sans même m'en avoir parlé ? Des semaines de réflexion, de recherches, et tout ça pour rien ?

J'inspire profondément, puis je tente de m'apaiser.

– Pourquoi ? demandé-je avec un semblant de calme.

– Tu ne sais pas ce que tu veux faire, cela se voit. Tu ne sais même pas qui tu es réellement… Ni pourquoi tu cherches à obtenir plus de pouvoir.

– Mais bien sûr que je le sais !

– Alors dis-le-moi.

– Je…

Je vois au regard d'Artémis que mon silence lui donne raison.

– Comment veux-tu que je te donne une réponse précise ? Vous avez eu des centaines d'années, des millénaires pour déterminer comment utiliser vos pouvoirs et votre influence de la meilleure façon possible. Je suis cantonné à réparer des cœurs depuis que j'existe ! Si vous me donniez du temps, des moyens, je pourrais vous prouver que j'en suis digne !

Que leur faut-il de plus ? Que je sauve de pauvres animaux en détresse ? Je le fais déjà avec des humains depuis des milliers d'années ! À quoi cela sert d'être éternel, si c'est pour être prisonnier d'un sentiment aussi détestable que l'amour ?

– Je suis désolée, achève pourtant Artémis. Tant que tu ne pourras pas être plus clair dans tes intentions futures, personne ne statuera en ta faveur. Moi y compris. Je me dois d'être impartiale.

Je me tourne vers elle, la mâchoire crispée, et me retiens de lui rire au nez. Son visage en forme de cœur reflète toute la compassion dont elle fait preuve. Elle semble presque croire à ses propos. Elle ? Impartiale ? Si Antéros lui avait demandé quelque chose, elle n'aurait même pas réfléchi avant d'accepter. Elle se fout de moi.

– Tout n'est pas perdu, Pothos. Tu dois simplement travailler sur toi-même… Retourne sur Terre, continue tes missions, et prends du recul. Te braquer ne te rendra pas service.

Je lâche un rire jaune avant de secouer la tête. Elle ne comprend pas, n'est-ce pas ? Elle ne s'imagine pas ce que c'est que de devoir marchander pour obtenir quelques heures de liberté. De répéter inlassablement la même mission en laquelle on ne croit même plus, au risque d'être puni pour avoir voulu profiter d'un instant de solitude. Elle ne sait pas ce que c'est que d'être tenu en laisse comme un chien pendant deux millénaires, sans volonté, sans dignité, et de devoir quand même justifier de sa valeur pour en être débarrassé. Je la regarde, mais je ne vois pas ma semblable en face de moi. Nous ne nous ressemblons pas.

– Ce doit être exceptionnel de se sentir à sa place, Artémis. Je t'envie. Tu devrais d'ailleurs aller retrouver Antéros avant que nous ne rejoignions la Terre.

Je sens le regard d'Artémis peser sur moi, lourd, alors que je quitte les jardins de Perséphone.

Je suis abattu. Je n'ai même pas eu le temps de plaider ma cause que celle-ci avait déjà été rejetée. C'était la seule option que j'osais envisager. Celle qu'il me reste… j'aurais préféré l'éviter. Artémis a été claire : aucun dieu du conseil olympien ne pourra m'aider. Mais le conseil ne fait pas tout, et à situation extrême, solution extrême…

Traversant les couloirs et les jardins, j'hésite de plus en plus. J'ai pensé à lui lorsque ma cible a perdu l'un de ses proches… Il a déjà rendu service à mon frère, il lui a permis de sauver son âme sœur alors que cela n'était même pas autorisé par nos lois, et Éros n'a pas été puni pour cet affront. Peut-être qu'il pourra également me permettre de gagner ma liberté. Mais lui faire confiance, ce serait de l'arrogance. Est-ce vraiment une bonne idée ? Non, mais ai-je vraiment le choix ?

J'avance en ignorant cette sensation oppressante qui me serre le cœur, concentré sur mon objectif.

Les lieux se transforment petit à petit. De sereins et lumineux, ils deviennent progressivement plus brillants, plus éclatants. Plus oppressants. L'herbe est verte, les fleurs de toutes les couleurs, le ciel d'un blanc surréaliste. Et si l'on s'attarde un peu, on se rend compte d'une différence majeure avec le reste de l'Olympe et de la Terre. Les arbres. Les humains aiment à dire que leur végétation est vivante, mais c'est une vérité plus que vérifiable ici : les pires âmes humaines sont Enfermées dans ces troncs.

Tête baissée, j'arrive devant plusieurs portes : celles des songes. La première, face à moi, est faite de corne pour les songes véridiques. L'autre, légèrement sur le côté, est ornée d'ivoire pour les songes mensongers. Je marche jusqu'à la seconde et m'arrête juste avant de toquer. Dans quelques instants, je vais franchir la ligne rouge. Je devrais me sentir angoissé, mais étrangement, je ne ressens rien d'autre que de l'empressement. Je veux savoir si Thanatos est capable de me donner ce que je désire, même si cela veut dire contourner ma mère et le conseil. Suis-je en train de faire une grossière erreur ? *Où est le mal, finalement ? D'autres peuvent bien m'aider. Rien ne l'interdit.*

– Comptes-tu attendre devant ma porte durant une éternité ? me demande soudain une voix grave dans mon dos.

Je ferme les yeux. Je ne peux plus reculer. Lentement, je me tourne, le visage fermé.

– Thanatos.

– *Pothos*, m'imite-t-il d'une voix ténébreuse, avant de sourire malicieusement. Qu'est-ce qui t'amène ? Oh, tu souhaites aussi un service ? devine-t-il en s'appuyant contre le mur. Je marchanderais avec plaisir avec un autre Érote…

Ma mâchoire se crispe alors qu'il se frotte exagérément les mains. Si Thanatos a rendu service à mon frère il y a quelques mois, cela n'a pas été gratuit, et leur échange n'avait rien d'équitable. C'est bien pour cette raison que je suis méfiant, et qu'aucun marché ne sera conclu si ce n'est pas selon mes conditions. Je souhaite parvenir à mes fins, mais je ne suis tout de même pas fou.

– Peut-être… Mais je veux d'abord savoir ce que tu es capable de faire ou non, réponds-je. As-tu un endroit tranquille pour en parler ?

– Tu devras te contenter de ce couloir désert, des âmes m'attendent à l'intérieur.

Le sourire aux lèvres, il attend que je me décide. Je jette un coup d'œil aux portes imposantes, propriétés de Thanatos et de son frère, derrière lesquelles des chuchotements se font entendre. Je n'ai aucune envie de tomber nez à nez avec des esprits amers de se retrouver ici… Le vide de leurs regards et l'odeur de leurs âmes m'écœurent. Je me concentre à nouveau sur Thanatos en tentant d'ignorer tout cela. Avec ses cheveux blonds parfaitement coiffés et sans ses ailes déployées, il semble humain… Mais ce n'est évidemment qu'une apparence. Qui suivrait un être repoussant jusqu'en Enfer ?

Je croise les bras contre mon torse, puis je prends une profonde inspiration avant de me lancer. Autant aller droit au but, je me moque de son avis.

– Es-tu en mesure de m'aider à être libre, à quitter les Érotes, sans que je perde ma divinité ?

Le regard de Thanatos brille d'un éclat malicieux. Je me garde de préciser qu'Aphrodite a déjà refusé ma demande pour le moment.

– Alors nous sommes deux à vouloir du changement… murmure-t-il.

Je fronce les sourcils. De quoi parle-t-il ?

– Garde tes remarques pour toi et réponds à ma question, insisté-je.

Thanatos semble indifférent à mon impatience. Il ne cesse de faire tourner une chevalière à son doigt, l'air pensif.

– Pourquoi ne demandes-tu pas à ta mère ?

Évidemment, il fallait qu'il pose la question…

– Elle ne me pense pas prêt.

– Tu n'es pas de son avis ?

– Bien sûr que non, autrement je ne serais pas ici, lâché-je avec un peu trop d'agressivité.

Le dieu se contente de hocher la tête, pensif.

– Je pense pouvoir te proposer un compromis, finit-il par reprendre.

– Lequel ?

– Je peux te libérer des Érotes en t'offrant une place aux Enfers, à mon côté.

Je hausse un sourcil, perplexe face à son sérieux. Ça ne lui ressemble pas. Je plisse les yeux, avant d'éclater d'un rire sonore. J'entends les âmes s'agiter de l'autre côté de la porte, mais je m'en moque. Quitter une prison pour en rejoindre une autre ? Quelle vaste blague ! Il ne peut pas être sérieux !

– Pourquoi ris-tu ? demande Thanatos d'un ton neutre.

– Pitié, dis-moi que ta proposition n'est pas sincère ! Pourquoi voudrais-je devenir… comme toi ?

Je me fige soudain, prenant conscience de mon insulte. Il n'y a rien d'enviable à être Enfermé aux Enfers, à côtoyer les pires humains que la Terre ait connus. Je préfère encore l'amour. Mais de là à le lui dire… Je dois être plus à bout que je ne le pensais. Pourtant, le dieu de la mort ne se froisse pas :

– Je suis d'accord, ma place n'a rien d'enviable, admet-il. Mais ici, tu serais loin d'Aphrodite. Elle ne pourrait pas t'empêcher d'évoluer, d'atteindre la place que tu convoites et cette liberté que tu espères.

Ses mots prennent peu à peu place dans mon esprit, et cette fois, je dévisage le dieu avec curiosité. L'Enfer serait une étape sur mon chemin… Une étape désagréable, certes, mais elle me permettrait d'avancer. C'est toujours mieux que de devoir continuer ces stupides missions. Peut-être qu'un compromis pourrait être envisageable… mais tout dépend du prix demandé. Je sais parfaitement à qui je suis venu m'adresser : Thanatos ne fait que ce qui est dans son intérêt, et je crains que ça ne soit pas dans le mien.

– En admettant que ta proposition m'intéresse, quel en serait le prix ?

Un sourire prend place sur ses lèvres alors qu'il commence à glisser une clef dans la serrure de la porte.

– Un cœur brisé. Si tu arrives à en briser un lors de ta prochaine mission sur Terre, je t'accepterai en Enfer…

Je sens le sang déserter mon visage alors qu'un haut-le-cœur me prend. Un cœur que *je dois* briser. Comment pourrais-je faire une chose pareille ? Même pour ma liberté ? Il a perdu la raison ! Un cœur brisé est une chose, un cœur brisé par un dieu de l'amour en est une autre… Cela va à l'encontre de nos lois, et quiconque les outrepasse se retrouve puni : privé de sa divinité, de ses ailes… Soit tout ce qui m'est précieux. Il n'est pas question de prendre un si gros risque. Je trouverai une autre solution.

Je recule de quelques pas sous le regard attentif de Thanatos, secouant vivement la tête.

– L'éternité t'a rendu fou. C'est inconcevable.

Il hausse les épaules, comme si cela lui était égal.

– Dommage pour toi, je n'ai que ça à te proposer.

– Pourquoi vouloir un cœur brisé ? demandé-je tout de même.

Il déverrouille la porte, et les voix s'élèvent un peu plus.

– Ce sont mes affaires, occupe-toi avant tout des tiennes. Elles me semblent déjà assez complexes.

Il me quitte sans un mot de plus et je fixe le vide, les bras ballants. Thanatos échange un service contre les pouvoirs de mon frère, et à présent, il souhaite un cœur brisé ? Cela n'a aucun sens, je suis persuadé que ses intentions n'ont rien de bienveillant. Je devrais certainement rapporter cela au conseil olympien… Mais cela reviendrait à leur avouer que j'ai tenté de faire fi de leur décision et à les aider et les laisser gérer ça entre eux. Ma mère pense que je n'ai pas les épaules ? Alors qu'ils se débrouillent. Ils n'ont qu'à découvrir seuls ce que Thanatos manigance, j'ai bien d'autres choses à faire.

CHAPITRE 2

POTHOS

Je me fraie un passage à travers la nuée d'étudiants. Pourquoi dois-je m'infliger un tel supplice ? Je préférerais de loin être là-haut, mais puisque Aphrodite ne veut rien faire pour moi et que même Thanatos n'a rien d'intéressant à m'offrir, mon projet de liberté est tombé à l'eau. Ne me reste plus qu'à trouver une cible.

J'ai lâché mes frères il y a une heure à quelques centaines de kilomètres d'ici. Nous devons nous retrouver après pour échanger sur nos cibles, même si en trouver une me fatigue d'avance. J'ai donc choisi la solution de facilité plutôt que de démêler tous ces cœurs brisés : une soirée étudiante au cœur de Seattle, pour changer un peu de l'air de Vancouver. Voilà longtemps que je ne me suis pas rendu dans cette ville, et généralement, les jeunes cœurs brisés sont les plus simples à réparer. Ils se regroupent souvent dans ce genre d'événement pour boire plus que de raison et oublier tout le reste. C'est l'occasion idéale pour moi.

La fête se déroule dans un sous-sol aménagé au centre de Seattle. Pas très grand, mais suffisamment pour faire tenir un large bar et une table de platine, il est cependant assez bas de plafond, si bien que j'évite tout mouvement brusque pour ne pas me cogner, et je tente de démêler les pensées qui se mêlent à la musique. *Des pensées inutiles, humaines, sans importance.*

– Je t'offre un verre, bel apollon ?

Je me tourne vers la fille qui vient de m'accoster. J'ai l'air de ressembler à Apollon ? Je suis sûrement mille fois plus charismatique. Mais je ne dis rien et me concentre un instant sur son cœur… qui n'est pas brisé. Aucun intérêt.

– Non merci, décliné-je un peu trop brusquement.

J'ignore son air déçu pour continuer à avancer dans ce sous-sol mal éclairé, jusqu'à me placer au centre pour mieux percevoir chaque battement. Sur une cinquantaine de cœurs, j'arrive à percevoir six cibles potentielles. Il serait tellement plus simple d'en briser un… mais tellement plus risqué.

Je me résigne à suivre le son du cœur le moins dissonant possible. Je veux une cible simple pour pouvoir pénétrer dans ses pensées, la cerner et en finir au plus vite. Je finis par apercevoir le propriétaire de ce cœur : il est grand, près d'un mètre quatre-vingt-dix, et est collé à une fille – sa petite amie, si j'en crois ses pensées.

Rien de plus simple : je lui montre que cette fille n'en vaut pas la peine, il m'embrasse lorsqu'il a repris confiance, et je pars ! Mission accomplie, Aphrodite verra bien que je suis capable de me débrouiller seul et de faire les choses correctement. Peut-être que si je suis plus rapide, elle m'entendra, cette fois ?

Je m'approche du couple, mais avant que d'avoir pu accoster l'homme au cœur brisé, mon regard s'accroche à une jolie rousse qui rit à gorge déployée juste à côté d'eux. Son regard se pose sur moi et un sourire étire ses lèvres alors que je m'arrête dans ma lancée.

Je l'observe de longues secondes, perturbé. Elle bouge au rythme de la musique sans me quitter des yeux. Il se dégage de son visage aux traits fins quelque chose de lumineux qui me fascine. Il est rare de tomber sur une humaine aussi belle ; quand on côtoie des divinités tous les jours, chaque humain paraît banal. Mais je dois me reprendre. Je ne suis pas ici pour m'amuser, même si ses pensées sont assez claires : je lui plais.

Avant que je ne me décide à l'ignorer et à franchir les quelques pas qui me séparent de ma cible, la jolie rousse quitte ses amis et s'approche de moi d'un air curieux. *Et merde.*

– Salut ! Je m'appelle Thalya.

– Salut…

Autant ne pas engager la conversation : je n'ai pas encore décidé de mon identité pour ma mission, j'ai simplement adapté l'âge de mon physique au leur, et je n'ai pas de temps à perdre. Thalya ne semble cependant pas s'en formaliser : elle s'approche un peu plus de moi en souriant, l'air toujours plus intriguée.

– Tu viens d'où ? Je ne t'ai jamais vu ici.

Je hausse un sourcil.

– Tu viens si souvent que tu connais tout le monde ? me moqué-je.

Si c'est le cas, sa vie est bien triste. Elle ferait mieux de découvrir le monde et d'apprendre le peu de connaissance que leur esprit étriqué peut retenir. Mais contre toute attente, Thalya rit avant de se tourner vers ma potentielle cible.

– Le gars là-bas, c'est Cooper, mon meilleur ami. On est dans son sous-sol. Alors oui, je connais tout le monde, en tout cas suffisamment pour savoir que tu n'es jamais venu.

J'écarquille les yeux avant qu'un sourire charmeur et faux prenne place sur mes lèvres. Son meilleur ami… Parfait. Elle va donc me servir à l'approcher. Elle n'est finalement pas si inutile.

– Bien joué. Je viens d'arriver en ville, je cherche encore mes marques. Donc si jamais tu as la gentillesse de me présenter à quelques personnes…

Je n'ai pas besoin de l'entendre me le dire pour savoir qu'elle ne refusera pas. Ses pensées parlent pour elle. Malheureusement, lorsque mon regard se dirige vers l'endroit où se trouvait Cooper il y a quelques secondes, il rencontre le vide. *Fait chier.*

– Mince. Grace et lui ont dû rejoindre sa chambre…

Super.

– Bon, ce n'est pas grave, reprend Thalya. On se recroisera forcément si tu viens d'emménager ! On va faire la tournée des bars jeudi soir pour fêter la fin des partiels… Si jamais tu veux te joindre à nous ! Ce sera au *Murphy's Pub*.

Je lui souris de nouveau, séducteur.

– Avec plaisir…

Ce sera l'occasion pour moi de me rapprocher de son meilleur ami. Thalya me lance un dernier regard avant de s'excuser pour rejoindre les autres, et je l'observe quelques instants avant de quitter la fête. Cette femme aurait pu être envoyée par les Moires, elle vient de m'offrir ma cible sur un plateau. Cette mission a beau s'annoncer ennuyeuse, au moins, je rentrerai avec un cœur guéri.

Hors de question que j'obéisse à Thanatos.

CHAPITRE 3

POTHOS

Rabattant mes ailes, j'atterris doucement sur le toit de l'un des bâtiments d'Athènes. J'ai besoin de calme après cette soirée bruyante… et j'ai surtout besoin de me retrouver seul. Cette mission a un goût amer non seulement à cause de mon échec auprès d'Artémis et de Thanatos, mais aussi parce que c'est la première mission que nous effectuons depuis le départ d'Éros. Cette absence nous fait à tous un drôle d'effet. Depuis qu'il est devenu humain, j'ai comme l'impression qu'il manque quelque chose à notre fratrie. Après tout, nous avons été sept durant des millénaires… Nous sommes immortels, nous ne sommes pas censés être un jour séparés.

Je prends un instant pour profiter de la vue, préoccupé. Chaque monument est un souvenir. J'étais présent aux premiers jeux Olympiques, à la construction du Zappéion… Ce bâtiment me fait beaucoup penser à l'architecture ancienne d'Athènes avec ses grandes colonnes. J'ai toujours aimé le style de cette ville et ses sculptures, quoique peu fidèles à la réalité. Si la plupart des Hommes pensent qu'Athéna est à l'origine de la cité, il n'en est rien. En vérité, la déesse n'était que rarement de passage sur Terre à cette époque, préférant inspirer les dieux de l'Olympe. Cette ville a simplement été l'une des premières à célébrer notre existence, bien que les croyances de leurs habitants ne se résument qu'aux divinités du cercle olympien.

Posant les yeux sur une statue censée représenter Athéna, je ne peux m'empêcher de rire. Elle ne pourrait pas être plus fausse. Après tout, les humains n'ont que rarement eu la chance d'apercevoir la beauté divine sur Terre. *En dehors de la mienne, évidemment.*

Je reprends mon envol pour atterrir plus loin, en plein milieu des arbres, puis je poursuis à pied afin de retrouver mes frères à la colline des Muses. Je passe tout près de l'église byzantine sur les hauteurs, quelques touristes sont déjà présents. Certains prennent des photos, sûrement pour les réseaux sociaux, d'autres lisent chaque panneau avec intérêt. C'est amusant de voir leur manque de connaissances. Ils ne me portent aucune attention, mes ailes à présent rétractées. De toute façon, si je le voulais, ils ne me verraient pas ; je me rendrais invisible à leurs yeux afin de ne pas trahir notre secret.

Assis autour d'une table de pique-nique, mes frères parlent bruyamment, attirant les regards des passants, et je les rejoins en m'asseyant à côté d'Antéros sur le banc en bois. Ils ont toujours voulu que nous partagions nos futurs lieux de mission, et c'est bien une chose qui n'a pas changé avec le départ d'Éros. Cela dit, ils risquent d'être déçus de ma réponse…

– Nous ne t'attendions plus, remarque Himéros.

– Il faut savoir se faire désirer.

– Encore faut-il que tu *sois* désiré… intervient Hédylogos.

Ils éclatent de rire, et Antéros me tape sur l'épaule alors que je lève les yeux vers l'Olympe. Si seulement ils savaient à quel point mon frère a raison… Si ma présence était désirée, je n'aurais pas à subir une mission de plus pour prouver à Aphrodite que je mérite mieux.

– Détends-toi, Pothos. Je sais que tu fais la tête depuis le départ d'Éros, mais il n'est pas mort. Il est au Canada avec Kaléa, ce n'est pas si loin.

– Ne commence pas, soupiré-je.

Antéros tente de me psychanalyser depuis le départ de notre frère. Artémis ne lui a sûrement pas dit que ma liberté m'avait été refusée, et c'est tant mieux. Je n'ai pas besoin de ses conseils totalement déconnectés de ma réalité, quand bien même cela pourrait m'éviter ce type de remarque. *Oui, mon frère me manque, mais tout ne dépend pas d'Éros !*

– Je pensais que vous vouliez discuter de nos cibles, pas débattre de ma situation. À moins que vous n'ayez rien trouvé pour le moment ? Ce serait étonnant de votre part.

– Si tu étais arrivé plus tôt, tu saurais que nous avons tous trouvé les nôtres et où nous allons, rétorque Hermaphroditos.

Je lui jette un regard mauvais. Je suis en retard, je le sais, mais attendre ne les tuera pas. Littéralement.

– Vous ne verrez pas d'inconvénient à répéter, votre temps n'est pas compté.

– Calmez-vous, ce n'est pas le moment de se chamailler. Pothos, merci de rester calme, et quant à toi, Hermaphroditos, garde tes remarques cinglantes, le reprend Antéros.

– Alors quoi ? Puisque Éros n'est plus des nôtres, tu comptes reprendre le rôle de médiateur ?

– Peu importe ce qu'Antéros souhaite faire, je reste le plus âgé d'entre nous. Alors soyons clairs : arrêtez de tout ramener à Éros, c'est un ordre. Nous devons continuer nos missions. Maintenant, dites-moi : où se trouvent vos cibles ?

Je ne suis pas descendu sur Terre pour assister à des chamailleries. Notre fratrie a toujours été divisée en deux parties distinctes : d'un côté, Hermaphroditos, Hyménaios, Hédylogos et Himéros, puis d'un autre, Antéros, Éros, et moi. Mais même si je souhaite quitter cette existence, ce n'est pas pour autant que j'abandonnerai un jour ma famille et je refuse de les laisser se déchirer.

– Naples, lâche Ditos d'un regard noir.

Je fais comme si je ne l'avais pas vu et demande aux autres d'un signe de tête.

– Lanzhou, poursuit Hédylogos.

– Brisbane, enchaîne Himéros.

L'Italie, la Chine, l'Australie… même l'Afrique du Sud pour Hyménaios. Mes frères ont cette fois décidé de s'étaler un peu partout dans le monde plutôt que de se regrouper afin de profiter des joies humaines ensemble. Nous avons eu l'occasion de visiter chaque continent, mais ce n'est pas pour autant que continuer de voyager et observer l'évolution des paysages que nous avons fréquentés nous déplaît. Même si être un dieu de l'amour ne me convient plus, je ne peux pas nier que ces milliers de séjours ont été enrichissants.

– Et toi, mon frère ? demandé-je à Antéros.

Il détourne les yeux pour observer l'Olympe, et je sais d'avance que je ne vais pas apprécier sa réponse.

– Au Canada, déclare-t-il finalement.

– Est-ce une plaisanterie ?

Je crois que toutes ses remarques au sujet d'Éros sont bien plus applicables à sa personne.

– Antéros, Éros est humain… Tu dois le laisser tranquille, soufflé-je.

– Je ne fais rien de mal. Je serai à deux heures de Vancouver… argue-t-il.

– Et tu essaies de nous faire croire que tu n'iras pas leur rendre visite ? ricane Hédylogos.

Antéros secoue la tête. Nous savons tous qu'il ne résistera pas. Éros non plus, d'ailleurs.

– Et toi, Pothos ? Tu parles beaucoup pour les autres, mais tu ne nous as toujours pas dit ce que tu comptais faire, intervient Himéros.

– Je n'ai pas encore décidé où aller, mens-je. Je ne sais pas encore quelle cible choisir. J'ai adapté mon apparence pour être discret pour le moment.

Les regards surpris convergent vers moi. Je ne veux rien dire parce que je ne veux pas les avoir dans mes pattes. On me reproche de ne pas être assez autonome ? Pas de souci, je vais leur prouver que j'en suis capable ! Peut-être que prendre la cible la plus facile n'est d'ailleurs pas la façon la plus efficace de gagner les faveurs d'Aphrodite, même si je suis rapide. Et pour ça, je vais avoir besoin de temps, et surtout de calme. Donc, pas de frères.

Himéros finit par acquiescer, m'épargnant pour une fois ses remarques désobligeantes, puis ancre son regard étrangement jaune au mien.

– Prends ton temps, pour une fois.

Je lui adresse un sourire crispé avant de sortir mon téléphone qui ne cesse de vibrer dans ma poche.

Reviens me voir au plus vite.
J'ai peut-être une solution
à te proposer…

Un message de Thanatos… *C'est quoi ce délire ? Depuis quand peut-il communiquer des Enfers ?*

– Un problème ? m'interroge Hédylogos.

Je secoue vivement la tête. Un problème ? Aucun, mis à part le fait que le dieu de la mort souhaite me revoir… *Peut-être a-t-il changé d'avis ?*

Je cache brusquement mon téléphone lorsque Antéros tente de lire par-dessus mon épaule, mais trop tard. Les sourcils froncés, son regard habituellement serein est troublé par l'inquiétude.

– Nous allons y aller, intervient Hyménaios. Revoyons-nous dans quelques jours pour faire le point ?

– Très bien.

Je me lève en même temps que mes frères pour reprendre la route vers Seattle lorsque Antéros me retient par le bras, les saluant de l'autre main. Ils froncent les sourcils mais ne relèvent pas, puis disparaissent un par un.

– Tu as quelques instants à m'accorder ?

J'acquiesce en silence avant de me tourner vers Antéros, méfiant.

– Tu ne dois pas y aller, affirme-t-il.

– Où ne devrais-je pas aller ?

– Ne joue pas à ça avec moi, Pothos. Prends-moi pour Koalemos autant que tu le souhaites, mais je sais parfaitement que tu ne sauras pas résister s'il te propose quelque chose d'alléchant. Éros a eu beaucoup de chance d'être protégé par Aphrodite. Ne prends pas de risques inutiles.

– Tu ne sais pas de quoi tu parles…

Je ne peux pas dire que je ne suis pas d'accord : je n'ai pas non plus envie de prendre le risque de perdre ce qui m'est précieux. Il n'a cependant que des informations partielles – il ne sait pas ce qu'Artémis m'a dit, il ne sait pas ce que je ressens à l'idée de continuer indéfiniment nos missions de dieux de l'amour, et il ne sait pas ce que Thanatos m'a proposé. Alors si, pour le moment, je dois faire croire à Antéros que je suivrai son avis afin d'avoir un peu de tranquillité, je mentirai sans aucun scrupule.

– … mais très bien.

– Vraiment ?

Il ne cache pas sa surprise, en me dévisageant. Je hoche la tête.

– Bien sûr que oui. Je sais parfaitement que le conseil me punirait, et je n'ai aucune envie de perdre mon immortalité.

Et ça, je le pense.

– J'en suis rassuré.

Antéros m'adresse un sourire avant de se lever à son tour. Je lui fais un signe de la main et le regarde partir, en proie au doute. L'invitation de Thanatos me laisse perplexe. Je ne peux pas lui faire confiance, c'est une certitude. Mais s'il a changé d'avis et qu'il me propose un marché acceptable… je n'aurai plus à subir les missions incessantes auprès d'âmes en peine incapables de se prendre en main.

Je ne peux pas laisser passer ma chance.

CHAPITRE 4

POTHOS

Je tente de garder mon calme alors que j'emprunte le chemin qui mène au royaume d'Hadès en passant par le Tartare. Il ne faut pas que je croise Aphrodite… Elle me pense sur Terre, et je n'ai aucune envie de subir son interrogatoire. Elle doit comprendre que je vaux plus que ce qu'elle pense.

J'avance dans ce qui ressemble à une réserve naturelle, seul endroit un tant soit peu agréable dans cette partie du royaume. Après le champ de force qui entoure l'Olympe et nous permet d'être invisibles aux yeux des humains, j'ai bifurqué par le sud pour contourner les Enfers et éviter de rendre mon objectif trop clair à qui m'observerait. À l'approche du domaine du dieu de la mort, les fleurs de toutes les couleurs sous mes pieds éclosent entre les bâtiments construits par les servantes de Perséphone, donnant un peu de joie dans ce lieu pourtant si sombre, mais le ciel est toujours d'un blanc surréaliste. Nous sommes bien loin de l'Enfer rempli de flammes qu'imaginent les humains.

Je m'apprête à quitter le jardin verdoyant afin de rejoindre Thanatos, mais à peine ai-je fait un pas qu'une déesse m'interrompt :

– Pothos !

Je me retourne pour me trouver face à Achlys, la fille de Nyx. Je lui souris, sincèrement ravi de la trouver ici. Elle est sûrement la seule qui ne juge jamais. Vivant au royaume d'Hadès, elle fait partie des rares que j'apprécie et à qui j'aime rendre visite.

– Que fais-tu ici ? Aphrodite m'a pourtant dit que tu étais sur Terre pour une mission !

– J'ai une affaire à régler. Tu me cherchais ?

Elle soupire, et je sais d'avance qu'elle va me demander quelque chose. Achlys est l'une des plus vieilles déesses… Sa naissance date d'avant le Chaos, soit la création du monde. Sa place devrait être au conseil olympien, pourtant il n'en est rien… J'ai sincèrement de la peine pour elle. Elle a été enfermée au Tartare il y a longtemps, privée de sa mère et d'une partie de sa fratrie. Déesse du poison et du malheur, elle est capable de contrôler la brume de la mort, elle est donc bien trop dangereuse pour le monde humain. Aucun dieu saint d'esprit ne la libérerait, à moins de souhaiter un chaos tel qu'il ne resterait plus rien de la Terre.

– Je me demandais si tu accepterais de me tenir compagnie plus régulièrement, à défaut de nouveaux visages. Je commence sincèrement à m'ennuyer.

Je jette un regard au domaine de Thanatos et de son frère. Lui tenir compagnie ? Passer davantage de temps dans le royaume d'Hadès ? Ce n'était pas dans mes plans, mais si Thanatos arrive à me convaincre de rester ici pour me permettre de monter les échelons, c'est une possibilité.

– Pour le moment, je dois absolument gérer une affaire de dernière minute, Achlys. Mais dès mon retour à l'Olympe, nous pourrons en rediscuter avec plaisir, proposé-je.

Elle me sourit franchement avant de hocher la tête. J'amorce une foulée en lui faisant un signe de la main, mais elle me retient en attrapant mon poignet.

– Est-ce que tu as des nouvelles d'Éros ? Les rumeurs disent qu'il est sûrement déjà mort…

Je hausse les sourcils devant son air inquiet, surpris, avant d'éclater d'un rire sonore. Achlys me dévisage sans comprendre, ce qui ne fait qu'amplifier mon rire. Les dieux sont sans doute pires que les humains lorsqu'il s'agit de s'informer. Pour beaucoup, Éros a signé son arrêt de mort en abandonnant son immortalité. Mais soyons honnêtes, même la mort ne pourrait pas venir à bout de mon frère.

– Il va bien, Achlys. Il est sur Terre, avec son âme sœur.

– Et toi, non ? s'étonne-t-elle.

Je souffle d'agacement. Je n'en peux plus d'entendre parler de ces âmes sœurs ! À quoi bon vouloir être libre si c'est pour devenir dépendant d'une autre personne ?

– L'amour m'importe peu. Je ne souhaite pas perdre mon temps à chercher une âme sœur déjà morte ou pour le moment inexistante, argué-je en reprenant ma marche.

– C'est d'un triste.

Je m'arrête face à la porte menant au domaine de Thanatos et jette un regard lourd de sens à Achlys. Elle ne peut pas comprendre : elle est enfermée ici depuis une éternité, elle ne connaît pas l'amour. Si elle était à ma place, elle ressentirait certainement la même chose. Elle s'est lassée de la mort, je me suis lassé de l'amour. Nos situations ne sont pas très éloignées.

– Mais tu as mieux à faire que de débattre avec moi, alors je te souhaite bon courage pour ce qui t'attend derrière cette porte, dit-elle, ayant compris où je me rendais. Mon frère n'est pas très aimable ces derniers temps…

Je hoche la tête. Là où n'importe quel humain aurait été vexé, la déesse me sourit largement. Voilà exactement pourquoi je l'apprécie.

J'observe la chevelure dorée d'Achlys disparaître dans le Tartare, puis je passe le seuil des quartiers du dieu de la mort. Dès mes premiers pas dans le couloir qui me fait face, la personnalité de Thanatos se fait sentir. Des bibelots sur des meubles fabriqués par des humains, des feuilles pêle-mêle entassées dans un coin, et un silence désarmant. Les murs pourraient appartenir à ceux d'une maison terrestre, il y manque cependant des éléments essentiels : aucune odeur de nourriture ne circule, les mets humains étant interdits dans l'Olympe, et aucun bruit parasite comme celui des voitures ou des commerces ne trouble le silence. Ici, tout est dans l'imitation, la tromperie.

Je remonte l'allée jusqu'à rejoindre une grande pièce lumineuse où Thanatos patiente, assis au fond d'un fauteuil, un livre sur les genoux, au milieu d'autres inventions humaines. Son salon ressemble à n'importe quel salon terrestre, jusqu'à une tablette posée sur le rebord d'une fenêtre donnant sur le Styx. Je le dévisage avant de dévier mon regard vers le mur devant lui. Celui-ci est recouvert d'inscriptions, toutes plus incompréhensibles les unes que les autres. Je plisse les yeux et discerne des lettres grecques. Lorsque je déchiffre clairement le nom barré d'Éros, mon sang ne fait qu'un tour. Je sens mes poumons se comprimer alors que je fusille du regard le dieu de la mort, qui s'est levé entre-temps et me tourne désormais le dos.

– Je ne sais pas ce que tu as prévu, fulminé-je en pointant le mur du doigt, mais si ton but est de voler nos dons, soyons clairs : je ne te laisserai pas faire. Je ne briserai pas de cœur, je ne te céderai pas non plus mon pouvoir. Et tu ne t'en prendras pas à mes frères. Est-ce assez clair pour ton esprit étriqué ?

Thanatos se tourne vers moi, son regard rouge se rivant au mien. Loin d'être en colère, il semble très amusé, un large sourire étirant ses lèvres. Flegmatique, il me tend une boisson avant de se diriger vers sa cheminée pour attiser le feu.

– Tu as de la chance, ton don ne m'intéresse pas, déclare-t-il de façon très sérieuse. Je ne souhaite qu'échanger avec toi, et je t'offre cette boisson en gage de bonne foi.

Je fixe le calice et son liquide doré avec méfiance puis relève les yeux.

– Alors que me veux-tu ? Je t'ai déjà dit que je refusais de briser un cœur.

Le dieu de la mort pose son crayon sur le rebord de l'âtre puis me jette un regard rieur avant de s'asseoir sur une chaise, sa propre coupe dans les mains. Tous ses mouvements me mettent sur les nerfs. J'ai menti à mes frères pour me rendre ici, et j'ignore toujours la raison de ma présence. Il n'est pas vil, du moins, je n'ai jamais eu d'échos concernant de quelconques actes allant dans ce sens. Il n'a simplement pas de cœur, il est bien incapable de ressentir quoi que ce soit de positif.

– Tu sembles être dans ton élément dans l'Olympe, bien plus qu'Éros, affirme Thanatos en me détaillant.

Je suis un dieu, si je ne me sentais pas dans mon élément chez moi, je ne me sentirais bien nulle part. J'avale une gorgée du nectar des dieux, puis je déglutis péniblement.

– Je ne sais pas à quoi tu joues, mais exprime-toi avant que je ne perde patience, déclaré-je sèchement.

Thanatos reprend lentement sa marche, se postant cette fois-ci entre la sortie et moi. Ses allées et venues me donnent le tournis. À quoi joue-t-il ?

– J'ai eu une nouvelle idée…

– Laquelle ?

Mes ailes frémissent dans mon dos, tandis que Thanatos me tourne autour. Son regard rougeâtre me transperce, et mon instinct me souffle de fuir. Je ne suis pourtant pas du genre à m'éloigner face au danger… Mais ce type de sensation ne doit pas être ignoré. Jamais.

– J'ai bien réfléchi depuis notre dernière discussion, j'ai pris conscience que mon marché ne te plaisait pas.

– Il t'a fallu tout ce temps pour le comprendre ? raillé-je.

– Finalement, j'ai pensé à autre chose… Te prendre ce que tu as de plus précieux afin de te soumettre et de t'obliger à me rapporter ce dont j'ai besoin, lâche-t-il d'un ton neutre.

Ses mots me percutent de plein fouet. Je me retourne brusquement pour lui faire face mais je perds l'équilibre, ma vision soudainement floue.

– Ne t'approche pas ! m'écrié-je.

Thanatos ne se formalise pas de ma hargne. Il profite de la hauteur sous plafond pour voler au-dessus de moi et je tente de le suivre, mais il m'est impossible de coordonner mes mouvements. Nom de Zeus, qu'est-ce qu'il m'arrive ? J'esquive sa jambe de justesse en réussissant enfin à utiliser mes ailes alors que son pied rencontre la cheminée, la brisant sans pour autant le déconcentrer.

– Arrête de résister, tu sais parfaitement que tu ne peux pas gagner.

– Qu'est-ce que tu m'as fait ? soufflé-je, la respiration saccadée.

Tous mes gestes sont lents. Trop lents.

– Une petite dose de poison est suffisante pour t'affaiblir mais pas pour te tuer. Ça me laisse juste le temps d'obtenir ce que je veux.

Je chute lourdement en jurant, incapable de garder le contrôle de mon corps. Je sens Thanatos atterrir avec grâce à côté de moi alors que je relève difficilement les yeux vers lui.

– Si tu avais accepté ma première offre, Pothos, nous n'en serions pas arrivés à de telles extrémités, tu sais.

Il sort un couteau qu'il se met à observer avec insistance, presque avec déférence.

– Il m'a fallu des années pour mettre la main sur un tel objet. Zeus le conservait bien en sécurité. Le conseil ne me fait pas confiance, je ne comprends pas pourquoi. J'ai dû ruser pour l'obtenir. C'est presque un sacrilège de devoir l'utiliser aujourd'hui.

Je tente de me relever alors qu'il appuie sur mon épaule d'une main, me maintenant au sol, mais je suis incapable de me débattre. J'essaie une dernière fois de me dégager, mollement, avant que le dieu de la mort ne plante une lame à la base de mon aile et que le silence des lieux ne soit remplacé par un cri inhumain. C'est lorsqu'il cesse que je me rends compte qu'il provient de moi.

Cette douleur, je ne l'ai jamais ressentie. En tant que dieux, nous ne sommes pas habitués à expérimenter ce type de sensations, mais nous savons théoriquement de quoi il s'agit. Nous l'avons suffisamment vue auprès des humains pour nous en faire une idée. Pourtant, rien n'aurait pu m'y préparer. Petit à petit, je sens mes ailes m'être arrachées, ma peau déchirée par une arme mal aiguisée. La gorge en feu à force de crier, je renverse les meubles de la pièce à portée de bras, les yeux brouillés par des larmes que je n'avais encore jamais versées. Je n'arrive plus à respirer, tétanisé par une douleur nouvelle et insupportable, et je sens ce membre me quitter définitivement avant d'être submergé. Lorsque la brûlure de la lame cesse, mon dos me semble vide, mais mes épaules ne m'ont jamais paru si lourdes. Et au choc brutal et aigu se substitue une douleur sourde, pesante, qui m'englobe et m'assomme. Mes chairs à vif hurlent l'absence de ce qui faisait de moi un être entier, de ma liberté… Thanatos vient de me retirer la seule chose qui m'empêchait de me sentir prisonnier de mon éternité, qui me différenciait des humains.

Pour la première fois depuis mon existence, je me sens sombrer dans un royaume que je n'avais encore jamais visité : celui de la souffrance.

Je rampe au sol, incapable de me relever. La douleur me tétanise, et à chaque mouvement de bras ou de jambes, la peau de mon dos s'étire, élargissant les plaies béantes de mes omoplates. J'aperçois mes ailes blanches tachées de sang dans un coin de la pièce, et les larmes dévalent le long de mes joues sans que je les contrôle. Je les ai perdues. Thanatos m'a enlevé une partie de moi… Il a arraché mes ailes !

Je m'accroche à la table, décidé à me battre, mais Thanatos m'en empêche d'un regard. Je ne fais pas le poids face à lui. J'aurais dû écouter Antéros.

– Pourquoi fais-tu cela ? craché-je avec difficulté, le souffle court.

Il s'assied, serein, m'observant à ses pieds. Je n'arrive pas à comprendre. Pourquoi s'attaquer à l'un de ses semblables, alors que c'est interdit par nos lois ? Pourquoi prendre le risque d'être encore plus bridé, lui qui est déjà enfermé en Enfer ? Trop de questions se bousculent dans ma tête. Je n'ai jamais connu la douleur, et cette sensation nouvelle me brûle de l'intérieur, m'empêchant de former des pensées cohérentes.

– Je t'avais dit que je voulais un cœur brisé… Tu aurais dû accepter ma première offre. Je ne te rendrai tes ailes que lorsque tu auras accompli ta mission, affirme-t-il calmement.

Je grimace de douleur lorsque je tente encore une fois de me relever. La pièce semble tourner tout autour de moi, et je ne discerne même plus le nom d'Éros écrit au mur. Je déteste Thanatos, du plus profond de mon être divin. Si j'en étais capable, j'attraperais cette lame qui lui a servi à arracher mes ailes et je la planterais en plein dans sa poitrine, bien qu'aucun cœur ne s'y trouve. Si je le pouvais, je le détruirais, après l'avoir fait souffrir comme il le fait avec moi.

– Alors quoi ? Tu vas me forcer à briser un foutu cœur ? ahané-je.

Thanatos se lève pour sortir l'une de ces pierres dont il a le secret – le même genre de pierre que celle qu'il a fournie à Éros pour contenir son cœur –, et me la tend.

– Absolument, oui. Lorsque ce sera fait, ce qui s'en dégagera s'enfermera automatiquement dans cette pierre si tu es à l'origine de la souffrance de l'humain. Quand ta mission sera accomplie, l'aigle du Caucase te ramènera à moi. Si tu fais cela, tu récupéreras tes précieuses ailes.

Je le dévisage, étourdi. L'aigle du Caucase ? Alors il a réussi à mêler cette créature à ses manigances ? Les mythes humains le disent mort, tué par Héraclès... Mais il est en réalité enfermé aux Enfers depuis des siècles. Il n'a ni conscience, ni émotions, il n'est présent que pour servir Zeus. Il ne devrait pas être sous les ordres de Thanatos. Comment est-ce possible ?

Et comment me suis-je retrouvé dans cette situation ? Je n'ai aucune envie de faire du mal ! L'âme mortelle ne s'en remet qu'à de rares occasions grâce à notre aide, alors l'abîmer, moi ?

– Pourquoi souhaites-tu une chose pareille ? À quoi te servirait un cœur brisé ? arrivé-je à demander, le souffle court.

Thanatos se lève pour me surplomber, déployant ses ailes.

– Mes motivations ne te concernent pas, je te l’ai déjà dit. Je te laisse un mois pour briser un cœur, et tu récupéreras ton bien. Si tu ne le fais pas… Tu seras abandonné sur Terre, et personne ne voudra récupérer un dieu amputé de ses plumes, me nargue-t-il.

Je l’observe, tiraillé entre ma morale et ma conscience, la mâchoire crispée. Je ne pourrai pas me passer de mes ailes… Je le sais, au plus profond de mon être. Rester immortel en étant privé de voler serait une torture que je ne suis pas prêt à subir. Même si je dois briser un cœur humain pour les récupérer et m’en vouloir pour l’éternité, je le ferai. Je me choisis moi, plutôt qu’un humain que je ne connais pas encore.

– Je vais le faire, déclaré-je.

Je n’ai pas le temps de comprendre ce qu’il se passe que je me sens partir dans les airs. Entre deux pertes de conscience, mon chemin vers la Terre me semble long, et les griffes de l’aigle du Caucase qui me maintiennent fermement s’insinuent dans ma chair à vif.

Je ferme les yeux, et je me noie dans la douleur.

CHAPITRE 5

THALYA

J'éclate de rire tandis que Grace engouffre un énième bonbon dans sa bouche, ne marchant même plus droit. Cooper l'observe, amusé, alors que nous avançons dans les rues désertes de Seattle. Nous avons passé la soirée à rire, boire et discuter pour fêter la fin de nos études. Aujourd'hui, j'ai passé mon tout dernier examen : ma formation en langues anciennes, spécialisation mythologie grecque, est officiellement terminée ! Je serai bientôt diplômée et cette simple idée me remplit d'excitation. Nous avions l'intention de passer la nuit à fêter cet événement, la soirée avait bien débuté… jusqu'à ce que Grace décide d'abuser des cocktails.

– Oh ! Regardez, la voiture n'arrête pas de faire des zigzags !

Je me retourne, sourcils haussés, pour découvrir une vieille Jeep roulant parfaitement droit. Grace continue de tanguer, et je me mords la lèvre avant de jeter une œillade moqueuse à mon meilleur ami. Celui-ci observe sa copine qui ne lui porte aucune attention, bien trop obnubilée par ce qui l'entoure. *C'est un cas désespéré.*

– Grace, je crois que c'est ton corps qui fait des zigzags… répond Cooper.

Je secoue doucement la tête puis glisse un bras autour de la taille de Grace. Si je ne prends pas les devants, j'ai peur de la retrouver étalée au sol. Encore.

– On va te ramener avant tu n'aies des apparitions. Bientôt, tu vas nous dire que tu vois un dieu grec…

La bouche de Grace forme un O alors qu'elle se penche afin d'aviser le ciel. Je la retiens, sentant son corps partir vers l'arrière.

– Mais je veux bien le voir, moi ! Un Apollon, comme ce mystérieux gars que tu as vu chez Cooper…

Je n'aurais jamais dû lui en parler, je ne connais même pas son prénom.

– Mon corps ne te suffit pas ? se moque Cooper.

Elle se détache de moi pour placer une main sur le torse de son petit ami, une moue boudeuse sur le visage. Cooper n'est pas vraiment le sosie d'un dieu grec. Il est mignon, évidemment, mais il faut oublier la peau aussi parfaite que celle d'un bébé.

– Hmm… On va dire que si, rit-elle.

– Moi, je m'inquiéterais plutôt de ton humour pourri ! me moqué-je, avant que Grace n'acquiesce.

Cooper éclate de rire, même si je sais que les remarques de Grace lui pèsent parfois, tandis que je la rattrape avant qu'elle ne trébuche. J'ai rencontré Cooper en première année. Ça a été un coup de foudre amical, puis Grace est arrivée en deuxième année, se joignant à nous, même si j'avoue que je ne m'attendais pas à voir ces deux-là ensemble.

– Allez, arrête de divaguer, on rentre. Hors de question de continuer la soirée alors que tu es dans cet état, déclaré-je avec sérieux.

– Mais quelle rabat-joie !

– La rabat-joie essaie de t'aider, alors bouge-moi ce joli cul avant que ce ne soit Cooper qui te ramène par la peau des fesses.

– L'idée est tentante… lâche Cooper dans mon dos.

Je lui jette un regard noir tandis que sa copine éclate de rire. *Ces deux-là sont vraiment intenables* !

– Très tentante ! confirme-t-elle.

Je lève les yeux au ciel avant de baisser les bras. Quand ils commencent à parler de sexe, je ne peux plus rien tirer d'eux. Je me détache de Grace pour la confier à Cooper qui me renvoie un regard qui en dit long sur ce qu'il pense, et je lui présente mon majeur.

– Très bien, débrouillez-vous entre vous, les amoureux ! Et surtout, Grace, ne te plains pas demain quand tu auras la gueule de bois !

Elle me tire la langue, amusée, puis s'appuie sur Cooper qui la porte, non sans grimacer.

Grace se laisse aller dans ses bras, la tête en arrière, ses cheveux courts pendant vers le bas, et je ne peux m'empêcher de rire.

– Merde, t'es lourde !

– Tu viens de dire qu'elle est grosse ? m'esclaffé-je.

– Je n'oserais pas… On sait tous les deux qu'elle ferait la gueule !

Je ricane avant de rendre son sac à Grace, laquelle n'est déjà plus vraiment des nôtres, somnolant à moitié dans les bras de son homme. *J'en connais une qui va avoir mal au crâne demain.*

– Je t'envoie un message dès qu'elle est couchée, souffle Cooper.

– Ça roule. N'oublie pas de lui faire boire beaucoup d'eau !

Il hoche la tête avant de me faire un signe, et les voilà partis dans la nuit pour rejoindre leur appartement. Je tourne les talons pour prendre la direction de mon chez-moi, du côté nord de Seattle. Cooper, Grace et moi sommes littéralement à l'opposé, mais je ne déménagerais pour rien au monde. Près du parc Laurelhurst, je ne pouvais pas rêver mieux.

Je tourne une fois l'université dépassée, et je souris en observant ce paysage que j'ai vu pendant plusieurs longues années après chacun de mes cours. Les allées sableuses sont encerclées de cerisiers japonais dont les fleurs jonchent le sol. Le jour, cela donne presque l'impression d'être en vacances à l'étranger… Enfin, sauf lorsqu'il y a une marée humaine d'étudiants.

Je baisse les yeux sur les pavés clairs malgré la pénombre, mais je ralentis lorsque mon regard rencontre quelque chose d'inhabituel. De petites taches rouges parsèment le sol, et je me suis assez souvent promenée ici pour savoir que les pavés sont toujours immaculés. Je m'accroupis, seule au milieu de la rue, puis je détaille les alentours pour découvrir d'autres taches du même genre.

On dirait du sang.

Habituellement, c'est toujours là qu'on se fait tuer dans un film d'horreur.

Je suis les traces, le cœur battant à tout rompre en découvrant que ce qui n'était que des gouttelettes devient de plus en plus gros. C'est bien du sang… Et j'ai peur de découvrir à qui il appartient. Je tourne au coin de la rue pour arriver sur une ruelle peu fréquentée, empruntée par les étudiants en retard, et je me fige en apercevant un corps allongé au sol. Je reste un moment sans bouger devant la forme immobile, espérant que l'alcool me joue un mauvais tour… Mais le corps ne disparaît pas, et le sang qui l'entoure est bien réel. *Bordel de merde.*

Je sors mon téléphone par réflexe, prête à appeler les secours, mais l'homme au sol pousse un gémissement, et mon cœur rate un battement. Il est encore conscient. Je m'approche de lui sans réfléchir, l'estomac noué par l'angoisse. Allongé sur le ventre, simplement vêtu d'un tee-shirt à manches courtes entièrement imbibé sur toute la surface du dos, l'inconnu respire à peine. Je ne sais pas ce qui se trouve en dessous, mais j'ai mal pour lui. Je m'accroupis et dégage ses cheveux blonds d'une main afin d'aviser son visage. J'ai du mal à discerner ses traits à cause de la pénombre, mais il semble aussi jeune que moi. Ses yeux sont clos. J'ai bien l'impression d'avoir imaginé ce gémissement de douleur…

Je prends mon téléphone pour appeler les secours mais l'homme attrape mon poignet en se retournant avec difficulté avant même que quelqu'un ne décroche, son regard bleu fixé sur moi. Il semble à présent pleinement réveillé et je le dévisage, apeurée. *Mon besoin d'aider les gens me tuera !*

– Raccroche, lâche-t-il d'une voix à peine audible.

– Tu as besoin d'aide. Ton dos…

– Je ne peux pas me faire remarquer, s'il te plaît, raccroche…

Son regard me sonde. Ce bleu… Il est tellement envoûtant. Je le discerne malgré la nuit, il est presque irréel. Et surtout, il ne m'est pas inconnu, puisque je l'ai croisé il y a quelques jours ! Je ne suis pas sûre à cause de la faible luminosité, mais j'ai l'impression que c'est bien lui. Il semble terrorisé… Alors j'obéis en déglutissant péniblement, puis je range mon téléphone dans mon sac. Je ne sais pas qui l'a blessé, ni pourquoi, mais une chose est sûre : peu importe qui il est, je ne peux pas le laisser dans cet état.

– Est-ce que je peux faire quelque chose ? Tu perds beaucoup de sang, il faut désinfecter, voir si tu as besoin de points de suture…

– Je…

Il se relève avec difficulté, jusqu'à être debout et me dépasser d'une bonne tête. J'ai raison. C'est bien le jeune homme de la soirée… *Bon sang, qu'est-ce qu'il a foutu pour en arriver là ?* À peine a-t-il fait un pas qu'il perd l'équilibre, et je me précipite pour le retenir.

– Tu ne vas jamais pouvoir rentrer chez toi dans cet état, soufflé-je.

– Je sais, murmure-t-il avec difficulté.

– Tu…

J'hésite un instant. Cette ruelle est déserte, personne ne le trouvera avant demain matin.

Je suis humaine, j'ai un cœur, et il est hors de question de le laisser ici ! Je sais qu'il habite à Seattle, qu'il est étudiant, et s'il s'est retrouvé chez Cooper, c'est qu'il n'entre pas dans la catégorie des gars infréquentables. Je refuse de le laisser, je m'en voudrais bien trop si je découvrais demain qu'il a été retrouvé mort dans cette ruelle alors que j'ai la possibilité de l'aider.

– Je vais t'emmener chez moi et te soigner. Ce n'est pas très loin. Tu te sens de marcher ?

Je passe un bras dans son dos, ce qui me vaut un grognement de sa part, et j'ignore le sang qui commence à imbiber mon chemisier blanc. Je ne sais pas comment je vais réussir à le ramener chez moi, mais je suis déterminée à l'aider. Il clopine à mes côtés, grimaçant et gémissant à chacun de ses mouvements.

– J'aurais préféré voler, grommelle-t-il.

Je lâche un rire.

– Je crois qu'on voudrait tous voler. Mais à défaut d'ailes, on va faire avec nos pieds, OK ?

Il hoche la tête pour toute réponse, et nous marchons au ralenti jusqu'à chez moi. J'habite près de l'université, mais le trajet ne m'a jamais paru aussi long qu'aujourd'hui. Je n'ose pas parler pour lui changer les idées ni même lui demander son prénom, j'ai peur qu'il ne tourne de l'œil tellement il est faible. Il peine à avancer, laissant des traces de sang au sol. Au détour d'un lampadaire, je peux enfin observer son visage : il semble épuisé, comme si des siècles de douleur le précédaient, et ses cheveux blonds sont imprégnés de sang. Il n'a plus rien à voir avec l'homme que j'ai rencontré chez Cooper.

Que lui est-il donc arrivé ?

CHAPITRE 6

POTHOS

Un bruit de plastique résonne dans le salon. De là où je suis, allongé contre les coussins, je peux voir un vieux fauteuil qui a certainement déjà bien vécu devant une toute petite télé dans une pièce décorée de façon minimaliste, comme n'importe quel appartement d'étudiant. Thalya – je n'ai eu aucun mal à la reconnaître en dépit de la douleur – m'a installé dans un large canapé crème recouvert d'une bâche. Des lumières sont allumées dans tous les sens, une des lampes dirigée droit sur mon dos. Thalya sort le matériel médical qu'elle possède, comme si elle avait l'habitude de se retrouver dans ce genre de situation… *En même temps, c'est une mortelle, elle est faible*. Pourtant, c'est moi qui tente tant bien que mal de garder la face. La tête contre le tissu, j'ai l'impression que les flammes de l'Enfer ont pris place dans mon dos. Je me sens vide.

J'ai bien cru que j'allais mourir à devoir monter deux étages jusqu'à l'appartement de Thalya, alors que ce n'ést même pas possible. Chaque mouvement crée une douleur fulgurante et irradiante. Je suis un dieu, bon sang ! Je vole, je suis puissant, je ne devrais pas me retrouver à demander de l'aide à une pauvre étudiante !

Thalya finit par rejoindre le salon en ignorant mon air peu avenant. Sa compassion est étrange. J'ai l'habitude de croiser des mortels qui ne soucient que d'eux-mêmes, alors pourquoi m'aider sans même savoir qui je suis ? C'est dans ces situations que mon pouvoir est utile. Les pensées des humains n'ont aucun secret pour moi, et même si certains de mes frères trouvent ce don perfide, je ne suis pas d'accord. Les mortels ont de toute façon des pensées limitées.

Je plonge donc dans l'esprit de celle qui m'a porté secours, m'attendant à découvrir qu'elle veut me soustraire de l'argent. Pour quelle autre raison m'aurait-elle tendu la main ? Pourtant, je ne trouve aucune arrière-pensée. Elle veut juste m'aider… *Qui fait ça ?*

Elle dépose tout son matériel sur la table basse en tentant de garder un visage serein, pourtant je sais qu'elle est complètement terrorisée. La vue du sang la bouleverse, et elle se pose un million de questions.

– Tu es sûre de ne pas vouloir aller à l'hôpital ? demande-t-elle en plaçant l'une de ses mèches derrière son oreille.

– Je te l'ai déjà dit, je ne veux pas qu'on sache ce qu'il s'est passé, grogné-je.

Je l'entends penser que je suis un crétin malpoli.

– Comme tu veux. On va faire avec les moyens du bord, soupire-t-elle. Comment tu t'appelles ? m'interroge-t-elle tout en déballant des compresses. Tu ne me l'as même pas dit avant-hier.

– Pothos, soufflé-je.

Elle écarquille les yeux avant de se passer une main sur la nuque, perdue. J'aurais pu prendre un pseudonyme, évidemment… Mais au point où j'en suis, je préfère garder chaque détail qui me rappelle ce que je suis.

Pourtant c'est moi qui dois avoir l'air le plus perplexe. « *Les Érotes* ». Elle sait qui nous sommes ? Elle connaît mon nom, elle pense à nous… En tant que mythe, pas en tant que réalité, mais elle a tout de même des connaissances plus développées que ce à quoi je m'attendais, et ça ne sent pas bon. Je dois absolument la diriger vers une autre piste. Il faut déjà que je brise un cœur, il n'est pas question que j'outrepasse une autre de nos lois en dévoilant mon identité.

– D'accord… Mieux vaut que le sang ne sèche pas davantage, sinon ça va être encore plus douloureux, dit-elle en déglutissant. Je vais devoir te retirer ton haut, ça risque de faire mal.

Je hoche la tête, la laissant contourner le canapé pour atteindre mon dos. Elle mouille mon tee-shirt pour ramollir la plaie le plus possible, découpe le tissu et commence à décoller le vêtement de mon dos. Je serre les poings aussi fort que je le peux. *Je dois rester de marbre, je ne souffre pas, je suis un dieu.*

Une odeur de fer remonte jusqu'à mes narines, et j'entends Thalya penser à quel point tout cela lui donne envie de vomir. Elle n'a pas le temps de terminer que je m'écarte brusquement, secoué par une douleur fulgurante. Par réflexe, je tente de sortir mes ailes pour la repousser, mais je lâche un gémissement plaintif lorsque l'effort étire mes plaies.

– *Apó tous theoús tis agápis, tha skotóso ton Thanáto !* lâché-je brusquement.

Elle se fige presque instantanément et me dévisage.

– Qu'est-ce que tu viens de dire ?

– Laisse tomber, tu ne peux pas comprendre, marmonné-je en lui jetant un regard peu aimable et en me rallongeant.

– J'ai l'air bête, peut-être ? Tu as dit « par les dieux de l'amour, je vais tuer Thanatos ». C'est censé vouloir dire quoi ? m'interroge-t-elle tout en inclinant sa tête.

J'écarquille les yeux. Rares sont les humains qui parlent grec… Et une intrusion dans son esprit suffit à me prouver qu'elle dit vrai : elle l'étudie à la fac. Et merde. Quoique, ça pourrait peut-être m'aider à élaborer un mensonge crédible.

– Ça ne veut rien dire, c'est une simple expression de chez moi.

Elle secoue vivement la tête en lâchant un rire jaune.

– Une expression ? Vraiment ? Et tes plaies, ce sont juste des égratignures, aussi ?

Elle se penche vers moi, le doute bien visible dans son regard, mais je ne détourne pas les yeux. Je dois trouver une excuse, l'éloigner de la vérité.

Je prends un air aussi sérieux que possible, le regard grave.

– Écoute, tu as dû le comprendre par toi-même, maintenant. Les blessures, la façon de parler… Je suis grec, je fais partie d'un gang, et notre dernière opération a mal tourné, expliqué-je. C'est pour ça que je ne peux pas aller à l'hôpital, ceux qui m'ont fait ça ne doivent pas me trouver.

Elle acquiesce, et je retiens un soupir de soulagement.

– Je te remercie de me soigner, mais tu ne dois rien dire à personne. Je ne pourrais pas te protéger si quelqu'un devait apprendre que tu sais qui je suis.

Je la sonde aussi calmement que je le peux. Elle n'est pas convaincue, je le sais. J'entends ses pensées dériver vers tous ces gangs qui prennent nos noms comme pseudonymes, mais ce n'est pas pour autant qu'elle me croit. *Donc des motards qui se font passer pour des dieux sont crédibles, mais pas un vrai dieu ? Quelle blague !*

– De quel gang fais-tu partie au juste ? demande-t-elle, sceptique.

– Je préfère ne pas te le dire, ce serait dangereux pour toi.

– Peut-être que tu aurais dû y penser avant de me laisser te ramener chez moi ? argue-t-elle, sourcils haussés.

Elle me fatigue à creuser ! Elle ne pourrait pas être plus crédule, comme tous ces humains naïfs ? Je grogne en m'installant un peu plus confortablement dans le canapé, car ma tête commence à me faire mal. Elle ne devrait pas me soigner, au lieu de poser des questions ?

– Qu'est-ce que ça peut te faire ? Tu en connais ?

– Non, cède-t-elle de mauvaise grâce.

– Alors reste dans l'ignorance, ça vaut mieux pour toi. Tu comptes retirer le tissu, oui ou non ?

Voilà, ça devrait la calmer pour quelque temps.

– Tu es venue à Seattle pour te cacher ? C'est ça ? Comment t'ont-ils retrouvé ?

Mais ce n'est pas bientôt fini ? Même mes frères ne posent pas autant de questions !

– J'ai fait l'erreur de contacter un ami que je pensais en danger, et ils ont réussi à remonter ma trace…

– Tu n'avais pas pris tes précautions ?

– Dans l'urgence, j'ai fait comme j'ai pu, soupiré-je, agacé.

– Tu n'y avais pas pensé ? Ça me paraît être le B.a.-ba, non ?

– On en reparlera quand tu seras dans cette situation.

« Pourquoi ne pas avoir quitté le pays ? »

– Je n'ai pas pu quitter le pays, ils m'ont blessé avant que j'en aie le temps. Maintenant, finis de me désinfecter, avant que je ne me vide de mon sang ! grogné-je.

J'attends que Thalya s'exécute, mais elle n'en fait rien. Elle est devenue livide et me dévisage. Elle finit par reculer de quelques pas, les yeux écarquillés et le cœur battant trop fort. Ses pensées sont tellement embrouillées que je n'y comprends plus rien… *Elle est en train de faire un arrêt vasculaire ?*

– Je ne l'ai pas dit… murmure-t-elle.

– Quoi ?

Elle pose une main sur sa table pour attraper une paire de ciseaux, et je la dévisage. *Elle ne compte quand même pas m'attaquer ?*

– Je ne t'ai pas demandé pourquoi tu ne quittais pas le pays… Je l'ai pensé, mais pas dit, explique-t-elle d'une voix chevrotante.

Nom d'un dieu de l'amour. Est-ce que j'ai été stupide à ce point ? Elle a déjà du mal à gober mon histoire de gang – il faut dire que je n'en ai pas vraiment l'allure –, alors si elle se met à croire, à juste titre, que je lis dans les pensées… Je suis dans la merde.

– Je l'ai pourtant entendu, affirmé-je.

– Je ne l'ai pas dit.

– Je sais ce que j'ai entendu. La vision du sang doit te perturber… Et la douleur commence à me faire tourner la tête. Est-ce qu'on pourrait en finir ? On discutera après. Je te jure que je ne te veux aucun mal, de toute façon je ne peux même pas lever un bras…

Elle n'est toujours pas convaincue, je le sens, mais elle semble au moins comprendre que je ne compte pas la tuer, puisqu'elle repose doucement ses ciseaux, à bonne distance de moi. Elle ne me quitte pas des yeux.

– Au moindre geste déplacé, j'enfonce mon poing dans ta plaie, me menace-t-elle.

Je hausse les sourcils, aussi rebuté qu'amusé. Elle n'en est pas capable… mais autant la laisser croire qu'elle est crédible.

– Je ne ferai rien, promets-je en respirant difficilement. Est-ce qu'on peut en finir, maintenant ?

– Oui…

Je soupire de soulagement quand elle s'approche de nouveau, méfiante. Au point où j'en suis, autant avoir mal une bonne fois pour toutes. Je l'entends inspirer un grand coup derrière moi, comme pour se donner du courage, et j'agrippe la bâche de toutes mes forces. La douleur s'était calmée, j'étais trop focalisé sur ce qu'elle me disait, mais ça n'a été que de courte durée. Je dois rester calme et cesser d'insulter les dieux, mais surtout, je ne dois pas tenter de déployer mes précieuses ailes qui ne sont plus dans mon dos. Il faut que je reste fort.

J'ai l'impression que chacun de ses mouvements est au ralenti. Je la sens attraper le bord du tissu puis, après une dernière inspiration, le décoller d'un geste sec, et malgré toutes mes précautions, je sens un déchirement de l'intérieur, comme si on venait gratter ma peau à l'aide d'une lame divine… Et je sens mes forces me quitter.

CHAPITRE 7

THALYA

Je prends enfin le temps d'observer son visage à la lumière. Il doit avoir approximativement mon âge, ses cheveux blonds encadrent un visage carré complété par une fine barbe, et il n'a pas besoin d'ouvrir les yeux pour que j'aie leur couleur en mémoire. Je crois ne jamais avoir vu un aussi beau bleu… ou un homme pareil. Et c'est précisément ce qui m'a marquée quand je l'ai vu chez Cooper. Je n'ai pas imaginé un seul instant qu'il pouvait faire partie d'un gang… À supposer que ce soit vrai.

J'ai tout de même envoyé un message à mon meilleur ami pour lui demander de venir chez moi si je ne lui avais pas donné de nouvelles d'ici une heure. Il s'est évidemment inquiété, mais peu importe, je sais au moins que quelqu'un trouvera mon cadavre s'il m'arrive quelque chose.

J'entends Pothos respirer profondément alors qu'il tente de reprendre ses esprits. Cette situation semble irréelle. Tout comme l'homme qui se trouve dans mon salon.

– Il va falloir que je finisse de désinfecter, dis-je doucement.

– Fais donc, grogne-t-il en serrant les poings si fort que ses jointures en deviennent blanches.

Je déglutis avant de m'attacher les cheveux. Je ne dois surtout pas me laisser dépasser par ce que je ressens… Ni par la vision de sa chair à vif.

Je ferme les yeux un instant avant de les rouvrir et je me force à aller au bout de ce que j'ai commencé. Je lui retire complètement son haut en me retenant de loucher sur ses muscles qui se contractent, puis j'observe les deux plaies sur ses omoplates, les sourcils froncés. Elles ne sont pas si profondes mais leur emplacement n'a rien de classique. Peu importe les séries que j'ai pu regarder, quand on attaque quelqu'un, on le poignarde en général au ventre, ou dans la cuisse… On ne lui retire pas des morceaux entiers de peau. Ici, cela ressemblerait presque à… des ailes. *Bien sûr, Thalya ! Un homme avec des ailes ? Il était temps que mes études se terminent !*

Je me passe une main sur le visage, sûrement encore pompette, et je me reconcentre sur Pothos.

Il ne lit pas dans les esprits, il n'a pas d'ailes, c'est juste un mec qui s'est retrouvé dans des affaires pas claires. Rien de plus.

Ce dernier me jette un regard suspicieux, puis un mince rictus vient étirer son visage tiré par la douleur. Au moins, il est à nouveau parfaitement conscient.

Je soupire. Impossible de recoudre pour refermer ses blessures. Il n'y a pas assez de peau, je vais devoir me contenter de mettre de la Bétadine et de recouvrir. Je réfléchis à comment m'y prendre pour ne pas lui faire mal, mais plus j'y pense... plus l'hypothèse des ailes me semble plausible, aussi délirante soit-elle. Pothos est le nom d'un dieu de l'amour, dieux qu'il vient d'évoquer... Et il parle le grec ancien ! Plus personne ne parle cette langue de nos jours, à moins de l'étudier. De plus, je suis certaine de ne pas avoir parlé de quitter le pays. Quelque chose cloche dans son histoire, et même si je risque de passer pour une dingue, je crois que j'ai une idée pour voir si ma théorie est bonne...

Je contourne Pothos pour lui faire face.

– Je peux te poser une question ?

– Est-ce que je peux vraiment refuser ? grommelle-t-il.

Bien sûr que non.

– Comment tu t'es retrouvé dans cette ruelle ? J'ai vu des traînées de sang sur le bitume...

Et des plumes.

– J'ai perdu tant de sang ? s'étonne-t-il, le visage livide.

– Oh oui. C'était un carnage sur le trottoir...

Surtout les plumes tachées de sang.

– Tu es sûre qu'il y avait des plumes ?

Je recule brusquement. Incapable de contrôler ma panique, je manque de tomber en me prenant la table basse dans les jambes. Pothos me dévisage, méfiant.

– Tu n'es pas humain… soufflé-je.

– Je sais que je suis attirant, mais pas à ce point, tente-t-il en esquissant un sourire en coin qui se veut charmeur.

Je secoue vivement la tête.

– Je n'ai pas parlé des plumes. Je l'ai pensé volontairement, oui… Mais je n'en ai pas parlé.

Il se redresse dans le canapé en tentant de masquer sa grimace de douleur, et je m'écarte un peu plus.

– Qui es-tu ? demandé-je d'une voix tremblante.

– Pothos, répond-il en gardant un visage neutre.

– Ne te paie pas ma tête ! Qu'est-ce que tu es, bordel ?

Il soupire avant de se passer une main dans ses cheveux blonds, puis tire sur ses mèches. Il semble vraiment en plein dilemme.

– Tu ne devrais pas t'aventurer sur ce terrain-là…

J'attrape de nouveau ma pauvre paire de ciseaux et m'approche de lui d'un pas déterminé. Peu importe ce qu'il est, je suis en position de force. Il est blessé, pas moi. Mais mon air menaçant ne lui fait ni chaud ni froid.

– Je suis sérieux, Thalya.

– Moi aussi. Réponds-moi, ou j'appelle une ambulance. Ils seront ravis de te soigner !

Mon argument semble faire son effet car son visage affiche une inquiétude bien réelle.

Ses sourcils se froncent, et son regard si bleu me lance des éclairs.

– Est-ce que je rêve ou tu me menaces ?

– Tu as l'air de rêver ? argué-je en serrant un peu plus les ciseaux dans ma main.

Pothos se lève avec difficulté jusqu'à me dépasser d'une bonne tête, sûrement pour tenter de m'intimider. Même si je n'en mène pas large, je ne fléchis pas. Au moindre mouvement déplacé de sa part, mes ciseaux terminent dans son ventre.

– Thalya, pose ces foutus ciseaux avant de te blesser, ils ne me feront rien.

– Et être sans défense ? Tu te fous de moi ?

Pour toute réponse, il s'approche de moi et, avant que je n'aie pu contrôler mon geste, mon arme part tout droit en direction de ses abdos. Je lâche un cri aigu en me reculant brusquement alors que Pothos me dévisage. Je l'ai fait ! Bordel ! Je suis complètement timbrée ! Mais au moment où je baisse les yeux pour mesurer l'ampleur de ma bêtise, je ne vois rien d'autre que des abdos parfaitement dessinés. *Quoi ?*

– Est-ce que tu écoutes quand je te parle ? Je t'ai prévenue : ces ciseaux ne me feront rien, articule-t-il.

– Je… Je les ai plantés, j'ai senti la lame rencontrer ta peau… bredouillé-je.

Il lève les yeux au ciel, toujours aussi mal, mais un air agacé habille à présent ses traits. Je suis sûre de moi, je l'ai fait. Il devrait être blessé.

– Je ne sais pas ce que je vais faire de toi, grommelle-t-il.

– Parce que tu comptes faire quelque chose de moi ?

Je recule, le cœur battant à tout rompre. Je suis dans la merde. Je viens de tenter de blesser quelqu'un qui ne peut manifestement pas l'être, et il veut se débarrasser de moi ?

– C'est une expression humaine… Je ne compte pas te tuer.

Peu importe ses mots, mon ventre reste noué. Il n'est pas humain. Il est blessé, pourtant des ciseaux ne lui font rien, même pas une marque… Je ne sais pas qui il est, mais il n'est pas question de lui faire confiance.

– Dis-moi ce que tu es, tenté-je à nouveau, le menton tremblant.

Pothos semble hésiter un instant avant de marcher avec difficulté jusqu'à moi.

– Je te l'ai dit, je suis Pothos. Je pense que tu peux deviner le reste toute seule.

Je secoue vivement la tête, refusant d'y croire. Non. Il a beau s'appeler Pothos, avoir des marques dans le dos, lire dans les pensées et ne pas pouvoir être blessé, je refuse d'y croire. Il est en train d'insinuer qu'il est un dieu et c'est… impossible ! Ce n'est qu'une arrogance mal placée qui le pousse à se faire passer pour un être divin ! Non, ce n'est clairement pas réel. Je me pince le bras pour m'assurer que je ne rêve pas, mais ça ne fait rien.

Pothos est toujours devant moi, l'air sérieux. *Et si c'était vrai ?*

Je recule jusqu'à me laisser tomber dans mon fauteuil, sans le quitter des yeux, méfiante. Tous les indices sont là. Tous me poussent à croire qu'il dit vrai. Pourtant je n'arrive pas à y croire.

– Tu es… Pothos ? Le dieu grec ? demandé-je avec autant d'hésitation que d'appréhension.

La plupart des gens éclateraient de rire ou me demanderaient de quoi il s'agit, mais pas lui. Non, Pothos semble plus paniqué qu'autre chose, et je continue de l'observer sans savoir quoi faire. *Merde ! Je ne peux pas croire une chose pareille !* Je passe mes journées à étudier les dieux en cours, et maintenant que l'un d'eux se tient juste devant moi, je suis complètement paralysée.

– C'est peu courant que les humains connaissent mon existence.

– Je suis étudiante en langues anciennes, réponds-je de façon presque mécanique.

Je me mords la lèvre, perturbée. Je tente de faire abstraction de son torse parfaitement sculpté, me concentrant sur son regard océan. Il m'observe avec insistance, le visage toujours aussi livide. Un dieu. Dans mon salon. Bon sang ! Soit je suis bourrée, soit je suis la passionnée de mythologie la plus chanceuse sur cette Terre. Ou bien je suis face à un dangereux psychopathe. Je n'ai aucune idée de ce qui est vrai dans la mythologie… Je veux dire, elle n'est même pas censée exister ! Qui peut affirmer que les dieux ne sont pas malveillants ?

– Tu devrais te détendre, tente Pothos d'une voix chevrotante à cause de la douleur. Je suis un dieu de l'amour, pas le dieu de la mort. Pas besoin de t'imaginer la fin du monde ou les pires choses me concernant.

Il fait demi-tour et retourne s'asseoir sur le canapé en douceur, grimaçant lorsque sa peau se tend. Je déglutis péniblement.

– Est-ce que si je te pose des questions sur ta nature, tu me répondras sincèrement ?

Il soupire.

– Tu en sais déjà trop, de toute façon.

Je me poste derrière lui en tentant de ne pas penser à mon estomac noué, et je reprends le désinfectant. Ses plaies sont rouges, à vif, et le sang ne cesse de couler… Je suis persuadée que je ne pourrai jamais oublier une telle image, ni une telle odeur. Je m'affaire à les nettoyer après avoir enlevé le sang séché à l'aide d'eau, n'osant pas encore toucher sa chair. Parmi toutes mes questions, celle qui m'intrigue le plus concerne sa blessure… Je ne comprends pas pourquoi on lui a retiré ses ailes avec tant de violence.

– Tu as été déchu ?

Je l'entends grommeler.

– Bien sûr que non, je suis toujours dieu, et bien immortel, me contredit-il d'une voix agacée. Sinon tes stupides ciseaux m'auraient blessé…

– Dans ce cas, pourquoi est-ce que tu n'as plus d'ailes ?

Je vois ses épaules s'affaisser alors que je commence à désinfecter sa plaie plus en profondeur. Je grimace, un haut-le-cœur me prenant lorsqu'un bout de chair se détache. Son corps sursaute à certains moments, ses poings se serrent et il jure en grec, mais il ne courbe pas l'échine face à la douleur.

– Thanatos me les a arrachées… finit-il par avouer.

J'arrête net mon mouvement, les yeux écarquillés. Je connais ce nom. Il est la personnification de la mort. Pourtant, il n'a jamais été fait mention d'un individu en chair et en os ! Selon les récits, il serait le fils de Nyx et le frère de Hypnos, dieu du sommeil. *Bon sang, il existe vraiment ! Mais pourquoi avoir arraché les ailes de Pothos ?*

Pothos se tourne vers moi, hésitant à répondre. Je ne détourne pas les yeux, attendant patiemment. Il finit par soupirer en scrutant à nouveau le vide.

– Par vengeance. Un différend nous liait depuis qu'il a aidé mon frère, Éros, à devenir humain…

– Éros. *Le* Éros est un humain ? Est-ce que tu plaisantes ?

Je me lève précipitamment pour m'accroupir face à lui, surexcitée. Pothos est une source d'informations inespérée ! *Tous les mythes sont fondés, bon sang ! Même le plus célèbre des dieux de l'amour existe !*

– Ouais, grommelle-t-il. Et désolé de décevoir la fan que tu sembles être, mais il est très amoureux de son âme sœur, me rembarre-t-il.

Je m'assieds sur la table basse pour retrouver mon calme, le cœur battant à tout rompre. Les Érotes existent, l'un d'eux est dans mon salon et un autre est devenu humain… Mieux, il a trouvé son âme sœur. *Est-ce que moi aussi, j'en ai une ?*

– Bon sang. Des dieux, des âmes sœurs… Est-ce que je suis en train de rêver ?

– Malheureusement, non, s'agace Pothos.

– Donc, ton don est de lire dans les esprits ? le questionné-je en ignorant son air bougon.

Pothos grimace en bougeant, alors que je ne le quitte pas des yeux. Je sais que je dois le soigner… Pourtant, je me laisse dépasser par ma curiosité.

– Ça me semble assez évident.

– Et tu sais ce que je pense à chaque instant ?

Pothos hausse un sourcil, même si son air rieur n'atteint pas son regard, et je sens mes joues chauffer.

– Si tu as peur que j'aie entendu tes pensées lorsque tu m'as vu torse nu, il faudra penser moins fort la prochaine fois.

La plupart des gens seraient gênés, mais pas moi. Je suis du genre à assumer. Il est attirant, quoique cassant. Et à présent que je sais qui il est, tout est plus logique. Le charme divin est décrit dans les récits comme quelque chose d'irrésistible, et je confirme qu'il est bien présent.

– Je comprends mieux pourquoi tu es si… parfait. À l'image des dieux grecs, expliqué-je.

– Parfait ? Tu souhaites flatter mon ego ?

C'est à mon tour de le dévisager. Il était faible dans cette ruelle, complètement perdu… À présent, malgré sa blessure, il semble reprendre un peu d'aplomb.

– Pas besoin, ton ego semble déjà assez gros.

Dieu ou non, il est hors de question que je bride mes pensées. Je me relève, tout de même consciente que je dois finir de le soigner avant tout, même si j'adorerais discuter encore et encore.

– Bon. Il va falloir que je mette un produit sur tes plaies et que je pose des pansements. J'ai ce qu'il faut dans la trousse, mais je ne suis pas une professionnelle. Je crois que c'est le mieux que je puisse faire.

– Peu importe. Recouvre juste la plaie que ça me soulage, ça cicatrisera tout seul, ordonne-t-il en tentant de masquer son angoisse.

Je lui souris sans me formaliser de son ton sec. La douleur semble être une découverte pour lui, il me fait de la peine. Je m'approche à nouveau, la boule au ventre. J'ai beau avoir conscience qu'il ne risque pas de mourir de cette blessure, je n'aime tout de même pas l'idée de lui faire mal.

J'approche le produit de ses plaies toujours sanguinolentes. Tout va bien. Je ne vais pas le blesser.

Le plus gros est déjà fait. Pourtant je n'arrive pas à arrêter de trembler.

– Si tu continues à réfléchir, on ne va jamais s'en sortir. Fais-le, qu'on en finisse.

– Sors de ma tête ! m'agacé-je en serrant les dents.

J'approche le flacon un peu plus près. Lui s'en fout ? Très bien, autant aller au bout des choses. Je me mords la lèvre, la douleur me permettant de me concentrer au moment où le liquide se mélange au sang. Il tressaille en silence, puis je me dépêche d'appliquer deux gros pansements avant de jeter toutes les compresses souillées dans un sac poubelle. J'observe une dernière fois mon œuvre et un soupir de soulagement m'échappe, alors que Pothos me jette une œillade interrogative.

– Je crois que j'ai terminé… soufflé-je.

Je me place de nouveau face à lui, évitant de penser à son torse parfaitement sculpté sous mes yeux.

– En évitant d'y penser, tu y penses, lâche-t-il sans me quitter des yeux, l'air fatigué.

Je lui jette un regard noir. Je ne compte pas me mentir à moi-même : Pothos est sûrement le genre de mec avec qui j'aurais fini la soirée dans d'autres circonstances. Mais il n'est pas humain, et je ne suis pas sûre de pouvoir lui faire confiance. D'autant que cette soirée n'est pas vraiment propice à ce genre de situation.

– Dans tes rêves, le rembarré-je.

– Avec plaisir, rétorque-t-il en s'installant plus confortablement avec difficulté.

Je plisse les yeux avant de lui faire signe de se lever. Je ne me laisserai pas avoir par ces sous-entendus. Il personnifie le désir, après tout. C'est son rôle. Pas question de tomber dans le panneau alors qu'il ne fait que se montrer désagréable.

– Allez, bouge, je vais retirer la bâche et la mettre dans un sac poubelle.

Pothos se lève en grimaçant. Je tente de ne pas froncer le nez devant l'odeur du sang – sans succès –, puis j'allume une bougie juste après avoir tout nettoyé avant de revenir vers Pothos.

– Reste dans mon canapé autant de temps qu'il te faudra. J'irai chercher quelques vêtements pour t'habiller demain matin. On avisera ensuite.

Il m'observe d'une façon étrange. Je ne sais pas quoi penser. Peut-être que c'est risqué d'accueillir un dieu sous mon toit, oui… Mais il semble si humain et ne ressemble en rien à ces mythes que nous avons pu étudier. Une part de moi souhaite prendre le risque de le garder ici pour découvrir la réalité qui vient de m'être dévoilée.

Pothos se redresse, l'air épuisé, et je place un coussin à son côté pour l'aider à se caler.

– Tu as tout ce qu'il te faut ? Tu as soif ? Faim ? demandé-je.

– C'est bon, je me servirai.

Je le dévisage.

– Ça t'arrive de dire merci ?

– Non.

Je lève les yeux au ciel. Il est tard, je n'ai pas envie de me battre contre lui. J'attrape mon portable pour envoyer un sms à Cooper et lui dire que tout va bien, puis j'observe un instant Pothos qui tente de s'allonger sur le ventre.

– Je vais aller dormir, j'en ai bien besoin. Fais comme chez toi… mais ne viens pas dans ma chambre.

Je tourne les talons sans attendre, avec l'envie d'enfin me poser après cette soirée mouvementée, mais Pothos me retient lorsque je passe près du canapé. Je baisse la tête vers lui pour l'interroger du regard, surprise. Il relève à peine la tête, pourtant je peux tout de même discerner son regard. Il semble soucieux.

– Tu peux peut-être m'aider. Est-ce que tu aurais des ouvrages concernant Thanatos ? J'aimerais trouver un moyen de l'atteindre via les récits humains…

Drôle de question venant d'un dieu censé en savoir bien plus que moi sur le sujet, mais je hoche tout de même la tête. Si je peux lui venir en aide de cette façon et au passage assouvir un peu plus ma curiosité, pourquoi m'en priver ? Son regard s'illumine d'une lueur d'espoir et je lui adresse un sourire sincère. On peut peut-être se rendre service mutuellement.

– On pourrait les feuilleter ? demande-t-il.

– Bien sûr, mais demain. Je crois qu'on a tous les deux besoin de se remettre de nos émotions.

Il acquiesce puis j'éteins la lumière, aussi excitée que terrorisée. J'ai commencé cette soirée avec l'intention d'arroser la fin de mes études avec mes amis. J'ai peut-être bu un peu plus que prévu, toujours moins que Grace, mais je ne m'attendais pas à finir la nuit de cette façon. Trouver un homme blessé au milieu de la rue n'est déjà pas chose courante, alors découvrir un dieu sur Terre ? Jamais je n'aurais osé penser à ça. Un dieu dort sous mon toit. Et j'ai bien l'impression que cela va bousculer beaucoup de choses.

CHAPITRE 8

POTHOS

Je grogne en me relevant, mon dos me tirant une grimace. Mes blessures ne sont plus aussi douloureuses qu'hier, je sens ma chair se réparer peu à peu grâce à ma nature divine, bien que la brûlure reste éprouvante. Une lame divine est le seul moyen de blesser un dieu, et c'est malheureusement ce qu'a utilisé Thanatos pour couper mes ailes. Il va me falloir quelques jours pour récupérer complètement. Ce n'est pas à mon avantage, mon temps est compté, et la pierre présente dans ma poche me le rappelle suffisamment. Il faut espérer que, d'ici là, j'aurai trouvé une solution pour récupérer mes ailes.

J'ai passé la nuit à scruter le vide, réfléchissant au meilleur moyen de me sortir de ce pétrin. Il est hors de question pour moi de demander de l'aide, parce qu'il est évident que je n'obtiendrai jamais la place que je convoite au sein de l'Olympe. Aphrodite doit voir que je suis capable de gérer seul la situation. Je n'ai qu'un mois, et je ne rentrerai pas bredouille.

Thalya est partie tôt ce matin pour me trouver des vêtements afin de remplacer ceux qui sont tachés de sang, bien trop serviable. Parce que je ne compte pas réparer le cœur de son meilleur ami comme je l'avais prévu. Plus maintenant, ça ne me servirait à rien. Aujourd'hui, seules deux options s'offrent à moi : soit je trouve un moyen de m'en prendre à Thanatos afin de récupérer mes ailes en marchandant, soit je brise un cœur humain. Et si je ne trouve pas d'angle d'attaque dans les cours de Thalya, je devrai m'en prendre à elle. Elle est jeune, elle croit en l'amour, son cœur bat correctement… et elle n'est pas indifférente à mon charme. La conquérir serait un jeu d'enfant.

Je n'en ai aucune envie. Sincèrement. Sans compter le fait que c'est contraire à nos lois. Malheureusement, je dois récupérer mes ailes. Même si ça veut dire lui briser le cœur. Après tout, que vaut une humaine face à un dieu ? Alors je vais me montrer gentil, la charmer et lui briser le cœur si je n'ai pas le choix. En attendant, elle reste auprès de moi : son cœur est entier, elle est passionnée de mythologie, et je préfère la garder à l'œil à présent qu'elle sait ce que je suis.

La seule chose qui m'échappe, c'est pourquoi Thanatos en est arrivé là. Qu'est-ce qui pourrait le pousser à prendre de tels risques ? Si l'Olympe apprend ce qu'il m'a fait et demandé, il sera déchu, voire pire. Mais j'ai beau tourner le problème dans ma tête, je ne comprends pas ce qui vaut le risque. Que pourrait-il vouloir de si crucial ?

La porte d'entrée s'ouvre sur Thalya les bras chargés et je me lève pour la rejoindre, ignorant la douleur de mon dos. Pourtant, à peine me suis-je approché qu'elle me renvoie un regard noir.

– Pas touche, je porte ! Tu risques de déchirer tes plaies.

Je grommelle mais la laisse déposer son sac en papier et ses classeurs sur la table. Rien ne sert de négocier, surtout lorsque son esprit laisse apercevoir un caractère fort. J'ai eu suffisamment le temps de réfléchir cette nuit pour comprendre que je dois me montrer agréable avec elle si j'en viens un jour à devoir atteindre son cœur.

Ce ne sera sûrement pas une tâche si détestable, Thalya est une femme attirante. Un peu plus petite que moi, des courbes et des cheveux roux s'ajoutent à son caractère enflammé. Je n'aurais aucun mal à jouer la comédie. *Et si on en arrive là, je n'aurai qu'à envoyer l'un de mes frères l'aider.*

– Qu'est-ce que c'est ? demandé-je en m'approchant.

– Des cours. J'ai fait un détour par l'appartement de Cooper pour prendre ses notes. Il ne savait pas exactement où se trouvait le chapitre sur Thanatos, alors j'ai tout pris.

Thalya dispose les classeurs un peu partout sur la table tandis que je sonde son esprit. Je n'ai pas pour habitude d'abuser de mon don – je peux le contrôler, choisir d'entendre les pensées ou non –, mais je n'ai clairement pas de temps à perdre, et je veux m'assurer qu'elle n'a pas parlé de moi. En ce qui la concerne, je pourrais toujours trouver un moyen de lui effacer la mémoire… Mais si trop de monde est impliqué, je ne pourrai rien faire. Je serai sûrement déchu, ou pire, enchaîné au fond du Styx, et l'Olympe la ferait taire d'une façon que je ne préfère pas imaginer. Heureusement pour moi, elle semble n'avoir rien dit, mais autant en avoir le cœur net.

– Tu n'as pas parlé de qui je suis ?

Elle tourne la tête vers moi, le regard brillant d'espièglerie. Ses yeux noisette me sondent.

– Pas encore. Mais j'ai rendez-vous cet après-midi avec le *New York Times*. J'ai pris des photos de toi en train de dormir comme preuve. Tu n'aurais pas une ou deux plumes à entreposer pour un musée ?

Je me colle presque à elle, un faux sourire en coin aux lèvres. Elle veut jouer avec le feu ? Thalya attend que je réagisse, pas le moins du monde intimidée.

– Cette histoire est très mignonne, mais je ne dors pas…

Elle me dévisage, surprise. Ses connaissances sur la mythologie sont certes impressionnantes, mais elles ne sont pas toutes exactes.

– T'es sérieux ?

Je hoche la tête, sachant pertinemment que je touche son point faible. J'étais peut-être blessé et faible hier soir, mais j'ai bien vu son regard s'illuminer lorsqu'elle a compris ma nature. Elle est passionnée.

Je tends un bras pour attraper l'un des classeurs en jurant lorsque je sens mon dos s'étirer, et Thalya me reprend brusquement l'objet des mains.

– Arrête de forcer. Tu es peut-être immortel et je ne sais quoi d'autre, mais tu es bien blessé pour le moment ! Je n'ai aucune envie de recommencer à te soigner.

Je hausse un sourcil, agacé, avant de me reprendre. Je dois faire taire mon côté grognon avant qu'elle ne me déteste pour de bon.

– Tu te la joues tyrannique ? tenté-je, faussement amusé.

Elle place ses mains sur ses hanches, appuyant ses courbes moulées dans sa robe légère.

– Il le faut bien, tu ne sembles pas du genre à écouter. Mais tu sais quoi ? Mon toit, mes règles.

J'avance, l'obligeant à reculer jusqu'à la table. Elle a perdu son assurance, son regard fermement ancré au mien, et je souris sans me retenir en entendant le fond de ses pensées. Je ne la laisse pas indifférente…

– L'Olympe règne sur la Terre. Alors techniquement, ton toit est sous le mien.

Elle hausse un sourcil, et je n'ai pas besoin d'être télépathe pour savoir que cet échange l'amuse autant que moi.

– Soit. Mais je t'ai aidé, alors tu m'es redevable. En échange, je demande donc que tu t'asseyes bien gentiment sur le tabouret et que tu arrêtes de bouger. Maintenant, éloigne-toi.

Je profite un instant de notre proximité avant de m'éloigner. Cela ne fait même pas vingt-quatre heures que je suis entré dans sa vie, je peux bien attendre encore un peu avant de la faire tomber dans mes bras. Surtout que Thalya a raison : je dois cicatriser au plus vite, et forcer ne m'aidera pas.

Une fois que nous sommes assis, elle dispose les classeurs sur la table, ne perdant pas une seconde. Je comprends qu'elle souhaite en apprendre davantage, mais pour une raison qui m'échappe, elle semble réellement déterminée à m'aider.

– Qu'est-ce qui te motive ? demandé-je sans réfléchir.

Thalya relève vivement la tête vers moi, surprise. Je voudrais simplement comprendre ce qui motive un humain à se démener pour un inconnu.

– Qu'est-ce que tu veux dire ?

– Rien ne t'oblige à m'aider. Tu peux être curieuse, oui, mais je ne comprends pas ce qui te pousse à être si… gentille, expliqué-je en grimaçant.

Elle me dévisage de longues secondes avant… d'éclater de rire. Perplexe, je fronce le nez. Qu'ai-je dit de si drôle ?

– Ce n'est pas un défaut d'être gentil.

– Peu importe. Ça ne répond pas à ma question.

Elle glisse un classeur dans ma direction mais je n'amorce aucun mouvement pour le récupérer. Je veux d'abord savoir de quoi il retourne.

– Il y a bien une part de curiosité, mais aussi quelque chose d'autre dont tu ignores tout, commence-t-elle.

– Et qu'est-ce donc ?

– L'humanité, dit-elle en me fixant droit dans les yeux. Je ne sais pas comment se comportent les dieux, mais sur Terre, la plupart des gens possédant un cœur ne laissent pas les autres dans le besoin. Tant que tu te montreras un minimum respectueux, je t'aiderai.

Je déglutis péniblement, perturbé par l'intensité de son regard. Elle est sincère. C'est une âme pure, le genre à se briser facilement... *trop* facilement. Et je refuse d'y penser pour le moment. Je détourne les yeux pour attraper le classeur, et je l'ouvre en ignorant le regard de Thalya qui pèse sur moi. Je veux trouver quelque chose pour neutraliser Thanatos et le contraindre à me rendre mes ailes en échange de ma liberté.

– Si je ne me trompe pas, on a étudié Thanatos durant le mois de novembre ou décembre. Donc, ça nous laisse ces trois classeurs-là à vérifier...

– Et vous avez appris tout ça ? Ce sont tous les mythes nous concernant ? m'étonné-je en haussant les sourcils.

Thalya acquiesce, puis elle ouvre un dossier. Je feuillette rapidement le mien, surpris du nombre d'informations erronées que possèdent les humains. Zeus, Hadès et Poséidon seraient égaux ? Ils sont bien frères, oui… Mais égaux ? Bien sûr que non ! Même Hadès et Poséidon savent qu'ils ne font pas le poids face à Zeus, bien que le conseil olympien soit là pour tenter de conserver un certain équilibre. Tout ce chapitre est faux ! Lorsque j'arrive à celui concernant les Érotes, il n'y a que peu d'informations sur la plupart de mes frères… En revanche, la partie concernant Éros est bien détaillée, et plus qu'à côté de la plaque. *Qui a écrit une telle chose ?*

– Éros et Psyché ? Sérieusement ? Cette dernière n'existe même pas ! lâché-je. Même un mythe concernant Kaléa serait plus logique !

Thalya relève vivement la tête vers moi alors que je lève les yeux vers l'Olympe. Si Éros avait aimé avant Kaléa, nous le saurions !

– Vraiment ? s'étonne-t-elle.

– Ce n'est qu'une invention humaine, confirmé-je.

Elle note ce que je lui dis sur un bout de papier. Je ne comprends pas pourquoi les humains aiment apprendre notre vie. Ils n'ont rien de mieux à faire ? J'imagine facilement Thalya comme tous ces humains studieux, à réviser nuit et jour, pensant que la connaissance s'acquiert dans des documents. Au moins, à mon côté, elle ne risque pas d'apprendre des informations aussi fausses que celles qui se trouvent dans ces classeurs.

Je me replonge dans le dossier, à la recherche du chapitre sur le responsable de mes malheurs, sans succès. Plus j'avance dans ma lecture, plus je me demande qui a rédigé pareilles inepties… *Comment peut-on sérieusement étudier autant d'absurdités ?*

– Je l'ai ! lâche finalement Thalya, au bout d'une bonne heure de lecture.

Je relève vivement la tête : dans ses mains, elle tient plusieurs pochettes en plastique. Il y en a moins que ce que j'espérais, mais c'est peut-être suffisant.

– Qu'est-ce que ça dit ? demandé-je avec espoir.

Thalya réajuste ses lunettes de vue.

– Alors… Selon nos cours, c'est une figure mineure de la mythologie grecque. Elle personnifie la mort, mais elle n'apparaît pas comme une personne à part entière. Thanatos apporterait les ténèbres…

– Faux. Il est enfermé en Enfer. Il se contente d'accueillir les âmes de là où il est, et s'il le souhaite, il intervient dans leur châtiment. Il n'a pas le pouvoir d'apporter les ténèbres.

– Un genre de diable, donc ?

– Exactement.

– Mais ce n'est pas le rôle d'Hadès ?

Je secoue vivement la tête. *Tant d'ignorance !*

– Non. Originellement, Zeus règne sur le ciel, Poséidon sur la mer, et Hadès sur les Enfers. Mais ça n'a duré qu'un temps. Le conseil olympien a été formé pour conserver une certaine paix dans l'Olympe, et ces trois dieux l'ont intégré, Zeus en étant à la tête.

– Waouh. Tu ne voudrais pas écrire un manuel d'histoire ?

Je lâche un rire franc. Je suis persuadé que ces informations se vendraient une petite fortune, mais cela me coûterait mon immortalité, et l'Olympe finirait certainement par me faire taire. À choisir, bien que je n'apprécie pas mon rôle de dieu de l'amour, je préfère encore rester dans ma situation !

– Certainement pas. Autant laisser croire aux humains ce qu'ils veulent pour que notre existence reste secrète. Et puis, si cela arrivait, des humains tenteraient de soudoyer les dieux pour des services… Et crois-moi, certains accepteraient !

Elle hoche la tête, comprenant sûrement où je veux en venir. Tous les dieux n'ont pas autant de discernement que mes frères ou moi… L'idée d'être vénéré sur Terre comme ce fut le cas pour ceux du conseil plairait à un grand nombre, et ce genre de chose remettrait en cause la totalité des règles de l'Olympe. Ce serait le chaos.

– Ça me semble logique. Dommage, je rêve de connaître ton monde, admet-elle.

Je lui souris, à moitié fasciné par cette passion avec laquelle elle parle de tout ce qui nous entoure. Après des millénaires, mon monde ne me semble pas aussi merveilleux que ce qu'elle imagine, mais j'apprécie ce regard positif qu'elle porte sur tout. J'aurais aimé lui faire découvrir le ciel, mais sans ailes, je ne le peux pas. De toute façon, je ne le dois pas.

– Et ensuite ? Qu'est-ce qui est dit sur Thanatos ? demandé-je.

– Il serait le fils de Nyx et le frère d'Hypnos. Et… oh !

Elle écarquille les yeux.

– Quoi ?

– Il y a un moyen de s'en prendre à lui !

– Lequel ?

Thalya parcourt la feuille des yeux avant de reprendre.

– J'aurais dû y penser ! Il est question d'Héraclès. Il souhaitait ramener quelqu'un à la vie, une âme que Thanatos était chargé de prendre. Thanatos ne le voulait pas, alors Héraclès l'aurait menotté grâce à des liens faits de diamants !

Je me passe une main sur le visage, aussi désespéré qu'agacé. Je me souviens parfaitement de cette histoire. Héraclès désirait sauver l'âme sœur d'un humain dont s'était chargé Himéros. Cette situation fut le seul exemple de résurrection de notre histoire, Héraclès gagnant son combat en maîtrisant Thanatos. Malheureusement pour moi, cela ne peut plus avoir lieu aujourd'hui.

– Ces liens ont été détruits il y a presque deux mille ans. J'avais espoir qu'un dieu déchu ait laissé un moyen de m'en prendre à Thanatos, mais je me trompais… soupiré-je.

– Et la lame qui a coupé tes ailes ? tente Thalya.

À cette seule pensée, mon cœur se serre. J'ai l'impression de ne plus être entier, de ne plus être libre. La preuve, je dépends d'une pauvre humaine pour tenter de me sortir de tout cela. Je me sens comme un oiseau en cage, et cette sensation est sans doute la plus douloureuse que j'aie pu vivre. Voler est une part de moi, en être privé est un vrai supplice.

– Je ne suis pas physiquement capable de l'attaquer. J'espérais davantage pouvoir le maîtriser, puis le libérer en échange de mes ailes…

Thalya fronce les sourcils en rangeant ses feuilles, et je n'ai pas besoin de lire en elle pour savoir qu'elle ne comprend pas mon plan d'action. *Et encore... Elle ne sait pas tout.*

– Pourquoi tu n'en parles pas à tes frères ? Ou au conseil olympien ?

– Parce que je dois faire mes preuves seul, expliqué-je avec sincérité pour une fois.

– Tes preuves ?

Je soupire.

– Je dois prouver que je suis capable de me débrouiller seul pour pouvoir évoluer au sein de l'Olympe, expliqué-je.

Thalya hoche la tête, comme si elle comprenait, avant de repartir dans ses recherches – à mon plus grand soulagement.

– Est-ce que tu as une autre option ? reprend-elle.

– Je ne sais pas encore… Je dois réfléchir, mens-je en aspirant mes joues.

Je ne peux pas lui avouer que, si nous ne trouvons rien, ma seule solution sera de lui briser le cœur. Thalya retire ses lunettes puis les glisse dans son étui. Il est rare que je reste sans voix, mais cette situation est unique. Je ne sais pas comment m'y prendre. Comment briser un cœur, quand on a passé son existence à les réparer ?

Thalya semble comprendre mon tourment, car elle se lève en me souriant avec chaleur.

– Dans ce cas, je te propose de sortir ! Aller prendre l'air, ou ce que tu veux, c'est parfait pour réfléchir. Tu as bien l'âge d'aller dans un bar, rassure-moi ?

Je lève un sourcil, amusé.

– Je crois que ça ira. Mais pas aujourd'hui, décliné-je.

– Alors, demain, décrète-t-elle.

Je soupire. J'en suis physiquement capable, mais je n'en ai aucune envie. Me retrouver parmi ces mortels alors que j'ai perdu l'un de mes attributs divins est un sort détestable. Sauf que je ne dois pas la braquer.

– Si tu veux.

Thalya me sourit, sincèrement satisfaite de ma réponse. Dans une autre situation, peut-être aurais-je fini par apprécier cette humaine et toutes ses questions. Malheureusement, après l'échec de nos recherches aujourd'hui, j'ai peur de devoir lui faire du mal. Je ne suis pas serein quant à ce que les Moires me réservent… Mais ai-je vraiment le choix ?

CHAPITRE 9

THALYA

Voilà déjà quelques jours que Pothos vit dans mon appartement… Au début, j'ai eu du mal à croire en sa nature, mais il a su me prouver qu'il disait vrai. Il ne mange pas, ne dort pas, tout en gardant un air toujours aussi parfait. Sans compter sa blessure ! À sa place, je serais allongée sur le ventre, à me plaindre de la douleur… Lui ne montre presque rien, mis à part une profonde lassitude. Je l'ai vu faire sa vie comme si de rien n'était, prendre l'air sur mon balcon, se doucher puis s'amuser à se balader torse nu… Et pourtant, son regard se perd quelques fois dans le vide, à mille lieues d'ici. Quoi de plus logique ? Il a tout de même perdu une partie de lui, et il se raccroche à nos recherches.

C'est d'ailleurs ironique de l'aider à trouver des informations sur l'un des siens alors qu'il en sait sûrement plus que moi. Malgré tous mes efforts, je n'ai rien trouvé, mais je ne baisse pas les bras. S'il faut que j'y passe jour et nuit, je le ferai. Je veux vraiment l'aider, et ce n'est pas seulement parce qu'il m'intrigue. Il semble seul, et je n'ai jamais su résister à quelqu'un qui a besoin d'aide.

J'ai dû prétexter un vilain rhume pour tenir mes amis éloignés de moi. Il est rare qu'un homme reste si longtemps chez moi, je ne veux pas qu'ils se fassent des idées. Surtout que l'ambiance entre nous est… étrange. Je sens son regard peser régulièrement sur moi, et lorsque mon attention se pose sur lui, il ne détourne pas les yeux. Au contraire, il m'observe avec plus d'insistance. Je n'arrive pas à savoir s'il me méprise, si je l'indiffère, ou s'il m'apprécie… Mais une chose est sûre, il a intérêt à faire des efforts, parce qu'autrement, même s'il est loin de me laisser de marbre, je ne l'aiderai plus. Je suis gentille mais pas bête.

– Tu ne peux pas te dépêcher ? J'ai déjà suffisamment l'impression d'être un assisté sans mes ailes, grommelle Pothos.

Je me mords la lèvre avant d'appuyer un peu trop fort avec la compresse, ce qui me vaut une insulte en grec.

– Oh pardon ! Mon geste est aussi indélicat que tes mots.

Il me renvoie un regard noir qui ne me fait ni chaud ni froid. J'ai été claire, c'est à lui de se plier à mes exigences.

– Est-ce que tu pourrais aller plus vite, *s'il te plaît*, insiste-t-il.

– Mais avec plaisir ! Comment refuser une demande si bien formulée ?

Il grommelle, n'appréciant manifestement pas de se faire remettre à sa place, et j'appuie un peu moins fort sur la compresse désinfectante. La plaie est toujours visible, mes soins n'ont pas fait de miracles, mais elle cicatrise vite. Sa peau a retrouvé une jolie teinte bronzée, ses muscles ne sont plus noués, et je laisse mes doigts passer sur sa peau, fascinée par la douceur. *Une étreinte avec lui doit être inoubliable...*

– Thalya ?

– Hmm ?

– Je peux savoir ce que tu fais ? Ou ce que tu penses ?

Mon geste s'arrête net, et je me mords la lèvre pour ne pas rire. *Merde.*

– Je vérifiais que ta peau n'était pas indurée.

– Tu veux inspecter tout mon corps pour être sûre ? rétorque-t-il en se tournant légèrement vers moi, le regard intense.

Ce serait presque tentant.

– Pas besoin, seul ton dos m'intéresse. Maintenant, tourne-toi.

Un sourire taquin étire ses lèvres, que j'ignore volontairement. Et puis quoi encore ? Il est déjà trop sûr de lui, pas question de l'encourager à l'être encore plus. Je me reconcentre sur ses blessures, m'empêchant de trop penser au reste.

Une fois les pansements refaits, j'abandonne Pothos dans mon salon pour ranger ma trousse de secours. Lorsque je reviens, je le trouve sans surprise sur le balcon, toujours torse nu. Son dos est à nouveau tendu, laissant apparaître des épaules musclées, et je me mords la lèvre avant de m'approcher de lui. Je m'attends à tout moment à ce qu'il m'adresse une nouvelle remarque, mais il scrute le vide. Il arbore un air abattu, les épaules voûtées, et je sens que ce n'est pas à cause de la douleur physique.

– Est-ce que ça va ?

– Pourquoi ça n'irait pas ? rétorque-t-il sèchement.

– Parce que tu as perdu quelque chose d'important pour toi ?

Il me jette une œillade avant de revenir à la rue. Il ne semble visiblement pas prêt à me répondre, mais ce n'est pas grave : je serai là s'il a besoin de parler.

– Est-ce que cela te dérange que je reste ici ? me demande-t-il en changeant de sujet.

Je soupire avant de sonder le vide à mon tour. Est-ce que ça me dérange qu'il vive chez moi ? Pour le moment, non. Je n'ai de toute façon pas grand-chose à faire. Je n'ai pas encore trouvé de travail, mes études sont terminées, et entre mes économies et ma bourse d'études, je peux encore tenir deux bons mois, de quoi me laisser le temps de trouver ce que je veux vraiment faire. Si Pothos arrive à faire des efforts, je suis sûre que la cohabitation m'apportera du bon.

– Non. Je te l'ai dit, tu peux rester tant que tu te comportes correctement.

Il me renvoie un sourire en coin.

– Tu n'espères quand même pas que je me montre aimable ?

– L'espoir fait vivre.

– C'est bien une expression humaine, se moque-t-il.

Je souris franchement. Sa façon de parler des humains a quelque chose d'amusant.

– Tu ne voulais pas m'emmener quelque part ? relance Pothos en se tournant vers moi.

Je le dévisage, surprise qu'il me le rappelle, et me concentre pour ne pas penser à notre destination. Je ne veux pas qu'il l'entende dans ma tête, je préfère garder la surprise.

– Si. On peut y aller aujourd'hui, si tu veux.

Il se contente de hocher la tête en observant le ciel. Ses lèvres sont pincées, et je vois bien que son regard brille.

– Voler te manque ?

Pothos soupire.

– Ma liberté me manque, rectifie-t-il.

– Je crois que ce que je veux te montrer pourrait t'aider….

Un rire lui échappe alors qu'il baisse la tête pour observer le jardin dessous. Je me doute que rien ne vaudra la sensation de voler, mais je peux au moins tenter.

– Je pense que tu ne peux rien me montrer que je n'aie déjà vu, rétorque Pothos, amer.

Je lève les yeux au ciel, agacée. Il peut se montrer si… arrogant ! Oui, il est âgé. Oui, il en a sûrement vu plus que n'importe qui. Mais il est hors de question que je laisse sa mauvaise humeur m'atteindre. Si la vie m'a appris une chose, c'est qu'il est important de toujours positiver.

– Arrête de me prendre de haut et de jouer au vieux con, répliqué-je sans détour.

– Oses-tu me traiter de vieux ?

Il se tourne enfin complètement vers moi et son regard bleu me sonde. Ses vingt centimètres de plus lui donnent un air encore plus imposant, pourtant ça ne m'effraie pas. Il n'y a rien chez lui qui me donnerait envie de m'éloigner. Il est certes intimidant par moments, mais je ne le crois pas capable de me faire du mal.

– Tu as… cent fois mon âge, au minimum. Alors oui, tu es vieux !

Un rire rauque lui échappe, et j'observe ses traits parfaits s'animer. Il a beau être têtu, impossible de nier la chaleur qu'il fait naître en moi. Quelque chose émane de lui. Je sais que, même si ce n'est pas raisonnable, s'il tentait quoi que ce soit, je ne saurais pas résister. Je ne peux rien y faire. *Je ne veux rien y faire.*

– Alors, tu me suis ? demandé-je en me redressant.

– Est-ce que j'ai le choix ?

Je croise les bras contre ma poitrine, incline la tête sur le côté et souris.

– Non.

Pothos hoche la tête puis se décolle de la balustrade pour rentrer dans mon appartement, le torse moulé dans ce haut que j'ai malencontreusement pris un peu trop petit.

Dommage qu'il soit un dieu.

***

Le Sky View Observatory est à une quinzaine de minutes en voiture de chez moi. Malheureusement pour nous, à cette heure de la soirée, les routes sont bondées et nous en avons eu pour plus d'une demi-heure. J'ai bien cru que nous n'arriverions jamais. Je n'ai d'ailleurs jamais été aussi soulagée que lorsque j'ai vu les ascenseurs. Monter soixante-treize étages à pied ? Sans façon. Pourtant Pothos a décidé que nous devions terminer les dix derniers étages par les escaliers pour observer la vue à chaque pallier. Toutefois, je crois que le voir aussi enthousiaste valait bien un peu d'efforts.

Je souffle d'épuisement en montant la dernière marche, Pothos se moquant ouvertement de moi.

– Faible petite chose…

Je lui jette un regard noir.

– Et toi, tu n'es qu'un con.

Il me tend tout de même la main pour m'attirer jusqu'à la barrière, et je l'accepte, épuisée. Son toucher brûle mon épiderme, mais je tente de faire abstraction de cette sensation. À la place, j'observe la vue magnifique en reprenant mon souffle. La nuit commence à tomber, ce qui ne rend le paysage que plus extraordinaire. La grande roue semble minuscule au loin, je ne distingue que les formes. J'ai la sensation d'être au-dessus de tout… C'est magique. Le ciel est nuancé de violet et de bleu, touches qui se reflètent dans l'eau au loin, et les lumières des bâtiments donnent l'impression d'être dans un rêve. Tout ce qui se trouve sous nos pieds semble si petit d'ici… Je n'ose pas imaginer ce à quoi cela ressemblait lorsque Pothos pouvait encore voler.

C'est la première fois que je me rends ici. Je suis née à Chicago, et je ne suis venue à Seattle que pour mes études. J'ai bien plus visité les bars que les monuments touristiques, et face à une telle vue, je regrette de ne pas l'avoir fait plus tôt. J'espère seulement que ce semblant d'altitude plaît à Pothos autant qu'à moi. Je me tourne vers lui pour le découvrir scrutant l'horizon. Je pose ma main sur la sienne, ce qui ne manque pas de le faire sursauter.

Son regard se rive sur moi alors que je sens des fourmillements parcourir mes doigts, Pothos regardant mes lèvres. Je déglutis péniblement. *Ne te fais pas d'idées.*

– Ce n'est sûrement pas aussi beau que lorsque tu survoles la Terre, mais c'est mieux que rien.

Sa peau est brûlante tandis que la mienne est glaciale. Pothos ne fait rien pour me repousser.

Au contraire, il finit par jeter une œillade à nos mains liées, son regard perçant encore plus bleu que d'habitude, et je me mords la lèvre en constatant que ses mains sont bien plus grandes que les miennes. Il finit par reporter son attention sur la ville.

– Et si je ne récupérais jamais mes ailes ? murmure-t-il, la voix chevrotante.

J'ouvre la bouche avant de la refermer. Il ne voulait pas me parler il y a de ça une heure, et voilà qu'il se montre presque vulnérable…

– Quand on veut quelque chose, on le peut, dis-je seulement.

– Même si cela veut dire blesser des mortels ? insiste-t-il en serrant plus fort la barrière entre ses doigts.

Je fronce les sourcils. J'ignore tout de son monde ; je ne sais pas à quel point les dieux ont un impact sur notre existence, mais ce dont je suis certaine, c'est que les Érotes ne semblent pas apporter de négatif dans nos vies, bien au contraire. Mais est-ce une raison suffisante pour blesser un mortel ?

– Est-ce que tes ailes t'aident dans ce que tu fais ?

Pothos se tourne vers moi, perdu.

– Elles me servent à me déplacer, explique-t-il. Nous ne savons jamais où nos cibles nous mèneront, donc je les utilise constamment. Et c'est une part de moi, de ce que je suis… Alors je pense que oui. Pourquoi cette question ?

Je hausse les épaules.

– Parce que ma réponse dépend de ça. Je ne suis pas pour blesser qui que ce soit, mais ton cas est différent. Je ne sais pas comment vous fonctionnez avec les humains, mais si vraiment tu en as besoin… Alors oui, même si cela veut dire blesser quelques individus, je pense que ça en vaut la peine. Dans ton cas, ce serait un mal pour un bien.

Je pense chacun de mes mots. Il semble humain, pourtant il ne l'est pas. Son existence a plus d'importance que la nôtre, même si je déteste cette idée. Un humain manquera à son entourage, oui, mais sa disparition n'entraînera aucun changement majeur. En revanche, si un dieu ne peut plus faire ce qu'il doit faire… Je ne veux pas imaginer les conséquences que cela peut avoir.

Pothos se tourne vers moi, une lueur étrange brillant au fond de son regard. Une lueur que je suis incapable de définir, mais qui fait battre mon cœur un peu plus fort. Il me détaille comme je pourrais détailler une œuvre d'art, créant une douce chaleur au creux de mon ventre.

Je m'attends à ce qu'il me réponde, qu'il me contredise ou balance l'un de ses sarcasmes, mais il n'en fait rien. Au lieu de cela, il se détache de la barrière, ignorant la vue qui s'étend face à nous, et approche doucement son visage. Je sens son souffle se mêler au mien. Je suis tiraillée entre l'envie de me laisser aller et celle de le repousser.

Pourtant, je détourne le visage au dernier moment lorsqu'un couple passe tout près de nous, et j'observe la vue en tentant d'ignorer les battements effrénés de mon cœur. Essayant de me calmer, je l'observe de nouveau, et ce que je peux lire dans son regard me coupe la respiration.

Il m'aurait embrassée si je n'avais pas bougé. Et à l'instant présent, je n'ai qu'une peur : me laisser submerger par quelque chose qui me dépasse.

CHAPITRE 10

POTHOS

Voilà déjà une trentaine de minutes que Thalya et moi sommes rentrés du Sky View Observatory. Je l'ai abandonnée afin de faire un tour dans les rues de Seattle. J'avais besoin de faire le point sur certaines choses, puis je me suis enfermé dans la salle de bain. Il fallait que je me retrouve seul avec moi-même après ce que j'ai failli faire…

J'allais l'embrasser. Pour une raison qui m'échappe, j'en avais envie, je me suis laissé emporter par le moment, mais ça n'arrivera plus. Pas question de perdre mon objectif de vue, la petite pierre que je garde sur moi est là pour me le rappeler. J'ai failli commettre une erreur, mais cela m'a au moins permis de trouver une ouverture.

Je lui plais, c'est évident. Je le sais depuis le début, mais j'espérais trouver une autre solution. Cependant, ces derniers jours, nous avons eu beau lire et relire toutes les notes et les cours de Thalya et de son ami, rien n'y a fait. Je n'ai toujours aucune idée de la façon dont je pourrais contrer Thanatos, et appeler l'un de mes frères pour lui demander de transmettre un message n'est pas une solution. Alors il faut bien se résoudre à faire ce que je comptais éviter : utiliser Thalya. Et malheureusement pour elle, je compte profiter de ce rapprochement aujourd'hui pour créer un lien entre nous. Ça ne me fait pas plaisir, mais je n'ai pas le choix.

Je finis par quitter la douche, satisfait d'avoir pu me relaxer pour la première fois depuis quelques jours. J'attrape le bas de jogging et le haut que Thalya a eu la gentillesse de m'acheter pour les enfiler, puis je me sèche les cheveux avant de quitter la salle de bain, prêt à la rejoindre et à lui faire découvrir la surprise que j'ai préparée.

Je m'arrête dans l'embrasure de la porte en découvrant Thalya allongée sur le lit, sur le ventre, un livre sur Asclépios dans les mains, le fils d'Apollon et dieu de la médecine. Son appartement est meublé avec simplicité, et sa chambre ne fait pas exception : une commode trône sous sa fenêtre, et son lit est encadré de deux tables de nuit. Rien de plus. Elle a troqué ses vêtements pour un vieux bas trop large, rouge avec des motifs de mouton, dans lequel un débardeur est glissé et je me mords la lèvre pour ne pas rire. Cependant, en dépit de son pyjama ridicule, son corps n'échappe pas à mon observation. Je vois presque la courbure de son dos réclamer mes caresses. Mon estomac se tord. Je dois la séduire, pas être séduit. Elle tourne une page de son livre en se mordant la lèvre et je tente de me contenir, alors que ma respiration se fait plus forte.

Thalya finit par se rendre compte de ma présence, sentant sûrement mon regard peser sur elle, puis referme son livre avant de le poser sur sa table de chevet. Elle se tourne ensuite vers moi, un sourire aux lèvres, alors que mon regard s'aventure dans le décolleté de son débardeur.

– Tu viens ? propose-t-elle en tapotant la place près d'elle.

Je hausse un sourcil.

– C'est direct.

Elle éclate de rire, ce qui fait rougir ses joues, et je ne peux m'empêcher de sourire en retour. Elle est si joyeuse, pétillante.

– Je veux juste voir comment ton dos cicatrise, espèce de dieu pervers !

– Ce n'est qu'un prétexte pour me déshabiller, avoue-le, plaisanté-je.

Je m'assieds à son côté en creusant le matelas, après lui avoir jeté un regard insistant. Thalya se mord de nouveau la lèvre en secouant la tête avant de me retirer mon haut, ce qui a pour effet de m'envoyer des décharges aussi électrisantes que celles de Zeus dans tout mon corps.

Ses doigts frôlent délicatement ma peau, mais cette fois, c'est différent. Je mentirais si je disais que mon corps ne réagit pas. Je détaille ses lèvres, m'attendant à ce qu'elle rompe la distance entre nous, mais elle n'en fait rien. Au lieu de ça, je la vois déglutir et elle s'éloigne à nouveau pour se placer dans mon dos. Le matelas plie derrière moi, et sa chaleur me submerge.

Elle décolle le pansement ; je sens son regard peser sur les deux blessures découvertes. J'aurais aimé pouvoir déployer mes ailes.

– Peut-être que ce n'est qu'un prétexte, finit-elle par avouer dans mon dos. Mais tu vas être gentil et t'abstenir d'user de tes dons sur moi pour le découvrir.

– Moi ? Gentil ? Je pense que tu te trompes de dieu.

Elle lâche un rire discret avant de frôler le contour de mes plaies du bout des doigts, et je lâche un grognement. Ma peau est fine, douloureuse, et je ne veux même pas imaginer ma chair à vif au centre. Cette sensation est nouvelle pour moi. Après des millénaires à être intouchable, je déteste vivre cette situation. J'ai l'impression d'être faible.

Les doigts de Thalya sur ma peau sensible me font frémir. Aucun humain n'a jamais touché mes ailes, ni aucun dieu d'ailleurs. C'est intime.

– Ça se referme vite. Je trouve ça incroyable… souffle-t-elle contre ma nuque.

Je déglutis alors que ses doigts continuent à parcourir mon dos. Je ne devrais pas aimer autant son toucher.

Sa main retombe, et je m'autorise enfin à me tourner vers elle, regrettant presque son contact.

Thalya m'observe d'un regard intense. Une seconde dans son esprit me suffit pour savoir que si je lui donnais ne serait-ce qu'un signe qui montrerait combien j'ai envie d'elle, elle serait prête à rompre cette distance physique qui existe entre nous.

– J'ai une question pour toi… annonce finalement Thalya en détournant les yeux.

Je soupire, soulagé.

– Ça ne m'étonne pas, tu as toujours mille et une interrogations.

– Tu es le seul à même d'y répondre, c'est normal !

– Quoi ? Tu veux savoir comment devenir immortelle ? me moqué-je.

Thalya lève les yeux au ciel, un sourire aux lèvres.

– Je te laisse ce secret, je crois que je préfère une vie courte à profiter à fond.

Je hausse les sourcils, surpris. J'ai beau me moquer, j'apprécie sa curiosité. Surtout maintenant que je sais que ce n'est pas parce qu'elle attend quelque chose de moi, qu'elle ne m'envie pas, mais qu'elle est simplement électrisée par mon monde. C'est agréable de pouvoir en discuter sans fard et de ne pas avoir à justifier tout ce que je pense alors que je n'en ai habituellement absolument pas le droit. Nous exposer est dangereux, autant pour elle que pour moi. Et même si je n'ai pas le choix, cette situation est dramatique. *Mais je ne dois pas me soucier de ça, pas pour le moment.* Et dans le pire des cas, sa mémoire lui sera effacée.

– Pose-moi ta question.

– Tu voulais m'embrasser hier, n'est-ce pas ? Pourquoi ?

Je cille. Je ne m'attendais pas à ça.

Que pourrais-je lui dire qui expliquerait mon moment d'égarement ? Que j'ai douté ? Et en même temps, quoi de mieux pour la faire tomber amoureuse que de lui faire croire qu'elle est en mesure de déstabiliser un dieu ? Pendant un instant, j'ai hésité, oui. Ma faiblesse est probablement dû à la perte de mes ailes et à la présence constante de cette humaine à mon côté, mais ça, elle n'est pas obligée de le savoir.

– Parce que j'en avais envie, annoncé-je finalement.

Thalya hausse un sourcil, à moitié satisfaite de ma réponse, et mon regard fixe sa bouche l'espace d'un court instant.

– Pourtant tu considères les humains comme des choses faibles, alors pourquoi t'y intéresser ?

Je m'allonge en grognant, ma peau sensible tirant plus que de raison, mes bras croisés derrière la tête. Elle a parfaitement raison. J'ai un profond mépris pour les humains… Ils finissent tous par mourir. Quel intérêt pourrais-je bien leur trouver ?

– À une époque, c'était vrai, expliqué-je. Je n'avais aucune considération pour votre espèce. Votre existence est si ennuyeuse : vous venez au monde, vous étudiez, obtenez un diplôme afin de pratiquer un métier que vous finirez par mépriser à force de l'exercer, avant de mourir sans avoir réellement vécu ni laisser de trace de votre passage…

– Tu as dit « à une époque ». Ce n'est donc plus d'actualité ?

Je secoue vivement la tête tandis que Thalya s'installe à côté de moi, perplexe. Je me sens bien en tant que dieu, rien d'autre ne m'importe… Encore aujourd'hui, je ne désire pas devenir humain, mais j'ai compris qu'ils ne sont pas dénués d'intérêt. J'ai rencontré une humaine presque attachante, et il a fallu que son cœur s'arrête sous mes yeux pour que je comprenne que ce n'est pas parce qu'ils peuvent mourir qu'ils ne peuvent rien m'apporter de bon durant leur courte vie.

– En effet. J'ai fait la rencontre d'une femme qui m'a dit quelque chose de marquant, avoué-je pour la première fois.

– Qui c'était ? Elle a dit quoi ?

Je ne suis pas du genre à me confier. Cela fait une éternité que je n'ai pas discuté de façon si posée avec quelqu'un, avec tant d'honnêteté. Pourtant, j'ancre mon regard à celui de Thalya.

– Kaléa Agapè, depuis peu la femme de mon frère, expliqué-je. Je ne l'aimais pas. Si tu savais comme je la détestais ! Au début, la seule chose que je voyais de cette relation était le sacrifice que mon frère comptait faire pour un amour que je ne comprenais même pas. Tout ça, afin de sauver une humaine quelconque.

– Tu as donc toujours été un peu bougon… commente Thalya en m'adressant un sourire.

Un rire m'échappe. Kaléa savait qui j'étais, je n'avais aucune raison de me montrer sympathique avec elle afin de préserver mon secret. Je n'ai fait aucun effort avec elle.

– Exactement. Mais j'ai été obligé d'apprendre à la connaître lorsque mon frère est parti en Enfer régler quelques affaires. Et je l'ai trouvé… différente. Elle était presque intéressante. Lorsque je le lui ai dit, elle m'a expliqué qu'elle n'avait rien de différent, que le problème venait de moi, parce que je n'ai jamais pris la peine d'apprendre à connaître les humains. Et elle avait entièrement raison.

Le bras posé sous sa joue, Thalya me fixe avec une intensité qui me fait frissonner. C'est bien. Il faut qu'elle pense que je veux apprendre à la connaître, qu'elle est différente. Je veux qu'elle se sente spéciale.

– Tu dis ça, mais tu me trouves faible, rétorque-t-elle.

Je souris. Bien sûr qu'elle est faible…

– Parce que tous les humains le sont. C'est un fait, déclaré-je.

– Dit celui qui se vidait de son sang dans une ruelle !

– Tu es dure, lancé-je avec un sourire en coin.

– Réaliste. C'est un fait, reprend-elle en haussant les épaules.

Je ne peux m'empêcher de rire. Thalya a beau savoir qui je suis, ce n'est pas pour autant qu'elle me montre une quelconque marque de respect. Bien au contraire. Elle me considère comme n'importe quel humain, elle me parle comme elle parlerait à n'importe qui d'autre, et je crois que ça me plaît.

– Si tu avais tant de mépris pour les humains, pourquoi est-ce que tu continues à être un Érote ?

J'observe Thalya de longues secondes, hésitant. Je lui en dis plus que je n'en ai jamais dit à quiconque, certes, mais je ne sais pas si m'ouvrir à ce point est une bonne idée… Une part de moi a pourtant envie de lui répondre. Je n'ai jamais osé avouer ouvertement à mes frères que je ne désirais plus être un Érote par peur de leur jugement. La seule à m'avoir un jour posé la question est Kaléa, et je ne lui ai pas répondu en détail. Pour quoi faire ? Elle aurait de toute façon tout dit à Éros. Thalya est la première personne à qui je peux parler sans me soucier du reste.

Je détourne la tête et ferme les yeux en soupirant.

– Je n'avais pas le choix jusqu'à il y a peu. Éros a pu quitter notre monde en devenant humain, nous offrant une porte de sortie, mais je ne pourrai obtenir ma liberté que lorsque ma mère acceptera mes motivations.

Ce qui ne risque pas d'arriver tant que je n'aurai pas récupéré mes ailes.

Thalya dépose sa main sur mon torse dans un geste qui se veut réconfortant, et je ne la repousse pas. Son contact me brûle. Moi qui suis pourtant si détaché des humains, je suis incapable de détourner les yeux.

– J'espère que tu auras droit à cette liberté. C'est important de suivre ses envies, souffle-t-elle.

– Pourquoi ?

J'ai demandé sans réfléchir. Pourquoi est-ce si important ? C'est ce que je veux, pourtant tout le monde s'évertue à me dire de patienter, de peser le pour et le contre, voire d'abandonner. Alors si j'ai raison, pourquoi ? Qu'est-ce qui vaut la peine que je me retrouve à devoir me battre seul ?

Thalya s'approche de moi, et sa main se glisse sur mes épaules. Je respire un peu trop vite alors que j'observe ses lèvres, avide d'une réponse.

– Parce que c'est important de faire ce que l'on désire. Ça ne nous rend que plus heureux.

Je cligne des yeux, perdu. Est-ce vraiment si simple ?

– Alors si on doit faire ce qu'on désire, je dois te montrer quelque chose, soufflé-je.

Elle se recule brusquement, sourcils froncés, et je m'en veux d'en ressentir une frustration. Je me redresse du lit et elle s'écarte complètement de moi.

– Où ça ?

– Suis-moi.

Je me relève puis j'attrape l'un des pulls de Thalya pour le lui tendre.

– Tu vas en avoir besoin.

– Pourquoi ? On sort ? Je devrais peut-être m'habiller…

– On ne va pas loin, dis-je en lui tendant la main.

Elle hésite un instant avant d’entrelacer ses doigts aux miens en un geste lent, le regard brillant. Je m’en veux de lui faire ça.

CHAPITRE 11

POTHOS

– C'est… Je… Pourquoi ?

Thalya se tourne vers moi, l'air complètement perdue. Je balaie du regard le toit de notre immeuble, fier de moi. J'ai disposé une simple couverture à même le sol avec quelques bougies, des pétales de roses blanches autour d'un paquet de pâtisseries, et accroché une guirlande lumineuse sur l'une des barres qui sert normalement à tenir un parasol. Je suis heureux de constater que cela a l'effet escompté.

– Pour te remercier de ce que tu fais pour moi.

Un sourire rayonnant naît sur ses lèvres alors qu'elle se précipite sur la couverture pour s'y installer et ouvrir la boîte. Je me mords la lèvre tout en glissant mes mains dans mes poches, puis je la rejoins.

– Pourquoi il n'y en a qu'un ? demande-t-elle en prenant le muffin dans ses mains.

– Parce que je ne mange pas, dis-je en haussant les épaules.

– Ça je l'avais remarqué. Mais même pas pour le plaisir ?

J'aime faire d'autres choses pour le plaisir...

– Je peux, mais je n'aime pas spécialement ça. Je voulais juste t'offrir quelque chose. J'ai cru comprendre que tu aimais le chocolat... Tes tiroirs en sont remplis.

– C'est vraiment gentil. Je ne sais pas comment te remercier.

– J'ai plein d'idées, susurré-je avec un sourire en coin.

Elle me jette un regard courroucé avant d'éclater de rire et de secouer la tête, et je souris sans pouvoir la quitter des yeux. Alors qu'elle mord dans le muffin, perdant son regard sur les lumières de la ville, je m'allonge sur les pétales et pose une main derrière ma tête, tentant d'ignorer les plaies de mon dos. Le silence retombe peu à peu, simplement troublé par les bruits de la ville et par sa respiration régulière.

– Tu as déjà atteint les étoiles ? demande-t-elle en rompant le silence.

Je tourne mon visage vers elle pour la découvrir étendue en train de m'observer.

– Oui, j'aimais m'y poser lorsque Nyx décidait d'en faire disparaître une... C'est un spectacle magnifique.

Ses lèvres s'ourlent d'un sourire.

– Eh bien. Il en faut beaucoup pour que tu te montres aussi élogieux. Ça doit être sensationnel !

– Je ne suis pas si grognon quand on apprend à me connaître !

Je lui donne un coup dans l'épaule, ce qui l'envoie rouler sur le béton froid. Elle lâche un petit cri de surprise.

– Je vais finir par tomber malade à cause de toi !

Elle revient vers moi, les yeux plissés, puis essaie de me pousser à son tour. Je l'esquive une fois, mais elle ne se laisse pas abattre et revient de plus belle à la charge.

– Tu vas voir !

– Thalya, ne t'attaque pas à plus fort que toi…

Elle ne m'écoute absolument pas et tente une nouvelle approche, que je pare en la bloquant de mes bras. Frustrée, elle attrape mes poignets et se hisse sur mes cuisses pour m'empêcher toute retraite.

– Thalya…

Elle pouffe, et son regard se plante dans le mien. J'ai ri. Sincèrement. Ça n'a rien de normal et ce n'est pas désagréable, c'est bien ce qui m'inquiète.

– Moi aussi, je veux suivre mes envies, souffle-t-elle.

– Et de quoi as-tu envie ? demandé-je en connaissant parfaitement la réponse.

Je sais ce qu'elle veut, je sais que ce que je fais est mal, pourtant je suis incapable de m'en empêcher. Le silence s'étire, Thalya glisse son regard vers ma bouche. Je passe ma langue sur mes lèvres pour la provoquer et je vois sa poitrine se gonfler. Et enfin, après ce qui me semble une éternité, Thalya écrase ses lèvres sur les miennes. Ses lèvres me caressent, et rapidement, sa langue trouve la mienne pour m'embrasser comme si sa vie en dépendait. Les bras toujours prisonniers, je tire un peu pour qu'elle me relâche. Lorsqu'elle comprend mon intention, elle fait glisser ses mains sur mon torse, et je viens placer une main en bas de ses reins, la plaquant davantage contre moi. Je lui rends son baiser et j'oublie tout le reste. J'oublie mes ailes, j'oublie l'Olympe, le fait qu'ils lui feraient du mal s'ils savaient tout, j'oublie l'ignoble marché que j'ai passé, et ne me restent plus en tête que le goût de sa bouche sur la mienne et ses doigts sur ma peau.

J'enfonce davantage ma langue en elle et empoigne ses fesses pour la serrer contre moi. Elle roule des hanches, ce qui me fait légèrement glisser et vient râper la peau de mon dos contre le sol. Je lâche un grognement qui la fait se relever immédiatement.

– Merde ! Je suis désolée !

Je me redresse en grimaçant jusqu'à approcher à nouveau mon visage du sien. Les yeux brillants, elle m'observe, soucieuse, ses mains sur mes épaules. Elle est inquiète pour moi. Je suis désagréable avec elle depuis le début, je profite de son foyer, de son temps, et elle est inquiète pour moi. Bordel, je compte même lui briser le cœur, et elle me regarde comme si j'étais l'être le plus précieux du monde !

Et moi, la seule chose à laquelle je pense, c'est goûter sa peau pour qu'elle me fasse oublier mes tourments ? Comment puis-je faire ça ?

Je dois me reprendre. Tout de suite.

– Ne t'excuse pas. Mais il vaut mieux s'arrêter là pour le moment, soufflé-je.

Elle fronce les sourcils, la magie de l'instant rompue.

– Tout va bien ?

Je hoche la tête, incapable de la regarder dans les yeux.

– Oui, ne t'inquiète pas.

– D'accord…

Elle s'approche pour un dernier baiser mais je détourne la tête, fuyant le contact. Elle se recule brusquement, perdue, avant de s'éloigner devant mon rejet. Pas la peine de plonger dans son esprit pour me rendre compte qu'elle ne comprend pas ce qu'il se passe.

– Thalya…

– Quoi, Pothos ? demande-t-elle en se retournant. Tu vas me dire que tu regrettes, c'est ça ?

– Je…

– Laisse tomber, je pense que j'ai compris, ajoute-t-elle.

Puis elle tourne les talons et m'abandonne sur le toit.

Je ne comprends pas. Je ne devrais pas ressentir ça. Mon objectif était clairement de l'attirer à moi et de profiter de ses sentiments pour récupérer mes ailes. Pourtant, au moment où les choses prenaient enfin la bonne direction, je me suis perdu dans ses yeux et j'ai été incapable d'aller au bout de mon plan. Pourquoi ?

Pourquoi, pour une fois, ai-je envie de faire quelque chose de désintéressé, de simplement suivre mes désirs, d'oublier tout le reste ? Et pourquoi est-ce si difficile ?

CHAPITRE 12

POTHOS

Depuis la terrasse, je lève les yeux pour observer le ciel. Après avoir laissé partir Thalya, j'ai tourné en rond pendant plusieurs heures, incapable de rester en place. J'ai tenté de me distraire avec mon téléphone, mais j'ai vite changé d'avis en voyant les nombreux appels manqués de Kaléa, d'Éros et d'Antéros. Je ne veux pas leur parler. Que pourraient-ils me dire ? Que je fais fausse route ? Que je devrais abandonner et tout rapporter à ma mère, comme un bon dieu sage ? Hors de question. Alors j'ai rangé mon appareil, et je me suis remis à cogiter dans le canapé. Lorsque la vision de la porte fermée de la chambre de Thalya est devenue trop pesante, j'ai fui sur le balcon pour prendre un bol d'air frais. C'est une belle nuit étoilée, et je suis persuadé que Nyx, la déesse de la nuit, fait des merveilles là-haut…

J'aurais aimé voir ça de plus près, mais je ne le peux plus, et j'ai peur de ne plus jamais le pouvoir. Que deviendrai-je si je ne peux plus voler ? Pourrai-je seulement retourner à l'Olympe ? Je voulais intégrer le conseil, et j'en suis réduit à me demander si ce n'est pas même ma divinité qui est remise en cause. Comment ai-je pu tomber aussi bas ? Et quelle solution ai-je ? Demander de l'aide est inenvisageable. Mais suis-je seulement capable de briser un cœur ? C'est une chose que de pousser un humain à nous embrasser pendant nos missions, c'en est une autre de le rendre amoureux et de piétiner son âme intentionnellement.

Je retourne à l'intérieur alors que mon téléphone vibre dans ma poche. Je l'attrape pour aviser la notification. Un appel de… Thanatos. *Quelle plaie…*

Un soupir exaspéré m'échappe. C'est à cause de lui que je suis ici, que j'ai perdu une partie de moi, et surtout que je dois briser le cœur d'une pauvre humaine qui n'a rien demandé. Et il faut encore qu'il m'appelle pour me rappeler à quel point ma situation est désespérée ? J'ai à peine le temps de ranger mon téléphone que j'aperçois l'aigle du Caucase se poser sur la terrasse, et je sors avec précipitation.

– Bon sang, vous êtes fou d'arriver comme ça ! Vous voulez que tout le monde vous voie ? Qu'est-ce que vous faites ? chuchoté-je sèchement.

L'aigle se contente d'incliner la tête. *Évidemment.*

Je jette une œillade vers la chambre de Thalya avant de revenir vers l'oiseau, le cœur serré. J'ai envie de l'envoyer balader, de répondre à Thanatos qu'il n'est pas question que je suive cette chose… mais je sais que ce serait une énorme erreur. En douceur, je m'approche de l'aigle en vérifiant que la pierre de Thanatos est toujours dans ma poche alors que l'animal se baisse pour me permettre de grimper sur son dos. Je l'escalade puis agrippe fermement ses plumes.

– Amène-moi à ton maître, soufflé-je.

Le volatile ne se fait pas prier et s'envole dans la nuit étoilée en direction de l'Olympe, empruntant un chemin que je ne peux plus suivre. Nous survolons Seattle, passant tout près de la tour où je me trouvais avec Thalya il y a quelques jours, puis dépassant les nuages jusqu'à me retrouver un peu plus proche des étoiles. C'est sans doute l'endroit que je préfère… Ce calme, cet air frais, la vue d'ensemble sur le monde. Pourtant, ça n'a rien à voir avec l'effet grisant que peut procurer un vol solitaire. Je ne suis pas maître de ma destination, je ne sens pas l'air voler entre mes plumes. Impossible de me laisser tomber pour mieux remonter. Je ne suis que passager. Tout comme je suis passager de ma vie.

Lorsque l'aigle du Caucase me dépose juste devant la porte de Thanatos, je ne peux m'empêcher de me tendre, ce qui me tire un grognement. Mon dos est presque guéri, mais ça ne veut pas dire que ma peau a retrouvé sa souplesse. Cette foutue blessure me laissera des marques, et c'est à cause du dieu qui m'attend derrière cette porte !

Je rentre chez lui sans même prendre le temps de toquer pour le trouver assis sur un canapé qui n'était pas là la dernière fois. Il a visiblement décidé de refaire la décoration pendant que je souffrais sur Terre. Je l'observe avec un dégoût profond, écœuré.

– Qu'est-ce que tu me veux ? demandé-je sans détour.

– Prendre des nouvelles, je ne suis pas un monstre. Comment se passe ton séjour sur Terre ? Tu veux boire quelque chose ?

Je m'approche de lui en serrant les poings de toutes mes forces, mais je m'arrête à un mètre. Il faut que je me calme, mon état ne me permet pas de me battre.

– Garde ton poison pour toi. J'ai l'air d'aller bien ? m'agacé-je.

Il me détaille des pieds à la tête tout en me souriant, ce qui ne fait que m'agacer davantage. *Je n'ai jamais eu autant de mal à me contrôler.*

– Tu ne te vides plus de ton sang sur mon sol… J'en conclus que tu vas bien. Tu as donc trouvé quelqu'un pour te soigner ?

À ces mots, l'image de Thalya s'imprime dans mon esprit, mais je la chasse à toute vitesse. Il est hors de question que je réponde. Si je parle de Thalya, il finira par comprendre qu'elle sait ce que je suis… Ça ne ferait qu'aggraver la situation.

– Qu'est-ce que ça peut te faire ?

– Eh bien, je veux m'assurer que tu ne perds pas ton objectif de vue.

– Comment veux-tu que j'oublie mes ailes ? craché-je.

En réponse, Thanatos déploie les siennes. Elles sont noires et bien moins belles que les miennes… mais elles sont attachées à son dos, et cela suffit à me rendre jaloux. Face à mon observation, Thanatos me sourit, avant de se passer une main dans ses cheveux blonds parfaitement coiffés.

– Maintenant que tu es à nouveau en condition, j'aimerais que tu m'expliques où tu en es, poursuit-il.

J'hésite un instant.

– Ça avance… J'ai trouvé une humaine et elle semble sensible à mes charmes, murmuré-je.

– N'importe quel humain possédant des yeux l'est, c'est l'essence même de ta divinité. Mais tu dois lui briser le cœur, et pour cela il faut que tu ailles beaucoup plus loin que de la simple attirance, Pothos. Elle doit t'aimer, me sermonne-t-il.

Il s'approche de moi jusqu'à être assez près pour que je sente sa colère, au sens propre : l'odeur du soufre prend place dans la pièce, alourdissant l'atmosphère. Même si j'en meurs d'envie, je ne peux pas l'envoyer paître.

– Ça ne fait que quelques jours, me défends-je.

– Tu n'as qu'un mois, ne perds pas de temps.

Il semble sur les nerfs. Je le dévisage, les yeux plissés. Quelque chose ne tourne pas rond.

– Pourquoi es-tu si pressé ? Qu'est-ce qu'il y a dans un mois ?

– Si tu échoues, tu peux être sûr que tes ailes seront brûlées, lâche-t-il d'une voix dure en se reculant, feignant de n'avoir rien entendu.

Un frisson me parcourt en imaginant les flammes ronger les plumes de mes ailes. Cette simple idée me tord l'estomac. Thanatos en a parfaitement conscience.

– Tu n'auras pas besoin d'en arriver là, dis-je en déglutissant péniblement.

– Bien. Maintenant, rentre, me somme-t-il en me congédiant d'un geste de la main. Fais en sorte que ton humaine tombe amoureuse, manipule-la. Ce n'est pas si compliqué… Je l'ai bien fait avec toi pour obtenir ce que je veux.

Alors qu'il me montre son dos, je bous de rage. Je le détestais déjà pour ce qu'il a fait à Éros, mais maintenant qu'il se réjouit de m'avoir pris ce que j'ai de plus précieux pour s'en servir contre moi, je ne rêve que d'une chose : le faire souffrir. Il suffirait que je lui plante la lame divine dans la gorge. Elle n'est qu'à quelques pas… Mais je ne serais jamais assez rapide. Alors je baisse la tête, je serre les poings, et je fais demi-tour pour retrouver le volatile de l'Enfer.

Si je veux retrouver mes ailes, je ne peux qu'obéir. Le problème, c'est qu'en accomplissant un tel acte, je serai sûrement aussi cruel que lui.

CHAPITRE 13

THALYA

Le regard rivé au plafond, je cogite depuis dix minutes. Pothos m'a repoussée. La soirée me paraît un peu floue, entre ce qu'il s'est passé sur le toit puis le moment de gêne lorsqu'il m'a rejetée. Parce que c'est ce que j'ai vu dans son regard : du rejet. Et j'ai peur que, après ce qu'il s'est passé, il ne soit parti quand je me lèverai.

Ce qu'il a préparé hier soir m'a touchée, plus que ce que je ne l'aurais pensé. Qui aurait cru un dieu capable de ça ? Mais si les choses s'arrêtaient là, je l'accepterais. C'était un moment génial, et c'est ce que je garderai en tête. La seule chose que je ne tolère pas, c'est le silence, le manque d'explications, par peur de parler, par peur des sentiments. *Dieu ou non, c'est un comportement que je ne supporte pas.*

Décidée, j'attrape un pull et un legging puis je sors de ma chambre. L'appartement est calme, et j'en fais le tour avant qu'un profond soupir ne m'échappe.

Personne dans la cuisine, personne dans le salon. *Je m'en veux d'être déçue.* J'imagine que ce lien comptait plus pour moi que ce que je croyais.

Je m'apprête à me résigner lorsque du mouvement attire mon regard, et je découvre Pothos sur mon balcon, encore une fois. Je soupire de soulagement. J'hésite un instant avant de le rejoindre. J'inspire profondément, les épaules plus légères. Je veux prendre la température entre nous.

– J'ai bien cru que tu étais parti, avoué-je en m'appuyant à la rambarde à côté de lui.

– Ça me paraît difficile sans ailes, lâche-t-il, abrupt. Je n'ai de toute façon nulle part où aller.

Mon sourire s'efface presque immédiatement. Je le dévisage, mais il ne me jette même pas un regard. Son visage est fermé, sa mâchoire crispée, et une mèche de ses cheveux blonds tombe devant son regard étrangement sombre. J'ai dit que la seule chose qui m'agaçait était un homme qui se tire sans rien dire ? J'avais tort. Dans son cas, le voir se montrer aussi con est sans doute pire.

– C'est quoi le problème ?

Son attention dirigée vers l'horizon, Pothos ne me fait même pas signe qu'il m'a entendue. Je serre les poings en tentant de garder mon calme. Je peux comprendre ses états d'âme, sincèrement. La perte de ses ailes est difficile, mais ce n'est pas pour autant que je compte accepter sa façon d'agir. Je mérite mieux que ça, bon sang ! Je l'ai ramassé dans cette ruelle, soigné, logé, et après la soirée qu'on a passée ensemble, j'ai bêtement cru qu'il saurait se montrer moins… froid ! Que peut-être je l'intéressais ! *Je suis si bête !*

– C'est quoi le problème, Pothos ? répété-je. Si le souci, c'est que je t'ai embrassé, dis-le et voilà ! Pas besoin de te montrer désagréable !

Il souffle d'agacement, ce qui m'énerve encore plus. J'essaie de capter son regard, mais là où je m'attendais à lire un certain dédain, je ne vois que du… désarroi. Et ça tempère le feu qui brûle en moi. *Je crois qu'on est tous les deux un peu perturbés.*

– Rien n'a changé, Thalya. Que ce soit hier ou demain, je suis égal à moi-même, déclare-t-il calmement.

Il plaisante, non ? Est-ce que le problème vient de moi ? Il est désagréable, oui… Mais peut-être pas plus que d'habitude. Est-ce que je me fais des idées parce que je suis blessée par la tournure que la soirée a prise ?

Je soupire à mon tour puis m'assieds sur la petite chaise de balcon.

– Quel est le problème, alors ?

Je ne suis pas bête, je vois bien que, même si le souci ne vient pas de moi, il y a quelque chose… Et je voudrais qu'il parle au lieu de se renfermer complètement. Je sais que je ne suis qu'humaine, mais j'aimerais sincèrement pouvoir l'aider.

– Je m'égare, avoue-t-il, s'appuyant un peu plus contre la balustrade.

– C'est-à-dire ?

– Tu as raison, c'est à cause d'hier.

– Comment ça ?

Ma gorge se noue, et j'ai du mal à déglutir. C'est une chose de s'arrêter là, c'en est une autre s'il confirme qu'il regrette… Et je déteste me sentir si blessée par ce que ses mots signifient. Je le savais dès le début, et j'en avais parfaitement conscience hier soir quand je l'ai embrassé : Pothos finira par partir pour rejoindre son monde, et je reprendrai ma vie là où elle en était, je continuerai à chercher un travail pour arrêter de vivre sur mes économies, et je rencontrerai d'autres gens. Mais penser que je suis la seule à ressentir quelque chose, même pour une durée déterminée, c'est un coup dur.

Pothos se tourne enfin vers moi et mon regard ne quitte pas le sien. *Je l'envie de pouvoir lire dans les esprits.*

– Je dois récupérer mes ailes. C'est la seule chose que je désire. Pas finir dans le lit d'une humaine, explique-t-il.

Je serre les poings, furieuse. Lui et son mépris pour les humains ! Pour moi !

– Et alors quoi ? éclaté-je, exaspérée. On n'a pas couché ensemble à ce que je sache !

– Je n'ai pas dit ça, nuance Pothos en levant les yeux au ciel, sinon je ne t'aurais pas embrassée. Je dis simplement que ça n'a rien de raisonnable d'aller plus loin, je ne l'avais pas prévu. Je ne regrette pas pour autant.

Alors il est dans cet état uniquement parce qu'il ne s'y attendait pas ? Il peut être rassuré, je n'avais pas non plus prévu d'embrasser un dieu pendant mes courtes vacances ! Je pensais sortir, et pourquoi pas voyager avant de trouver un travail… Mes plans aussi ont changé du tout au tout.

Je soupire avant de me lever et de planter mes yeux dans les siens.

– Pothos, on s'est embrassés. Je ne t'ai pas demandé en mariage. S'embrasser ne signifie tout de même pas se lier pour la vie, à l'Olympe ? demandé-je, prise d'un doute.

Je blêmis. *Et si ce genre de chose avait plus d'importance que pour nous ?* Pothos me dévisage, surpris, avant de lâcher un rire qui me détend immédiatement. Il se passe une main sur le visage, et je respire à nouveau.

– Non, Thalya, nous ne sommes pas liés. Ma vie sentimentale est aussi simple que la vôtre.

Je laisse échapper un soupir de soulagement, un mince sourire aux lèvres. Je suis rassurée, mais je crois qu'il a raison : si on continue comme ça, je risque de m'attacher et d'être déçue.

– Alors tout va bien. Je ne vois pas en quoi un baiser pourrait t'empêcher de récupérer tes ailes, mais tu dis vrai… Mieux vaut qu'on s'arrête là, ce sera plus simple pour tout le monde, déclaré-je.

Pothos se tourne brusquement vers moi, les sourcils froncés. Je n'arrive pas à le sonder ; son regard est un mélange d'incompréhension, de…

frustration ? Est-il vraiment étonné de ma décision, après ce qu'il vient de dire ? Je ne resterai pas là à attendre bêtement qu'un dieu me brise le cœur parce que je me serai fait des idées.

– Je n'ai jamais dit que je voulais qu'on s'arrête là, me contredit-il, le regard désapprobateur. Ne parle pas pour moi !

Je hausse les sourcils, retenant un rire nerveux. Est-ce qu'il est sérieux ?

– Qu'est-ce que tu veux, Pothos ? Tu me repousses et tu me dis qu'on ne devrait pas aller plus loin, mais tu ne veux pas que ça s'arrête là ? Tu entends à quel point c'est contradictoire ? Ou alors ce que tu essaies de me dire, c'est que tu veux juste t'amuser pendant les quelques semaines que tu vas passer sur Terre avant de disparaître ? Tu as vu comment tu réagis pour un simple baiser ? Ne mens pas, Pothos, la seule chose que je te demande, c'est de l'honnêteté.

Je ne le quitte pas des yeux, intransigeante. Je suis intraitable sur ce sujet. Si Pothos n'est pas capable de s'ouvrir et de me parler, il est hors de question que je refasse un pas vers lui. Je resterai à ses côtés, je ne compte pas l'abandonner alors qu'il est seul sur Terre, mais je ne serai qu'un soutien amical, aussi désirable soit-il. Profiter du peu de temps qu'on a ensemble, oui, mais se servir de moi sans un minimum de respect, c'est non.

Ses épaules s'affaissent et il déglutit.

– Je suis honnête, déclare-t-il. Ça ne doit pas s'arrêter là.

Je plisse les yeux. Il manque d'assurance, ça ne lui ressemble pas. Je ne crois pas un mot de ce qu'il me raconte. Je n'ai pas besoin de lire dans les pensées pour savoir qu'il n'est pas du genre à s'écraser. Il aurait dû m'envoyer bouler, me dire qu'il ne me doit rien… Sa réponse n'a rien de naturel. Et je ne compte pas rester ici à écouter des mensonges.

– Je vais te laisser pour l'après-midi. Je dois sortir avec des amis, annoncé-je en me détournant.

– De toute façon, j'ai des choses à faire, rétorque Pothos, reprenant son observation de la ville.

Déçue, je tourne les talons. Je ne sais pas quelle mouche l'a piqué, mais je déteste ça. Je ne lui ai rien demandé depuis son arrivée, je désirais seulement qu'il se montre honnête. Sans ça, je refuse de rester là à attendre.

Tant qu'il ne dira pas la vérité, ce sera sans moi !

***

– C'est quoi cette tête ?

Je jette un regard mauvais à Cooper. Il sait parfaitement qu'il ne doit pas m'embêter dans les mauvais jours, pourtant il le fait quand même. Je l'ai rejoint avec Grace et son frère dans un bar pour tenter de m'occuper l'esprit, sans grand succès. Je voudrais juste oublier le dieu qui se trouve chez moi et ne plus penser à ce qu'il s'est passé entre nous. J'ai la désagréable impression d'être prise pour une idiote, et je déteste ça.

– Rien. J'ai juste mal dormi.

– Une histoire de mec ? tente Grace.

– Bien sûr que non.

Je n'ai même pas envie d'aborder le sujet. De toute façon, qu'est-ce que je pourrais bien leur dire ? Que je me suis rapprochée d'un dieu de l'amour, qu'il m'a repoussée, pour ensuite se comporter comme un crétin ? Plutôt déménager en Alaska. Je m'en veux déjà assez de me prendre la tête pour ça, pas besoin d'en rajouter une couche en en parlant avec mes amis, surtout devant le frère de Grace.

– Tu es toujours célibataire ? m'interroge Easton.

Je lui renvoie un sourire sympathique, bien que de mauvaise humeur. Si Grace et Cooper m'ont déjà vue aussi agacée à quelques rares reprises, ce n'est pas le cas d'Easton et je n'ai aucune envie de le faire fuir. Le frère de Grace est adorable, il n'y a pas de raison qu'il paie pour mon agacement.

– Oui, avoué-je.

Grace me jette un regard appuyé, un sourire moqueur aux lèvres. Je sais parfaitement ce qu'elle imagine mais il est hors de question que j'aille dans son sens. Je préfère que mes amis ne se mêlent pas de cette partie de ma vie. Cooper vient à ma rescousse, habitué aux manières de sa copine.

– Et donc, qu'est-ce que tu fais après tes vacances ? demande-t-il à Easton.

– Je me rends sur un nouveau tournage. J'ai été embauché en tant que cadreur pour une série, donc je pars le mois prochain pour le Canada et je reviendrai quelques semaines plus tard.

– Impressionnant, s'exclame Cooper.

Easton finit son café, les joues rosies. Il est beau, dans son genre. Des cheveux aussi noirs que le charbon et bouclés, un joli regard noisette… Il est un peu plus petit que Pothos, mais mignon. *Et voilà que je repars sur Pothos.*

Je lui souris pour la forme alors que je croise son regard, l'esprit ailleurs. Je suis vraiment pitoyable de penser à Pothos alors qu'un mec aussi incroyable qu'Easton est assis à mes côtés. Je commence à me dire qu'embrasser un dieu n'était pas une si bonne idée, ça m'aurait évité ce genre de tourment.

– Et toi, Thalya ?

Je sursaute devant l'air interrogateur d'Easton.

– Ah ! Euh, dans l'idéal, je voudrais travailler dans la traduction d'œuvres antiques. Mais c'est un milieu assez fermé… Je suppose que je verrai le moment venu. Un diplôme en langues anciennes me permet au moins de travailler en musée. Je prendrai les choses comme elles viennent, je préfère ne pas me prendre la tête. Pour l'instant, je profite de mon été.

Même s'il est clair qu'après tout ce que j'ai appris récemment grâce à Pothos, je meurs d'envie d'explorer la mythologie grecque.

Easton me jette un coup d'œil, et je me reprends. Je suis de mauvaise humeur à cause de Pothos, pourtant ça ne me ressemble pas. Je suis quelqu'un de positif et je ne laisserai personne me retirer ça, surtout pas lui. Il ne représente rien. Il est de passage sur Terre et il partira dès qu'il aura trouvé un moyen de se réapproprier ses ailes. Je ne peux pas mettre ma vie entre parenthèses pour quelqu'un pour qui je ne compte pas. Surtout qu'avant que je ne le trouve dans cette ruelle, Easton me plaisait, et je comptais l'inviter à sortir.

– Bon, je vais aller régler la note, annonce Grace en se levant. Je vous invite ! Tu viens avec moi, Cooper ?

Elle jette un regard appuyé à son petit ami, et je ne peux m'empêcher de rire. Grace cherche à me caser avec son frère depuis une éternité. Elle n'est même plus discrète. Une fois les amoureux éloignés, Easton se lève en souriant et attrape ma veste pour me la tendre. Je le remercie en l'enfilant, touchée par son geste, puis je le suis à l'extérieur.

Sur le trottoir, Easton fait passer son poids d'une jambe sur l'autre. Il a l'air d'hésiter, et inutile d'avoir un don pour savoir ce qui lui traverse l'esprit lorsqu'il me regarde. Je sais parfaitement l'effet que je lui fais, et je mentirais en disant qu'il me laisse indifférente. Je me mords la lèvre en scrutant la rue passante, les joues brûlantes.

– Est-ce que je peux te demander quelque chose ? finit par dire Easton.

– Bien sûr.

Il se rapproche de moi, les lèvres pincées. Je respire profondément en m'appuyant contre la vitre. Peut-être que l'attirance que je ressens pour lui n'est pas aussi forte que celle que j'ai pour Pothos, mais il est là, lui.

– La dernière fois qu'on s'est vus, j'ai cru que je te plaisais. Est-ce que je me suis trompé ?

Je détourne les yeux un instant. *Qu'est-ce que ça ferait s'il m'embrassait ? Est-ce que je me sentirais aussi bien qu'avec Pothos hier ?*

– Non, pas du tout. Tu me plais. C'est juste que j'ai passé une mauvaise semaine.

C'est vrai, du moins en partie. J'aurais voulu que les choses soient plus simples… Mais il ne tient qu'à moi de rendre cette situation moins compliquée. Easton m'adresse un sourire craquant, son regard noisette brillant.

– Alors si je te propose de sortir avec moi pour aller manger un bout ce soir… Tu dirais oui ?

J'inspire profondément, indécise. Dans une autre situation, j'aurais refusé. Quel genre de personne passe une soirée géniale avec un homme et sort avec un autre le lendemain ? Mais Pothos n'est pas un homme, nous n'entretenons aucune relation, et il va finir par disparaître de ma vie. C'est bien ce qu'il m'a dit. Dans le pire des cas, je profiterai de la compagnie de quelqu'un que j'apprécie, et dans le meilleur… L'avenir nous sourira peut-être. Je n'ai absolument aucune raison de refuser.

– Avec plaisir.

Easton me sourit franchement, bien plus expressif que ce dieu bougon. Je suis sincèrement emballée par cette sortie : Easton est quelqu'un de drôle, d'intelligent, et lui, il sera toujours là dans un mois.

Alors pourquoi Pothos ne veut-il pas sortir de ma tête ?

CHAPITRE 14

POTHOS

Je ne suis qu'un piètre menteur. Des choses à faire ? J'ai passé l'après-midi à attendre son retour et à ruminer comme un pauvre mortel perdu ! Je n'aurais pas dû mentir. J'ai laissé parler cette part de moi qui déteste qu'on lui dise quoi faire. Thanatos veut me contrôler ? Je renâcle à la tâche alors que je sais que je n'ai pas d'autre solution que de briser le cœur de Thalya. Elle veut aller plus loin, que je lui avoue qu'elle me plaît ? Je fais marche arrière comme un âne alors que c'est justement ce qu'il faudrait que je lui dise pour parvenir à mes fins. Je m'exaspère.

Et voilà que je me suis laissé emporter par mes tourments personnels après ce moment passé avec elle et mon entrevue avec le dieu de la mort. Résultat ? Elle s'est éloignée de moi, et je ne peux pas me le permettre.

Je ne regrette rien de ce qui s'est passé entre nous. Rares sont les humains qui arrivent à me faire perdre la tête comme elle l'a fait… Mais ce n'est pas pour autant que cela doit se reproduire. Thalya me plaît, mais il n'y aura rien de plus. Ce n'est qu'une humaine, et je serais ignoble si je me laissais aller alors que j'ai l'intention de la faire souffrir. Je suis détestable, mais pas à ce point.

Sauf qu'en attendant, je tourne en rond. Je ne sais pas ce qu'elle fait ni avec qui, et cette attente me donne l'impression de devenir fou. Et si Thalya était sincère ? Si elle pensait vraiment que rien n'était possible entre nous ? Je perdrais l'occasion de lui briser le cœur en même temps que de perdre la personne grâce à qui je me suis relevé après ma chute. Je ne peux pas tout recommencer, je n'ai pas le temps. Le poids de la pierre au fond de ma poche me le rappelle tous les jours, si j'échoue, je perdrai mes ailes à jamais. J'ai bon espoir que la soirée d'hier compte suffisamment pour elle afin qu'elle me laisse une chance.

Lorsque j'entends la clef tourner dans la serrure, je fais volte-face et tombe sur Thalya qui fronce les sourcils en m'apercevant au milieu du salon. Le vent a rougi ses joues et emmêlé ses cheveux, ce qui lui donne un air impétueux qui lui sied à merveille. Je cligne des yeux pour reprendre contenance et lui adresse un sourire de façade.

– Déjà rentré ? demande-t-elle.

– Oui, je viens d'arriver, mens-je. C'était bien ?

– Hmm. J'ai vu des amis.

Elle dépose son sac à main sur la table en silence. Quelque chose cloche. Thalya est quelqu'un de solaire, elle sourit même quand ça ne va pas, et elle dit ce qu'elle pense. Or, j'ai la cruelle impression qu'elle ne me raconte pas tout. Je fouille son esprit, curieux de découvrir ce qu'elle cache. Lorsque l'image d'un homme l'invitant à sortir apparaît sous mes yeux, mon souffle se coupe et ma mâchoire se crispe.

Je serre les poings, hors de moi. Elle n'est pas sérieuse ! Elle ne peut pas m'embrasser la veille et sortir avec cet humain l'après-midi suivant ! C'est une question de bon sens ! Elle est en train de mettre ma mission en péril. Elle ne peut pas tomber amoureuse de ce… *mortel* ! Je dois la retenir, peu importe comment.

– Je compte poursuivre mes recherches sur Thanatos. Pourrais-tu m'y aider ? tenté-je.

Elle me sourit, mais d'une façon bien différente de d'habitude. Ses yeux ne pétillent pas, alors qu'il s'agit de son domaine de prédilection. Je la suis jusqu'à sa chambre ; j'ai besoin d'en savoir plus sur ses projets. Elle sort une robe sans oser me regarder, et je la dévisage en attendant sa réponse.

– C'est gentil, mais je dois sortir. Je suis sûre que tu trouveras seul, déclare-t-elle. Est-ce que tu pourrais me laisser ? Je dois me changer.

– Où vas-tu ? demandé-je sans bouger.

Je veux l'entendre me le dire. Je veux qu'elle avoue que ce mortel la courtise, qu'elle me regarde droit dans les yeux en le faisant. Pourtant, elle n'en fait rien. Mon sang ne fait qu'un tour : je fouille à nouveau son esprit, impatient, et je bous intérieurement. C'est cet homme qu'elle rejoint et elle a hâte d'y être ! Elle veut tourner la page, qu'on se soit embrassés ou non. *Bordel de Zeus !*

– Tu vois quelqu'un ? demandé-je de but en blanc.

Thalya soupire avant de se tourner vers moi. Son regard sombre traduit son agacement dû à mes interrogations. *Pourtant, elle est celle de nous deux qui en pose le plus !*

– Écoute, tu avais raison. Concentre-toi sur tes ailes, c'est le principal. Mais je ne peux pas mettre ma vie entre parenthèses pour… *ça*, dit-elle d'une façon amère en nous désignant tous les deux. Si je peux t'aider, je le ferai. C'est tout.

J'ouvre la bouche, mais Thalya me devance :

– Mais pas ce soir. Et ce n'est pas parce que tu restes ici que ça m'empêchera de me changer pour sortir.

Elle me tourne le dos et commence à se déshabiller sans la moindre gêne, faisant glisser ses vêtements le long de ses hanches. Mon regard s'attarde sur ses courbes et je sens ma bouche s'assécher. Je prends une inspiration ; je ne veux pas qu'elle rejoigne cet inconnu, je veux qu'elle reste avec moi. Je glisse dans son dos et, doucement, mes mains viennent à la rencontre de ses hanches découvertes, avant de rejoindre son ventre. Un soupir d'aise lui échappe. Je plaque mon torse contre son dos et remonte mes doigts sur sa peau alors que son corps se contracte sous ma paume. Je sens les battements de son cœur se précipiter avant qu'elle ne s'écarte, me laissant les bras ballants. J'ai froid.

– Écoute, je crois que nous ne sommes pas sur la même longueur d'onde. Tu as l'air perdu alors je t'aide et tu rejoins l'Olympe, mais ne joue pas avec moi.

– Thalya, je croyais que…

– Je pense que tu es trop habitué à tes pouvoirs de dieu de l'amour, Pothos. Tu me plais, tu le sais, mais j'ai quand même besoin d'honnêteté, soupire-t-elle. Tu ne peux pas me traiter comme une humaine lambda en utilisant ton charisme, en sondant mes pensées et attendre de moi que je l'accepte.

Elle m'observe, les yeux brillants, et je dois me retenir de ne pas aller vers elle. Elle ne se rend pas compte d'à quel point elle est proche de la vérité quand elle me dit que je la considère comme une cible. Je vois à son regard qu'elle attend quelque chose de moi, mais je suis incapable de le lui donner.

– Si tu n'étais pas un dieu de l'amour… Qu'est-ce que tu serais ? demande-t-elle d'une voix douce.

Je me fige, les yeux grands ouverts. Comment fait-elle pour mettre le doigt sur tout ce qui ne va pas chez moi ? Je penche la tête en arrière en serrant les paupières, dépassé. Comment en est-on arrivés là ?

– Je ne sais pas quoi te répondre, avoué-je.

– Tu ne veux plus être un Érote, mais tu ne sais pas ce que tu voudrais devenir ?

– Non…

Elle baisse les yeux, mais je ne vois pas de surprise sur son visage.

– Tu n'as pas l'air étonnée.

– Je ne peux pas dire que je ne m'en doutais pas, admet-elle avec une grimace. Je te sens perdu.

J'ai l'impression de me prendre un coup. Je suis donc si transparent que ça ? Et pourquoi mes intentions ont-elles autant d'importance ? Pourtant, je ne sens pas de jugement dans sa voix, simplement de la compassion, ce qui m'atteint encore plus.

– Je sais que je ne veux plus être un dieu de l'amour, mais je ne sais pas ce que je pourrais faire d'autre, expliqué-je en me passant une main sur la nuque. Ma mère m'a créé dans ce dessein, il est dur de s'imaginer vivre autrement… Et elle aussi a du mal à me voir autrement, c'est bien pour ça que je dois lui prouver le contraire. La seule chose dont je suis sûr, c'est que j'aime être un dieu.

– Et il n'y a pas de rôles plus… généraux ?

– Si, mais je ne suis malheureusement pas assez indispensable pour intégrer le conseil olympien, par exemple…

– C'est stupide, lâche-t-elle.

Je lui jette un regard amusé.

– Pourquoi est-ce que ce serait stupide ?

Elle lève les sourcils.

– Mais parce que personne n'est dispensable. Chacun apporte sa pierre à l'édifice. Pourquoi un riche vaudrait-il plus qu'un pauvre ? Un ingénieur plus qu'un éboueur ? Un dieu plus qu'un autre ? Ce sont les idées qui comptent, et ce qu'elles apportent à la société toutes ensemble.

Elle ne se rend pas compte de ce qu'elle dit, de ce que ses paroles éveillent en moi. Personne ne m'a jamais parlé comme ça. Je ne peux pas m'empêcher de faire un pas vers elle, tendu, et d'enrouler mes doigts autour de son poignet.

– Reste avec moi ce soir. Tu n'as pas rendez-vous tout de suite…

– Comment sais-tu que…

Elle s'interrompt et je ferme les yeux, prenant conscience de mon erreur.

– Évidemment. Tu as lu dans mon esprit, c'est ça ?

– Thalya, c'est quand tu es revenue tout à l'heure, je…

– Non, je dois y aller, me coupe-t-elle en secouant la tête.

– S'il te plaît…

Elle ferme les yeux un instant mais ne cède pas. Revêtant sa robe, elle prend son sac et se dirige vers la porte de sa chambre.

– Je ne peux pas, Pothos. Tant que tu n'auras pas réglé tes problèmes, que tu seras amer d'avoir perdu tes ailes, je préfère que nous gardions une distance, toi et moi. Je t'aiderai, mais ça s'arrête là. J'ai besoin de ça, et je pense que toi aussi.

Alors elle me jette un dernier regard triste, puis elle quitte la pièce.

CHAPITRE 15

POTHOS

Elle ne me jette pas un regard de plus, comme si tout cela ne comptait pas pour elle, comme si *je* ne comptais pas pour elle, et je l'observe partir, les poings serrés. J'ai besoin d'elle pour pouvoir rejoindre l'Olympe ! J'ai besoin d'elle. Alors il est hors de question que je laisse ce mortel me la prendre. Thalya détesterait sûrement ce que je m'apprête à faire, mais je ne vois pas d'autre option. Elle ne sait même pas quelles sont ses intentions ! Et s'il lui voulait du mal ?

J'attends une minute qu'elle sorte de l'appartement, puis je la suis à pied. Je regrette mes ailes. Thalya marche d'un pas rapide, ses hanches se balançant au rythme de ses foulées, ses cheveux cascadant dans son dos. Si l'on suit la pointe de ses mèches, nos yeux glissent doucement jusqu'en bas de son dos, sur la courbe de ses reins.

Je secoue la tête. Je ne suis pas là pour la désirer, mais bel et bien pour empêcher cet humain de la conquérir.

Naviguant entre les véhicules, me faufilant derrière les bâtiments que Thalya dépasse, je grogne. À quoi suis-je réduit ? Moi, un dieu ? À me cacher derrière des panneaux publicitaires pour qu'une pauvre humaine incapable de prendre soin d'elle ne me voie pas ?

Thalya arrive devant un café avec quelques tables fleuries face à la vitrine, et un homme se lève à son approche. Une fois près de lui, elle l'enlace. Je grince des dents quand celui-ci glisse une main sur ses hanches, là où je la caressais il y a quelques minutes. Il est plus petit que moi, et ses cheveux bruns bouclés lui donnent un air de mouton. *Comment peut-on trouver de l'intérêt à ce genre de mortel ? D'autant plus lorsque l'on connaît un dieu !*

Après s'est détachés l'un de l'autre, ils s'asseyent à l'extérieur avant de passer commande. Discrètement, je m'approche jusqu'à pouvoir discerner clairement les pensées de l'autre vermine et ne peux retenir un souffle d'agacement. Les images qui traversent son esprit ne laissent aucune place au doute : il désire la posséder physiquement, mais pas seulement. Son but est de la charmer, pour ensuite la pousser à partir au Canada avec lui. Il n'a aucune chance. *Comment Thalya pourrait choisir de le suivre, alors que je suis toujours ici ?*

Je continue de fouiller les méandres de ses pensées à la recherche de quelque chose qui me permettrait de le discréditer aux yeux de Thalya, mais rien. Il semble trop… parfait. Pourtant il est bien réel, et je ne veux même pas écouter les pensées de Thalya pour savoir à quel point elle le trouve incroyable.

Je m'assieds sur l'un des bancs face au restaurant, en partie caché par une haie d'arbres, et j'observe Thalya discuter avec ce mortel ennuyeux. Je prends sur moi pour ne pas intervenir, me contentant de surveiller, bien que cela me mette hors de moi. Elle rit de bon cœur à son humour étrange, et les sourires qu'elle lui envoie m'agacent au plus haut point. Le pire est sans doute de le voir prendre sa main dans la sienne. Si jamais elle décide de le suivre…

Au bout d'une éternité – et je sais de quoi je parle – à l'écouter penser et tenter de séduire Thalya, l'humain paie enfin l'addition. J'attends que Thalya parte de son côté, mais le mortel passe un bras autour de ses épaules avec l'intention évidente de l'embrasser, et elle lui sourit.

À vrai dire, je me rends à peine compte que je sors de l'ombre. La seule chose que je perçois, c'est mon cœur originel qui bat trop vite. J'avance à grands pas, et quand Thalya m'aperçoit, son sourire disparaît.

– Qu'est-ce que tu fais là ? fulmine-t-elle alors que l'homme me dévisage sans comprendre, se reculant légèrement.

– J'avais besoin de te parler, déclaré-je seulement.

J'ai le souffle court. Ai-je couru pour arriver jusque-là ?

– Et tu es ? m'interroge la vermine.

– Pothos.

Il me regarde en levant un sourcil, puis souffle légèrement.

– Et moi Easton, si tu te posais la question.

Je préciserais bien que je vis chez la femme qu'il souhaite séduire, mais je n'en fais rien. Je ne m'abaisserai pas au niveau de ce mortel. Au lieu de cela, je lui tends la main, et lorsqu'il la prend, j'utilise ma force divine pour la lui serrer. Il grimace, me tirant un sourire satisfait. Il est faible, mortel, il ne la mérite pas. Thalya me renvoie un regard noir avant de me tourner le dos.

– Excuse-moi, Easton, je vais devoir te laisser. Pothos m'aide pour le travail, c'est assez urgent. Je t'appelle, OK ?

Il hoche la tête avant de l'embrasser sur la joue, et je me retiens de l'étrangler. Elle va rentrer avec moi, il faut que je me calme. Alors que nous prenons la direction de l'appartement de Thalya, l'humain m'observe partir avec elle. Il se demande si nous couchons ensemble. Je meurs d'envie de le lui faire croire, même si je n'en fais rien. Il ne manquerait plus qu'elle me repousse devant lui.

À mes côtés, Thalya se tait, la mâchoire crispée. Nous avançons dans le silence jusqu'à être hors de vue. Elle bifurque alors dans une ruelle déserte, s'écarte vivement de moi et me pousse en arrière en appuyant sur mes épaules.

– Quel est ton problème, à la fin ! fulmine-t-elle.

C'est pourtant évident, elle le sait. *Et je suis celui qui ne s'exprime pas ? Elle se paie ma divinité !*

– Parle, à la fin ! C'est quoi le souci ? Tu joues au con alors que c'est toi qui m'as repoussée, et maintenant tu réagis comme ça ? Tu es jaloux ? Qu'est-ce que tu veux ?

Je souffle, levant les yeux vers l'Olympe. Je refuse de m'abaisser à une telle discussion. Qu'est-ce qu'elle peut être agaçante pour une humaine ! Jaloux, moi ? C'est vrai que je me suis un peu laissé emporter, mais c'est simplement parce que je ne veux pas que ma mission échoue. J'ai besoin qu'elle ne voie que moi. N'est-ce pas ? Oui, c'est certain. Elle ne sait pas de quoi elle parle. De la jalousie ? Pour une mortelle qui n'est même pas capable de se rendre compte de la chance qu'elle a de croiser un dieu ? Avec son dédain apparent, ses yeux furieux et sa moue insupportable ? Je ne veux plus la voir ! Je ne veux pas qu'elle me regarde comme ça, comme si je n'étais rien, comme si je n'avais pas le droit d'être là. Au lieu de ça, je place une main derrière sa nuque puis je plaque mes lèvres contre les siennes.

Thalya lâche un gémissement avant de répondre à mon baiser. Je nous fais reculer jusqu'au mur de brique, et mes mains glissent sur ses fesses. Je veux qu'elle comprenne que cet humain ne pourra pas lui apporter ne serait-ce qu'une once du plaisir que je pourrais lui donner. Ma langue cherche la sienne, et ma main gauche passe sous sa robe pour frôler la couture de son sous-vêtement, mais avant que j'aie pu l'atteindre, Thalya me repousse en secouant vivement la tête.

– Non, non, non ! Ça ne se passe pas comme ça !

Elle me bouscule un peu plus jusqu'à pouvoir s'écarter et remet ses vêtements en place, tandis que je la dévisage. Je ne comprends pas ses réactions. Elle a envie de moi, je le sais, je le sens, je le vois. Pourquoi nier l'évidence ? Pourquoi rencontrer ce mortel, alors qu'elle m'a moi ?

– Je suis humaine, je suis peut-être faible, mais je ne suis pas stupide ! Tu n'as aucune idée de ce que tu désires. Ne gâche pas ma vie parce que tu ne sais pas ce que tu veux !

– Ne présume pas de mes pensées, Thalya, grogné-je, furibond. Tu te fourvoies complètement. C'est toi qui ne sembles pas savoir ce que tu veux. Tu es prête à me laisser te posséder en plein air, puis tu te ravises ? Je ne suis pas le plus indécis de nous deux.

Elle ouvre la bouche, un air outré sur le visage. Je pense chacun de mes mots. Elle semblait prête à s'abandonner au milieu de cette ruelle déserte, puis la seconde qui suit, elle ne veut plus rien. Je suis capable de lui dire que je la veux nue contre moi, même si je ne peux pas lui avouer les vraies raisons de ma présence. C'est elle qui n'arrive pas à s'avouer les choses ! Mais Thalya ne le voit pas de cet œil-là. Elle me renvoie un coup dans le torse qui ne me fait aucun effet, fulminante.

– Ce n'est pas parce que tu es un dieu que tu peux te permettre de me parler comme ça !

Je m'approche d'elle, la surplombant de ma hauteur, et place mes mains sur le mur de part et d'autre de son visage, autant en colère qu'elle. Je pense qu'elle oublie vite que je ne suis pas aussi docile et faible que ce mortel avec qui elle a osé sortir.

– C'est précisément parce que je suis un dieu que je peux me le permettre.

Thalya secoue la tête, une moue dégoûtée sur les lèvres, et me repousse avec force avant de s'éloigner à reculons. Plus aucune chaleur n'est visible dans ses yeux, je ne vois que du dédain. Je n'ai pas besoin de lire dans son esprit pour savoir que je suis en train de la perdre.

– C'est peut-être ça le problème, finalement. J'ai été bête de penser que tu pouvais me considérer. Pourquoi le grand Pothos s'intéresserait-il à une pauvre mortelle ? Tu m'as utilisée pour tes recherches, et maintenant tu veux juste profiter avant de rentrer, déclare-t-elle, amère.

– Quoi ?

Oui, je me sers d'elle pour récupérer mes ailes. Pourtant je l'ai embrassée par plaisir… même si ça me tue de l'admettre.

– Thalya…

– Non. Je ne veux plus entendre ton baratin. Va te faire foutre, Pothos.

Elle tourne les talons sans attendre ma réponse, et cette fois-ci, je ne la suis pas. Cela ne servirait à rien. Je l'observe disparaître dans la nuit, le dos courbé. Je l'ai blessée. Je viens de mettre en péril ma chance de récupérer mes ailes… et peut-être plus. Et je ne suis pas sûr de pouvoir réparer ça.

CHAPITRE 16

THALYA

Je ne comprends pas ce qui lui a pris. Pothos s'est comporté comme le plus grand des connards face à Easton, alors que je le pensais au-dessus de tout ça ! D'abord, il tente de me retenir grâce à des avances sans pour autant me dire ce qu'il veut, puis il me suit après avoir lu dans mes pensées, et enfin il intervient comme un homme jaloux ! Je n'arrive pas à le comprendre. Il faut que je m'éloigne pour faire le point avec moi-même, et surtout, il faut que l'on trouve au plus vite une solution pour sa situation. Cooper a bien tenté de m'appeler, j'aurais pu me réfugier chez lui, mais j'ai une tout autre idée en tête. J'ignore ce qu'il compte faire pour récupérer ses ailes, mais j'ai bien l'intention d'agir avant que les choses ne dégénèrent.

Je soupire avant de pénétrer dans mon appartement, la main sur la poignée. J'ai fui il y a maintenant plusieurs heures, je suis certaine qu'il va me tomber dessus. Évidemment, lorsque j'ouvre la porte, je trouve

Pothos appuyé au mur d'en face, les bras croisés et un air peu amène sur le visage. Il s'approche de moi aussitôt le seuil franchi.

Alors que je dois sûrement avoir les traits tirés par la fatigue et les soucis, Pothos est égal à lui-même : aucun cerne ne souligne ses yeux bleus, et il semble en pleine forme comparé à moi, bien que sur les nerfs. *Je ne devrais pas le trouver si beau. Pas après ce qu'il a dit.*

– Ça fait deux heures que je t'attends ! s'insurge-t-il finalement en avançant vers moi.

– Quelle importance ? Tu n'as de toute façon pas besoin de dormir, rétorqué-je en haussant les épaules.

Je lui tourne le dos pour verrouiller la porte et me dirige vers ma chambre.

– Cela ne m'empêche pas de m'inquiéter !

Il me suit alors que je ne réponds pas, et ça m'agace. Même là, il refuse de me laisser l'espace dont j'ai besoin. Je lui en veux. Il a dépassé les bornes, et il n'est pas question que je pardonne les choses si facilement.

– Je me suis comporté comme l'un de ces crétins d'humains, je te demande de m'excuser, ajoute-t-il alors que je pose mes affaires sur mon lit. Je ne suis pas comme ça, tu le sais, je me suis laissé dépasser par la situation. Tu dois me croire.

Je me tourne vers lui, énervée.

– Te croire ? Je ne peux pas te faire confiance !

Il s'approche de moi, et je recule d'un pas.

– Thalya… S'il te plaît…

Je secoue doucement la tête.

– Pourquoi tu restes ici, Pothos ?

Ma question le prend au dépourvu, mais il n'est pas question que je renonce. J'ai bien compris qu'il avait besoin d'un endroit où dormir, mais il pourrait le faire n'importe où, avec n'importe qui. Je veux des réponses claires. Je ne veux pas passer du temps avec lui si c'est pour croire à un dieu attentionné et découvrir un véritable con après. Pothos passe une main dans ses cheveux avant de tirer sur ses mèches blondes, puis son regard bleu se plante dans le mien.

– J'ai besoin de toi, souffle-t-il.

Mes épaules se voûtent. *Ça fait mal.*

– Voilà, c'est exactement ça. Tu as *besoin* de moi. Il n'y a rien d'autre entre nous.

– C'est faux ! Mes mots ont dépassé ma pensée, je te le jure…

Il s'excuse réellement, pourtant ça ne change absolument rien à ce que je ressens. Hier soir, il m'a blessée. Et si c'est arrivé, c'est parce que je lui ai laissé l'occasion de m'atteindre. Je dois prendre mes distances avant que tout cela ne dérape trop. Je souhaitais l'aider, et c'est ce que je vais faire. Je vais faire mon maximum pour être à ses côtés, puis lorsqu'il aura récupéré ses ailes… toute cette histoire ne sera plus qu'un souvenir.

– Je te crois. Mais j'en ai marre de tes remarques blessantes, du fait que tu t'amuses à lire dans mes pensées… Et ne me mens pas, je sais que tu le fais régulièrement, pas uniquement aujourd'hui. Comme quoi, il n'y a pas que les humains qui sont des crétins.

– Et si je te promettais de ne plus le faire ? tente-t-il en s'asseyant sur mon lit.

– Le problème, Pothos, c'est que je ne peux pas avoir la preuve que tu ne le feras pas. L'honnêteté est fondamentale pour moi. Et tu n'en as pas fait preuve jusqu'à présent.

Je me détourne en soupirant et glisse des affaires dans mon sac de voyage.

– On en parlera à mon retour.

– Tu pars en voyage ?

Je ferme les yeux un instant, avant d'enfin planter mon regard dans le sien. Il va essayer de me retenir, exactement comme il l'a fait hier soir. Sauf que je ne peux pas me permettre de me laisser aller, je *dois* partir. Parce que la seule option que j'ai trouvée pour l'aider se trouve à plusieurs heures de Seattle.

– Oui. Je vais prendre du temps pour me remettre les idées en place, tu peux rester ici. Je rentrerai demain dans la nuit.

– Est-ce que tu pars avec quelqu'un ?

Je secoue la tête puis remplis ma trousse de toilette alors que je vois clairement que Pothos se retient de trouver la réponse lui-même. Il s'inquiète sûrement de me voir partir avec Easton, et une part de moi aimerait mentir pour tenter de le blesser comme il m'a blessée, mais je me retiens. Je ne suis pas comme ça. Et de toute façon, son regard implorant m'en empêcherait.

– Non, soupiré-je. Je pars seule.

J'ajoute une serviette dans mon sac, un livre, et je ferme le tout. Ignorant Pothos, j'attrape les lanières de mon bagage puis me dirige vers la porte. Je marque une courte pause devant l'entrée, dos à mon appartement. Est-ce que je suis en train de faire le bon choix ?

« J'ai besoin de toi. »

Oui, je fais le bon choix. Prenant une grande inspiration, je jette un dernier coup d'œil en direction de ma chambre, toujours silencieuse, puis je quitte les lieux. Je commande un taxi dans l'escalier, nerveuse face à ce que je laisse derrière moi et devant ce que je m'apprête à faire, mais je n'ai pas le temps de passer les portes de l'immeuble que Pothos me rattrape. Ses doigts s'enroulent autour de mon poignet, qui s'enflamme presque immédiatement, et je scrute sa main, le souffle court.

– Je t'en supplie, reste, souffle-t-il d'une voix peu audible.

Désarçonnée, je relève la tête vers lui. Pothos ? Supplier ?

– Pothos…

– S'il te plaît.

Il déplace ses mains pour venir encadrer mon visage, et je me fige face à sa tendresse.

– Je te demande une chance. Juste pour te prouver que je suis désolé… Et je te promets de ne pas lire dans ton esprit.

J'aimerais l'écouter… Mais je lui ai déjà laissé du temps. Soit Pothos lit dans mon esprit, ne respectant pas ma demande, et comprend où je pars, soit il me laisse partir pour mieux revenir… Ce que j'espère sincèrement.

– J'étais énervé tout à l'heure. Je suis vraiment désolé. Je veux que tu le saches.

Je le sais… Mais ça ne change rien. Je m'approche de lui, puis je passe une main sur sa nuque avant de l'embrasser. Je veux le faire une dernière fois, parce que je sais qu'il va me détester pour ce que je m'apprête à faire. Mais je n'ai que cette option. Mes lèvres caressent les siennes avec douceur, dans un baiser bien moins passionné que le précédent, mais tout aussi significatif. Lorsque je me recule, Pothos semble perdu.

– Rassure-moi et dis-moi que ce n'est pas un baiser d'adieu, souffle-t-il.

– Ça n'en est pas un. On se revoit demain soir, déclaré-je.

– Je t'attendrai.

Je lui glisse mon trousseau de clefs dans les mains, puis je quitte l'immeuble sans me retourner. Je sais que c'est la chose à faire. Pothos ne réussira jamais à s'en sortir seul, et je veux lui venir en aide. Si j'ai détesté la personne que j'ai vue aujourd'hui, celui qu'il m'a laissé entrevoir jusqu'à présent m'a prouvé qu'il savait se montrer sincère. C'est cette partie de lui que je veux aider. Alors je grimpe dans la voiture qui m'attend sur le trottoir, le cœur battant à tout rompre.

– Quelle adresse ? demande le chauffeur.

Je soupire avant de jeter un coup d'œil à mon immeuble, puis j'ouvre la page Internet de la personne qui pourra m'aider.

– King Street Station, s'il vous plaît. J'ai un bus à prendre.

La direction, ce sera Vancouver. Et plus précisément : les locaux de Hera Design.

CHAPITRE 17

THALYA

Le trajet m'a paru rapide malgré presque quatre heures de route. Je me suis assoupie dans le bus une fois les douanes passées, éreintée. Ça m'a fait le plus grand bien et m'a surtout permis de me préparer à ce qui va arriver. Une fois à Vancouver, j'ai de nouveau sauté dans un taxi, pour finalement m'arrêter au bout d'une demi-heure devant une grande maison de style victorien. De larges fenêtres à carreaux encadrent l'entrée, et les balustrades aux motifs anciens donnent un certain charme au lieu. Ce n'est pas surprenant de savoir qu'une décoratrice d'intérieur vit ici. L'extérieur semble fraîchement repeint d'un beige clair, et je m'avance jusqu'au perron aménagé d'une balancelle. Le bois craque sous mes pas.

Je serre fermement mon sac, ne sachant pas ce que je vais trouver derrière cette porte. J'ai pris assez d'affaires pour rester un peu plus si besoin, mais j'espère bien les convaincre rapidement de me suivre. Je m'approche un peu plus de la porte, impressionnée, puis je toque après avoir inspiré profondément.

J'ai la sensation d'être une intruse dans ce pays que je ne connais pas, mais je dois aller au bout de mon idée. Il le faut. Je n'ai pas à attendre longtemps avant qu'une femme ne m'ouvre, et j'ai le souffle coupé en la découvrant. Lorsque Pothos m'a parlé de la femme de son frère, j'imaginais une femme banale… Pourtant, la personne qui se tient face à moi peut être qualifiée de tout sauf de banale. De longs cheveux noirs et bouclés encadrent son visage fin, et ses yeux d'un gris argenté me transpercent. *Si je ne la savais pas humaine, j'aurais de sérieux doutes quant à sa nature…*

– Bonjour, je suis Kaléa Agapè, nous avions rendez-vous ? demande-t-elle.

– Bonjour, non, mais c'est urgent.

Elle n'est pas hostile, simplement surprise, et un long soupir m'échappe. J'ai eu beau réfléchir, je ne sais pas comment aborder le sujet « Pothos ». Je ne vois pas comment lui expliquer que le frère de son mari est dans une situation délicate… Kaléa fronce les sourcils, visiblement perplexe, puis jette un coup d'œil derrière elle avant de revenir vers moi, soucieuse.

– Est-ce que tout va bien ? Vous avez besoin d'aide ?

Je crois qu'il n'y a pas de bonne façon d'annoncer les choses.

– Oui, je vais parfaitement bien. Je suis venue parce que je souhaite parler à Éros…

Kaléa me dévisage. J'ai bien l'impression que l'intérêt que je porte à son mari lui déplaît.

– D'où le connaissez-vous ?

– Je connais Pothos.

Elle écarquille les yeux et j'espère la voir comprendre, mais ce n'est pas le cas.

– Vous êtes cliente de leur entreprise ? tente-t-elle.

– Leur… Quoi ? Non, je connais Pothos en tant que dieu, soufflé-je.

Kaléa lève brusquement une main entre nous pour me faire taire, les yeux grands ouverts.

– Ne parle pas de ça dehors, me coupe-t-elle. Suis-moi.

Je ne bronche pas face à sa familiarité soudaine et la rejoins dans un grand salon. L'entrée est très lumineuse, suffisamment grande pour contenir un canapé et un petit meuble, et en levant la tête j'aperçois le palier de l'étage supérieur. Je tourne sur moi-même, admirant la hauteur sous plafond impressionnante, et je détaille chaque partie de cette pièce sans pouvoir m'en empêcher. Une large cheminée trône au milieu de la pièce, une télé accrochée juste au-dessus, et trois canapés l'encadrent. Les murs sont d'un joli taupe, et je souris en apercevant plusieurs cadres accrochés au mur. L'un représente un dessin de Kaléa et un homme, sûrement Éros, et les autres affichent des photos d'eux enlacés et souriants. Je ne discerne que peu leurs traits de là où je suis, mais leur bonheur transparaît. Si j'avais les moyens, j'aurais engagé cette femme pour ma décoration sans la moindre hésitation !

Celle-ci m'observe curieusement après m'avoir invitée à m'asseoir, se tenant bien droite sur son propre fauteuil, les bras croisés contre sa poitrine.

– Qui es-tu ? demande-t-elle avec méfiance.

– Je m'appelle Thalya Hale.

– Et comment connais-tu Pothos ?

Elle semble inquiète, et je peux le comprendre. Je me sens moi-même concernée par la situation alors que je le connais depuis bien moins longtemps… Mais plus que tout, c'est sa méfiance qui me saute aux yeux. Si une inconnue débarquait chez moi en connaissant un secret aussi gros que celui de Pothos, je pense que je serais dans le même état.

– Je l'ai rencontré dans une soirée, puis je l'ai trouvé dans une ruelle quelques jours plus tard. Il était agonisant, il avait perdu beaucoup de sang. J'ai eu un peu de mal à comprendre ce qu'il était… Mais j'ai tenté de le blesser, sans succès. Il m'a bien fallu admettre la réalité, et il m'a ensuite expliqué pour ses ailes. C'est Thanatos qui les lui a arrachées. Pothos a parlé de vengeance au sujet d'Éros, je n'ai pas bien compris, expliqué-je d'une traite.

– Merde ! lâche-t-elle dans un souffle.

Kaléa se lève brusquement, l'air un peu paniquée, et s'avance jusqu'à un large escalier que je peux apercevoir par la porte à double battant.

– Éros ! crie-t-elle.

– Oui ?

– Descends dans le salon, s'il te plaît !

– Tu désires encore baptiser cette pièce ?

Je me mords la lèvre pour ne pas rire alors que Kaléa grommelle. La passionnée en moi a hâte de rencontrer le grand Éros… Bien qu'il ne soit plus qu'humain. Mais je désire surtout rencontrer le frère de Pothos afin de l'aider.

Éros ne tarde pas. À quoi m'attendais-je ? Il est évident que les frères de Pothos sont aussi beaux que lui, bien qu'Éros ne lui ressemble que peu. Sa beauté, sa carrure, tout est parfait chez lui aussi, mais ses cheveux sont d'un noir profond, son visage est un peu plus ciselé, ses yeux d'un violet incroyable. Il n'y a aucun doute à avoir, lui aussi est l'exemple même de la beauté divine.

Il s'approche de sa femme, un sourire charmeur aux lèvres, avant de glisser une main sur sa hanche et de l'embrasser doucement, mais Kaléa le repousse en me désignant du menton, et Éros perd immédiatement son sourire en me découvrant, figé.

– Je… Pourquoi m'avoir appelé ? Tu avais rendez-vous ? demande-t-il à sa femme.

– Non. Thalya est ici pour Pothos.

Éros hausse les sourcils avant de m'adresser un sourire, et je le lui renvoie, un peu gênée. J'aurais préféré les rencontrer dans d'autres circonstances.

– Serais-tu sa cible ? Pothos est enfin tombé amoureux ? Ce serait répétitif, mais très amusant !

– Euh… Non. Je l'ai trouvé blessé.

Éros hausse un sourcil, visiblement aussi surpris par mes propos que je le suis par sa question.

– Mon frère ne peut pas être blessé, déclare-t-il froidement. Tu es bien mal renseignée. Quel est son don ? Je veux m'assurer que tu n'es pas une inconnue un peu trop curieuse…

Je lève les yeux au ciel, passablement agacée par ses remarques, même si elles sont justifiées. *Je me serais embêtée à venir au Canada par curiosité ?*

– Sauf par une lame divine, rétorqué-je. Et Pothos est capable de lire dans les esprits.

Le visage d'Éros se décompose. Il jette un regard paniqué à Kaléa qui lui caresse la joue avant que leur attention ne se reporte sur moi. *Ils semblent tellement connectés.*

– Que se passe-t-il ? m'interroge-t-il, l'air grave.

– Je pense qu'il vaut mieux t'asseoir… déclare Kaléa.

Il ne bronche pas, prenant place face à moi en compagnie de sa femme. J'inspire profondément, puis je me lance. Je leur explique la première soirée et l'état grave de Pothos. Comment j'ai fini par comprendre qui il était, et nos recherches sur Thanatos. Notre échec, son humeur qui s'aggrave, avant de finir par mon départ ce matin, omettant évidemment les détails de notre relation – s'il y en a même une. Lorsque je termine, Éros se passe une main sur le visage, l'air profondément inquiet, alors que Kaléa l'observe avec compassion. J'ai eu le temps d'accepter les informations ces derniers temps, contrairement à eux…

– Thanatos n'a pas fait ça par vengeance, déclare finalement Éros.

– C'est-à-dire ?

Je le dévisage, les sourcils froncés. Pourquoi Pothos m'aurait-il menti ? Éros semble pourtant sûr de lui. Il jette une œillade à sa femme qui hoche la tête pour répondre à une question silencieuse que je ne comprends pas, puis il plonge son regard étrangement violet dans le mien.

– J'ai rencontré Kaléa grâce à l'une de mes missions sur Terre, elle était ma cible. Elle avait subi une greffe de cœur, et j'ai découvert peu de temps après qu'elle allait la rejeter. Je n'ai pas voulu la laisser mourir, alors après en avoir discuté avec elle, j'ai accepté de passer un marché avec Thanatos : il devait séparer mon cœur originel, un cœur immortel, si cela est plus clair pour toi, pour en donner la moitié à Kaléa.

Je les observe tous les deux sans me retenir de sourire, touchée. Leur histoire est belle, et j'envie ces sentiments si forts. Je ne suis pas du genre fleur bleue, mais seul un cœur de glace resterait de marbre face à ce couple. Ils partagent un seul et même cœur, et je pense qu'il ne pouvait pas lui offrir une plus belle preuve de son amour. Mais même si cette histoire est magnifique, une chose cloche tout de même : après ce que m'a dit Pothos, j'ai du mal à imaginer Thanatos aider son prochain…

– Et il l'a fait gentiment ? m'étonné-je.

Kaléa lâche un rire jaune en secouant la tête, et Éros reprend :

– Bien sûr que non. Il m'a demandé mon don de lire dans les auras en échange. Il a forcément marchandé quelque chose avec mon frère… Thanatos ne fait pas du mal pour le plaisir, il sait juste comment parvenir à ses fins. Tu n'as aucune idée de ce qu'il a pu demander à Pothos ?

J'ouvre la bouche avant de la refermer, puis je secoue la tête. J'ai beau chercher, Pothos ne m'a jamais parlé d'un quelconque marché. Je ne sais même pas ce que Thanatos pourrait lui vouloir. Finalement, je n'ai que peu d'informations… et je commence à me dire que je n'aurais jamais pu l'aider seule.

– Je suis désolée de ne pas pouvoir vous en dire plus, soufflé-je. Je me sens impuissante, et Pothos ne veut demander de l'aide à personne. Alors je me suis dit qu'en venant vous chercher, il serait obligé d'accepter.

– Pothos risque de te haïr, déclare Éros sans le moindre tact. Il n'apprécie pas que l'on ose se mêler de ses affaires, et ton intervention ne changera rien à cela. Sans parler du fait que tu es en danger maintenant que tu es au courant de notre existence.

– Je le sais parfaitement. Mais je préfère qu'il me déteste si ça veut dire récupérer ses ailes. Ça a l'air de compter pour lui.

Je pense chacun de mes mots. Notre baiser… a changé bien des choses. Je ne sais pas où nous en sommes, et imaginer quoi que ce soit serait risqué pour mon pauvre cœur. Mais je sais que rien ne compte plus que ses ailes. Alors si cela veut dire griller toutes mes chances avec le dieu de l'amour, je pense que ça en vaut la peine. Éros m'observe avec insistance alors que Kaléa affiche un air amusé, et je détourne les yeux, gênée pour la première fois depuis une éternité.

– Tu ne l'as pas seulement aidé, n'est-ce pas ? demande Éros.

– Comment ça ?

Je sais parfaitement où il veut en venir, mais je préfère faire l'autruche.

– Ce qu'Éros essaie de dire, c'est que tu t'es laissée charmer par Pothos, explique Kaléa avec malice.

– C'est compliqué.

– Ça l'est toujours, ce sont des dieux après tout.

Elle sourit à son mari, mais celui-ci ne me quitte pas des yeux. Il garde un visage neutre, le regard sombre. Il semble méfiant malgré toutes mes explications, mais je m'en moque. La seule chose que je désire, c'est qu'il rejoigne son frère.

– Pothos n'aime pas les humains. En dehors de ses missions, il ignore comment se montrer sympathique. Et pour rien au monde il ne divulguerait sa nature, précise Éros.

– Ce n'est pas vrai ! Il l'a lui-même dit, il ne les déteste plus. Et détrompe-toi, Pothos sait se montrer gentil, même si ses remarques cassantes ne sont jamais bien loin. De toute façon, je ne vous demande pas votre avis, simplement de l'aide. Alors si vous n'en êtes pas capables, autant que je rentre de suite à Seattle.

Je me redresse, avant de surprendre Éros jeter un regard approbateur à sa femme, et celle-ci lui sourit en retour, l'air satisfaite. Évidemment… Ils viennent de me tester. Et moi, j'ai mordu à l'hameçon. Mais peu importe. La seule chose que je désire, c'est un coup de main.

Éros se lève, remettant son tee-shirt en place.

– Bien. Nous allons te suivre jusqu'à Seattle, puis nous aviserons une fois sur place. Je vais préparer nos affaires pour le voyage, je m'occupe d'annuler tes rendez-vous ? demande Éros à Kaléa.

– Oui, vas-y. Je vais rester ici pour discuter avec Thalya.

Il hoche la tête puis tourne les talons. Kaléa m'observe avec insistance, un sourire bienveillant aux lèvres. Je détourne les yeux pour détailler une statue, au coin de la pièce, représentant les Érotes, selon l'inscription grecque écrite dans la pierre. Cette femme semble gentille, vraiment, mais je n'ai aucune envie de me confier à une inconnue. *J'ai déjà assez donné avec son beau-frère.*

– Peu importe ce que Pothos a pu faire, sache que c'est quelqu'un de bien, déclare-t-elle.

– Qu'est-ce qui te fait dire que Pothos a fait quelque chose ?

Elle lâche un rire franc tandis que je tente de garder une expression neutre. Je n'ai aucune envie de parler de notre dispute d'hier soir, en grande partie parce que j'ai encore du mal à digérer ses propos.

– Tu ne serais pas là, autrement, tu serais restée avec lui. Mais je suis passée par là avant toi, alors n'oublie pas ça : ils ont beau être des dieux, ils ne connaissent pas réellement notre monde. Ils ne font que guider des âmes vers les autres, rien de plus. Si Pothos se montre maladroit ou blessant, c'est parce qu'il fonctionne comme ça à l'Olympe. Il se montre tel qu'il est vraiment avec toi. Ne le blâme pas pour cette ignorance, mais ne le lui dis pas non plus. Être traité d'ignorant ne lui plaît pas, plaisante-t-elle.

Je ne peux retenir un sourire. Lui qui considère les humains comme de faibles choses, être mis face à ses propres faiblesses le mettrait très certainement en colère. Maintenant que Kaléa le dit, c'est vrai que ça ressemble à de la maladresse : Pothos veut bien faire, mais il ne s'est jamais retrouvé dans une telle situation et il doit se sentir perdu. Je n'ai aucune envie de lui en vouloir éternellement, mais il n'a toujours pas répondu à ma question. Je ne sais toujours pas ce qu'il veut, et je viens d'apprendre qu'en plus de cela, il ne m'a volontairement pas tout dit à propos de Thanatos. Son ignorance suffit-elle à expliquer tous ces blancs ? Si, après notre retour à Seattle, Pothos me laisse encore une chance de l'approcher, je compte bien obtenir des réponses, et peut-être enfin profiter de chaque seconde. Je finirai sans doute blessée, mais j'aurai au moins vécu une relation inoubliable…

CHAPITRE 18

POTHOS

J'ignore l'heure à laquelle Thalya rentrera, mais je suis prêt à l'accueillir. Je me suis trituré les méninges toute la nuit et presque toute la journée, mais j'ai finalement trouvé ce qui pourrait lui faire plaisir. Il faut que nous discutions, et je veux que ce soit bien fait, même si c'est dur. Pour la première fois de mon existence, j'avoue me sentir un peu perdu dans ma mission. Il est facile d'amener un humain à m'embrasser : je me fais passer pour quelqu'un que je ne suis pas, et le tour est joué. Or, Thalya sait qui je suis, elle le sait même mieux que beaucoup, alors il m'est impossible de jouer un jeu. Elle doit m'apprécier moi, et moi seul. Et c'est sans doute la partie la plus compliquée de ma mission. Parce que plus le temps passe, et moins j'arrive à déterminer ce que je simule et ce qui est vrai.

J'ajuste les nombreuses assiettes sur la table basse, plutôt fier de mon œuvre, et je dépose une enveloppe au centre. Je ne pense pas Thalya du genre à aimer un repas guindé, alors j'ai préparé un peu de tout afin de manger dans le canapé et un cadeau qui devrait la toucher. Elle semble admirer les étoiles… Alors je lui en ai acheté une. Je sais que les humains font ce genre de bêtises, cela devrait lui plaire.

Je me dirige vers la salle de bain pour enfin enfiler un haut et vérifier que la pierre de Thanatos se trouve toujours dans ma poche, puis j'en profite pour aviser mes cicatrices dans le miroir. Deux traits tordus barrent mes omoplates, encore rouges, mais plus douloureuses au toucher. C'est la première fois que ma peau est déformée… et je déteste ça. Sans compter le fait que plus les plaies cicatrisent, plus mes ailes me paraissent loin. Je me sens enfermé sur Terre. Je veux rentrer, ne pas me laisser atteindre, prouver que je suis digne d'une place plus importante à l'Olympe, et ne jamais repenser à ce cœur brisé qui va arriver. Mais je ne suis plus si pressé d'y retourner, parce que je ne sais pas quel sort ils réserveront à Thalya par la suite. Je préfère ne même pas y songer.

Du bruit se fait entendre dans le salon et je me tourne vivement vers la porte de la salle de bain. *Elle est enfin rentrée.*

– Pothos ? résonne sa voix dans l'appartement.

Elle me rejoint vite et se fige en me trouvant torse nu alors que je lui souris largement. Elle semble épuisée mais elle est toujours aussi belle. Je ne devrais pas, mais je suis soulagé de la voir de retour… Et cette perspective commence sincèrement à me faire peur.

– Ma surprise est gâchée, je comptais éteindre les lumières pour que tu ne voies pas tout ce que j'ai préparé, soufflé-je. Mais j'espère qu'elle t'a plu. Je voulais qu'on passe la soirée ensemble.

– À ce propos… commence-t-elle.

Elle semble hésitante. Je m'approche d'elle jusqu'à passer une main contre sa joue. Je veux prendre la température, voir si cette journée loin de moi lui a permis de comprendre ce qu'elle ressent. Je me retiens de sonder son esprit, comme je le lui ai promis, et Thalya se mord la lèvre alors que je m'approche doucement d'elle pour l'embrasser. Ses lèvres frôlent les miennes tandis qu'elle dépose une main sur mon torse nu, mais elle ne fait rien pour rompre la distance entre nous. *Qu'est-ce qui la retient ?*

– Rhabille-toi. Ce n'est absolument pas le moment de montrer tes atouts divins, déclare une voix que je ne connais que trop bien.

Mes yeux se plantent dans ceux de Thalya alors que je m'éloigne vivement, la mâchoire crispée, comme si j'avais reçu un coup. Je jette un regard mauvais à mon frère, pas le moins du monde heureux de le trouver ici, avant de reporter mon attention sur celle que je n'aurais jamais cru voir me trahir.

– C'est toi ? demandé-je avec colère.

– Je voulais t'aider…

– M'aider ? Je ne t'ai jamais demandé de faire ça ! J'ai été clair, pourtant !

Je la dévisage alors qu'elle ne semble même pas désolée. Je lui ai fait confiance, plus que je ne l'aurais cru possible, et j'ai eu tort ! Elle n'aurait jamais dû aller trouver mon frère. Elle m'a demandé de ne plus sonder son esprit, j'aurais dû trahir cette promesse : cela m'aurait évité bien des problèmes, et une déception immense. Elle n'a eu aucun scrupule, elle.

– Je l'ai fait pour toi, que tu le veuilles ou non, déclare Thalya, le menton haut. Tu avais l'air de ne pas savoir quoi faire pour récupérer tes ailes, alors je suis allée chercher de l'aide.

Ne pas savoir quoi faire ? Bien sûr que si ! Je dois te briser le cœur, même si je ne le veux pas !

Je secoue la tête, amer, avant de quitter la chambre d'un pas rageur après avoir enfilé un tee-shirt. Il est hors de question que j'écoute ses explications douteuses. Cependant, à peine ai-je mis un pied dans le couloir qu'une tornade brune m'arrête, et je jure dans ma barbe. *Il ne manquait plus qu'elle !*

– Évidemment, tu n'es jamais bien loin de lui ! râlé-je.

– C'est comme ça que tu m'accueilles ? Après deux mois à ignorer mes appels ? Tu as un téléphone, à moins que tu ne captes pas là-haut ? Je pensais que la famille était importante pour toi.

Elle me dévisage et je grommelle. Je dirais que Kaléa est la seule humaine que je qualifierais d'amie. J'ai appris à l'apprécier, et elle fait aujourd'hui partie de ma famille. J'échange toujours avec Éros et Kaléa lorsque je le peux, même si je n'ai pas eu le temps de donner des nouvelles ces dernières semaines. Je ne voulais pas leur mentir. Ou peut-être que je ne voulais pas des regards de pitié qu'ils ne vont pas manquer de m'offrir.

Je soupire avant de serrer Kaléa contre moi.

– Je t'interdis toujours de la prendre dans tes bras, déclare Éros.

Toujours là quand on ne veut pas de lui !

– Étant donné que tu viens clairement te mêler de ma vie privée, je ne me gênerai pas pour intervenir dans la tienne, répliqué-je.

Kaléa rit sous cape, habituée à nos échanges, et je la serre un peu plus fort en jetant un regard appuyé à mon frère. Il n'est pas jaloux des humains, mais dès qu'il s'agit des nôtres, c'est une autre histoire. Il n'a pas apprécié que je me rapproche de sa femme lorsqu'il a quitté la Terre pour les Enfers l'espace de quelques jours, alors qu'il sait parfaitement qu'il n'y a que de l'amitié qui nous lie.

– Allez, c'est bon, écarte-toi ! lâche Kaléa en riant et en me repoussant.

J'obtempère avant de jeter un regard à la responsable de cette situation. Thalya se tient en retrait, observant la scène sans rien dire, et je vois bien que la situation la blesse, mais elle ne peut s'en prendre qu'à elle-même. Elle est l'unique instigatrice de ce qui arrive, et elle n'imagine pas comme je lui en veux. Cette soirée aurait pu être bien différente… Je voulais qu'elle le soit.

– Je suis heureux de vous avoir vus, mais vous pouvez retourner au Canada, je n'ai pas besoin d'aide, déclaré-je.

– Ce n'est pas ce que j'ai cru comprendre, rétorque Éros.

– Elle vous a bien sûr tout raconté ! lâché-je en jetant un regard mauvais à Thalya. Comme tu le dis si bien, c'est ce que tu as cru comprendre. Tu sais parfaitement que les humains en rajoutent toujours.

Thalya avance d'un pas, le menton relevé. Elle est butée, peut-être plus que moi. Elle ne semble pas s'en vouloir d'avoir fait une telle chose, alors qu'elle met tout mon plan en péril.

– Je savais que tu allais me détester, affirme Thalya. Mais tu sais quoi, Pothos ? Je m'en fiche. Du moment que tu arrives à récupérer ce que tu désires plus que tout, ça me va.

Je la dévisage, furieux. Elle n'a absolument rien compris à ce que je ressens ! Elle en sait plus que n'importe qui, je me suis ouvert, je lui ai dit des choses que je n'ai même jamais dites à mes frères… Et ça n'a pas d'importance pour elle ? Je pense avoir rarement été autant blessé, que ce soit à l'Olympe ou sur Terre.

– Te détester ? C'est ce que tu crois ? Je t'ai fait confiance, Thalya. Et les personnes ici présentes peuvent en attester, je ne fais *pas* confiance aux humains. Vous êtes calculateurs, vous ne savez pas être sincères, et vous trahissez les vôtres à la moindre occasion. Je te pensais différente.

– C'est toi qui parles d'honnêteté ?

Thalya secoue la tête, alors que je sens le regard de mon frère et de Kaléa peser sur moi. Ils ne m'ont sûrement jamais vu parler à cœur ouvert, pourtant c'est moi, et uniquement moi, qui parle. Je ne joue aucun rôle. Pas cette fois. Thalya sait à quel point ma situation d'Érote me pèse, je le lui ai dit hier, je le lui ai montré ces derniers jours. Ce sont des choses que je n'aurais jamais dites à Éros, Antéros ou un autre de mes frères. Je lui ai sincèrement fait confiance et me suis fait avoir à mon propre jeu, pour finir. Thalya approche d'un pas, mais s'arrête face à mon regard noir.

– Je ne t'ai pas trahi, Pothos. Éros saura peut-être trouver une solution ! Ne refuse pas l'aide de ta famille. Quel autre choix te reste-t-il ?

Je secoue vivement la tête. Je me fous de ses raisons ! Je me tourne vers le couple, la mâchoire crispée.

– Je vous assure que je n'ai pas besoin de vous. Rentrez à Vancouver. Nous devons discuter tête à tête.

– C'est hors de question, refuse Kaléa. Tu as été près de moi quand mon cœur a lâché, tu nous as soutenus Éros et moi, et même si tes critiques sont toujours aussi agaçantes, on ne va nulle part. Que tu le veuilles ou non, on t'aidera.

Nom de Zeus !

Je serre les poings, tentant de contenir une colère dévorante. Je devrais exploser, mais je refuse d'alimenter les soupçons de mon frère. Thalya est la première mortelle à qui j'ose faire confiance, bon sang !

– Bien. Alors si vous restez, c'est moi qui pars.

Je n'ai pas fait un pas que Thalya me retient, une main enroulée autour de mon bras, et le regard suppliant.

– Pothos, s'il te plaît.

Je lâche un rire jaune tout en secouant vivement la tête. Je l'ai retenue d'une façon similaire hier, pensant bêtement qu'elle serait de retour pour reprendre là où nous en étions. Je me suis trompé. Moi, un dieu âgé de trois millénaires, je me suis fait avoir par une humaine d'une vingtaine d'années. Une première dans notre histoire ! Je ne l'avais pas vue venir. *J'aurais dû sonder son esprit.*

– Tu sais ce que je trouve le plus ironique, Thalya ? Que tu m'aies demandé d'être honnête, alors que tu ne l'es pas toi-même.

Ses épaules s'affaissent et son regard se voile, pourtant je tourne tout de même les talons. Elle est blessée, mais quelle importance ? Nous sommes deux. Thalya n'aurait jamais dû aller à Vancouver, et encore moins confier mes problèmes à ma famille. C'était entre elle et moi.

Et le pire, c'est que ce qui m'inquiète le plus, ce n'est pas qu'Éros soit au courant et que mon plan tombe peut-être à l'eau. Non, ce qui m'inquiète, c'est que je sois sincèrement blessé par la trahison de Thalya. *Et ça, je ne sais pas si je suis prêt à l'affronter.*

CHAPITRE 19

POTHOS

J'observe la pelouse parfaitement tondue, l'esprit embrouillé. J'ignore depuis combien de temps je suis à Burke-Gilman Playground Park, mais je suis bien incapable de bouger. C'est toujours ici que je m'arrête lorsque je suis dans le coin. J'aime le calme qui y règne. Être entouré de la nature et non pas de cette masse d'humains qui se trouve en ville me permet de réfléchir. Les espaces sont souvent utilisés comme terrains de jeu les après-midi par les adolescents et les enfants, mais ce que je préfère, c'est le silence de la soirée, lorsqu'il n'y a plus que moi, que la flore retrouve sa sérénité et que les arbres s'étendent devant moi.

Je n'ai aucune envie de me lever de ce banc pour rentrer et retrouver Thalya en compagnie de mon frère et Kaléa. Pour la première fois de ma longue existence, je refuse d'affronter la réalité. Je ne veux pas croiser le regard de Thalya, avide de pardon, et faire face au fait qu'elle a trahi ma confiance. Elle n'aurait jamais dû se rendre à Vancouver sans m'en parler. Je ne veux pas non plus affronter les questions de mon frère et de Kaléa. Il va me dire que je suis un idiot de m'être mis dans cette situation, que je n'aurais jamais dû aller voir Thanatos en premier lieu – comme me l'avait conseillé Antéros – et finira par comprendre pourquoi je n'ai rien dit. Et ça, je ne suis pas encore apte à le dire à haute voix…

Un bruit d'ailes se fait entendre, et je soupire en laissant mon regard dériver vers le ciel. Mon sursis n'aura pas duré longtemps, je savais qu'il finirait par venir me chercher. Même humain, il n'abandonne jamais.

– Si ma femme savait que j'ai pris le risque de voler pour toi, elle me tuerait.

– Alors peut-être que je devrais le lui dire.

Éros lâche un rire rauque – à présent, il risque tous les jours sa vie et celle de Kaléa en tant que mortel, surtout lorsqu'il vole. Je hausse les épaules puis observe les nuances de couleurs dans le ciel. Nyx a pris le relais d'Hélios, la pénombre remplaçant la lumière, et je les envie de pouvoir exercer leurs dons sans se soucier du reste. J'aimerais être aussi insouciant.

Mon frère se place face à moi, ses ailes disparues, puis me sonde avec insistance.

– Tu devrais retourner chez Thalya, je n'ai aucune envie de parler. Je risque de devenir désagréable, annoncé-je.

– Tu es toujours désagréable. Ça ne m'a jamais fait fuir. Tu sembles de toute façon bien plus calme.

Je ne devrais pas être étonné de voir mon frère ignorer ma demande puis prendre place à mon côté. J'ai beau être le plus âgé de la fratrie, Éros n'a jamais su m'écouter. Je suis peut-être buté, mais lui est rêveur, et c'est sans doute pire. Peu importe ce que pourront dire ses proches, Éros suivra toujours ses envies, parce qu'il fonctionne ainsi. Et à l'instant présent, je sais parfaitement que la seule chose qu'il désire, c'est me faire rentrer chez Thalya et m'apporter son aide. Je tourne mon visage vers lui pour découvrir ses yeux violets rivés sur moi, et je soupire de frustration. *Il est sans doute le plus collant des ex-dieux !*

– Qu'est-ce que tu veux ?

– T'empêcher de ruminer. Et t'offrir une oreille attentive. Tu peux m'expliquer comment tu en es arrivé là ?

– Pour que tu fasses comme Thalya et répète tout ? Ne me prends pas pour Koalemos. Je n'ai pas besoin de toi, marmonné-je.

Éros rit, comme si ma remarque avait quelque chose d'amusant. Pourtant je suis tout ce qu'il y a de plus sérieux. Je ne suis pas de ceux qui accordent leur confiance, pourtant, les choses sont venues naturellement avec Thalya. J'aurais dû me méfier, mais je ne ferai pas cette erreur deux fois.

– Tu es blessé, je le comprends, Pothos… Mais tu ne peux pas rester dans ce parc éternellement. Autant rentrer à l'Olympe.

– Tu ne pourras jamais comprendre.

Il y a peu, j'aimais regarder le soleil se lever de là-haut. Même Achlys adorait l'apercevoir depuis les Enfers. À présent, je me sens encore plus enfermé qu'elle. Et pas seulement à cause de mes ailes.

– Comment en es-tu arrivé là ?

Éros arbore un air triste. Tenter de mentir est une option, pourtant je sais que cela n'a pas d'intérêt. Travestir la vérité ne changera rien à la situation, alors autant éviter un conflit inutile. Je veux que mon frère puisse me faire confiance, même si ces derniers temps, il aurait de quoi douter. Je suis fatigué de tout ça.

– J'avais l'intention de quitter les Érotes. Mère a refusé ma demande, évidemment, expliqué-je avec un rictus. Je n'en pouvais plus, alors j'ai voulu réussir par mes propres moyens. C'est comme ça que j'ai marchandé avec Thanatos…

– Tu as troqué tes ailes ? rétorque-t-il, scandalisé.

Je lui renvoie une œillade blasée.

– Bien sûr que non ! J'ai refusé son marché, cela n'avait rien d'honnête. Mais il a trouvé un moyen de pression pour que je lui obéisse.

En l'avouant à voix haute, je me sens encore plus sot. J'aurais dû voir venir Thanatos… Et en avisant l'air réprobateur d'Éros, je sais qu'il pense de même.

– Cela lui correspond bien. Est-ce que tu as souffert ? s'inquiète mon frère.

Je baisse la tête, fuyant cet éclat soucieux que je peux lire dans ses yeux, et je tente de contenir toute la peine que j'ai accumulée ces dernières semaines. Il est dur pour moi d'avouer avoir été blessé, et pire, d'avoir subi une telle douleur. Je déteste me sentir si faible. Affronter le regard de Thalya n'a pas été compliqué, elle a été là pour m'aider, elle m'a soigné, et elle est elle-même faible, elle ne peut pas me juger. En parler à Éros est différent. Il sait à quel point cette situation affecte mon ego, et il a connu cette invulnérabilité propre aux dieux.

– Je pense que mes mots ne sont pas suffisants pour répondre à cette question. Je ne pensais pas connaître la brûlure d'une lame divine… expliqué-je d'une voix indistincte. Sans Thalya, j'aurais sûrement souffert encore plus, je lui dois beaucoup, avoué-je.

– Elle est la première mortelle à connaître ton secret, et surtout à te considérer. Je comprends mieux ton attachement.

– Je ne te parle pas de sentiment, mais de ma blessure. Thalya est une humaine, rien de plus.

– Rien ne sert de te cacher derrière un mensonge, je lis en toi depuis des millénaires.

J'acquiesce, les épaules basses. Pourquoi nier ? Mon attachement pour cette mortelle transparaît malgré mes efforts, et c'est pour ça que je me sens si blessé. Je ne l'avouerais sans doute à personne d'autre, mais Thalya m'a aidé plus que je ne veux bien l'avouer. Elle m'a permis de me remettre sur pied lorsque je suis arrivé sur Terre, mais pas seulement. Elle m'a accompagné jusqu'à aujourd'hui, sans se douter de mes réelles intentions, et pas une seule fois elle n'a douté de moi. Sa confiance est ce qui me fait avancer, en un sens.

– Tu vas t'en sortir, déclare mon frère. On trouvera un moyen de te rendre tes ailes, il ne peut pas s'en tirer ainsi, nous le savons tous deux. Qu'est-ce que Thanatos t'a demandé en échange ?

Je me tourne doucement vers lui, le cœur serré. C'est ironique : je détestais ces sentiments humains, persuadé que j'étais bien au-dessus grâce à mon statut de dieu, et voilà que toutes ces émotions se mélangent en moi.

– Si je veux récupérer mes ailes, je dois briser un cœur et l'enfermer dans l'une des pierres de Thanatos.

Son visage se décompose, et je ne détourne pas les yeux. Je veux voir chacune de ses expressions.

– Tu espères briser le cœur de… Thalya ?

Je hoche la tête, la gorge nouée. J'aurais aimé qu'elle ne me trouve pas dans cette ruelle, que je rencontre quelqu'un d'autre pour ne pas avoir à la blesser… *Parce qu'à présent, je suis incapable de me détourner. Et de toute façon, il y a ce foutu ultimatum.*

– Et ça ne te fait rien ?

– Bien sûr que si ! La dernière chose que je désire, c'est lui faire du mal !

Je lui jette un regard mauvais. Il ne connaît pas Thalya comme je la connais, sinon il ne poserait pas cette question. Thalya est quelqu'un de solaire, elle est intelligente, curieuse, et sa tendance à me contredire est une chose qui m'amuse sincèrement. Je ne veux pas lui retirer cette joie de vivre, ni lui briser le cœur…

– Alors trouve une autre solution ! Demande de l'aide à notre mère !

Je secoue vivement la tête.

– Je ne peux pas.

– Et pourquoi ?

Je ne sais même pas comment expliquer. Éros voulait devenir humain. Il n'a jamais pris goût à notre existence de dieux. Alors comment pourrait-il comprendre ce que je ressens ?

– J'ai vu notre mère avant de voir Thanatos. Je voulais lui demander de quitter les Érotes… Elle a refusé.

– Pourquoi ?

– Selon elle, je dois apprendre à me débrouiller seul, et pour le moment, mes motivations ne sont pas bonnes.

Je lâche un rire jaune. Toute cette situation est profondément ironique : je devais me montrer autonome, et voilà que je me retrouve à me confier à mon frère, qui me conseille justement d'aller courir auprès de ma mère… Éros fronce les sourcils, observant le coucher du soleil.

– Et je suppose que c'est ce que Thanatos a voulu t'offrir. La liberté.

– Pour faire court, oui. J'ai refusé son offre, alors il a trouvé un moyen de me forcer à faire ce qu'il voulait.

Et aujourd'hui, je me retrouve esclave d'un dieu fourbe, pour briser un cœur qui ne le mérite pas. Éros pose une main sur mon épaule, et son contact me détend. Il est peut-être mon petit frère, mais aujourd'hui, je crois que j'ai besoin de lui comme il a eu besoin de moi.

– Tu l'apprécies réellement… constate-t-il.

Je ferme les yeux, silencieux.

– Pothos. Regarde-moi et dis-le.

Je soupire avant de me tourner vers mon frère. Il m'observe avec insistance, sincèrement soucieux. Pour une fois, je n'ai aucune envie de résister : je crois que j'ai besoin de me montrer complètement honnête avec quelqu'un.

– Bien sûr que je l'apprécie. J'ai passé la plupart de mon temps avec elle ces derniers jours… Mais ça n'empêche pas que je me sens totalement perdu. Je ne sais pas comment j'en suis venu à lui faire confiance, ni pourquoi sa trahison m'affecte tant. Ce n'est qu'une humaine, après tout, son avis ne devrait pas m'importer. La seule chose dont je suis certain, c'est que je ne lui veux pas de mal.

– Si tu tiens tant que ça à Thalya, pourquoi ne changes-tu pas d'humain ?

Je me passe une main sur le visage et un long soupir m'échappe. *Si seulement c'était si simple.*

– Je n'ai pas le temps. Thanatos m'a laissé un mois, il me reste moins de dix jours. Je dois aller au bout des choses… Et de toute façon, je ne suis pas capable de m'éloigner, je ne me vois pas séduire quelqu'un d'autre.

– Tu le regretteras.

– J'en ai parfaitement conscience. Mais je regretterais sûrement encore plus mes ailes. Je dois faire ce choix moi-même, peu importe ce que tu en penses. N'essaie pas de me dissuader.

– Et si l'Olympe venait à lui faire du mal ?

Ma gorge se noue à cette simple éventualité. J'essaie d'ignorer cette idée depuis qu'elle m'a traversé l'esprit, pourtant cela pourrait arriver. Ils protégeront notre secret, peu en importe le prix.

– Je réussirai à trouver une solution. Elle ne mérite pas de souffrir encore plus.

Éros soupire. Lorsqu'il a fait le choix de sauver Kaléa, nous l'avons soutenu, Antéros et moi. Je n'étais pourtant pas d'accord avec tout cela, mais j'ai respecté cette décision, je ne l'en ai pas empêché. Je lui demande de faire la même chose, même si je ne suis moi-même pas sûr de ce que je suis en train de faire.

– Fais attention de ne pas t'égarer, déclare-t-il seulement.

Je crois que c'est trop tard.

– Et surtout, tu ne devrais pas en vouloir à Thalya.

Je grommelle, peu satisfait de la tournure que prend cette conversation. Éros n'est pas rancunier, il ne peut pas comprendre. Peu importe ses raisons, elle m'a blessé, et je ne peux pas l'oublier si facilement, même si j'aimerais que ce soit si simple.

– Pourtant c'est le cas. Elle a trahi ma confiance, et tu sais à quel point je ne supporte pas qu'on me prenne pour un idiot.

– Pothos, elle ne sait rien de ce que t'a demandé Thanatos, précise Éros en exerçant une pression sur mon épaule. Elle ignore qu'en étant avec elle, tu fais en sorte de récupérer tes ailes. À ses yeux, tu n'as aucune solution, alors elle t'en a trouvé une. Pas besoin d'être un dieu de l'amour pour comprendre qu'elle tient simplement à toi.

Je baisse la tête. Éros a raison, Thalya ne sait pas que j'ai la possibilité de récupérer mes ailes en lui brisant le cœur. Comment le pourrait-elle ? Ma rancœur m'empêche d'y voir clair. Elle a fait cela dans l'intention de m'aider, même si c'est maladroit. Aller chercher Éros et Kaléa était sa façon à elle de me soutenir… Et je ne m'en veux que plus encore de devoir lui faire du mal. *Elle mérite bien mieux.*

Je ne désirais pas que mon frère se mêle de tout cela, mais je ne peux nier que pouvoir dire l'entière vérité à quelqu'un me soulage grandement.

– Tu te sens prêt à rentrer ? demande finalement Éros.

– Je ne pense pas avoir le choix.

– En effet. Mieux vaut rentrer de toi-même que de m'obliger à te ramener. Tu dois discuter avec ton humaine.

– Et la faire tomber amoureuse… ajouté-je sans grande motivation.

Éros m'invite à me lever, et je le suis sans dire un mot. Tout ce que je ressens est tellement contradictoire… Je ne sais plus quoi penser, ni quoi faire, et je dois décider seul. Je désire récupérer mes ailes plus que tout, mais j'aimerais également ne pas avoir à faire du mal à Thalya. Et je sais que peu importe comment se termineront les choses entre nous, cela me marquera pour l'éternité.

J'aurais voulu que rien de tout cela n'arrive, que mon existence ne prenne pas cette tournure de tragédie grecque. J'aurais voulu ne jamais savoir que je pouvais quitter les Érotes, quand bien même cela aurait signifié continuer ma vie dans la lassitude et l'aigreur. Je n'aurais pas cherché un moyen d'y parvenir, je ne serais jamais allé voir Thanatos, et je n'aurais jamais rencontré Thalya. Et surtout, je ne lui aurais jamais fait de mal.

CHAPITRE 20

THALYA

Assise dans mon canapé, Kaléa fait défiler les offres de logement en me posant tout un tas de questions sur Seattle après que je lui ai donné quelques noms de restaurants sympa. Éros et elle veulent rester quelques jours dans le coin, non seulement pour Pothos, mais également pour profiter, et j'aurais aimé les loger, sauf que je n'ai pas la place. Pothos m'en aurait de toute façon sûrement voulu davantage… et je n'ai aucune envie que la situation s'aggrave. Je voudrais seulement qu'il rentre pour que nous puissions discuter.

Ses mots m'ont blessée, mais cette fois-ci, c'est à cause de mes propres actes. Je n'imaginais pas qu'il pourrait réagir de cette façon et prendre mon geste pour une trahison. Je m'attendais à ce qu'il soit en colère, oui, mais pas à ce point… Pourtant, il a raison : j'ai bafoué sa confiance. Il s'est livré à moi, bien qu'Éros pense que je ne sais pas tout, et j'en ai parlé sans son aval. Mais même si je m'en veux… je ne regrette rien. Je veux l'aider, quoi qu'il en coûte.

– Que penses-tu de celui-ci ? Le mariage des couleurs entre les murs et la décoration n'est pas très joli, mais les avis sont excellents ! s'exclame Kaléa, toujours en pleine recherche.

J'attrape le PC pour faire défiler l'annonce. Elle a raison, la moquette blanc cassé avec des murs blancs n'est pas du meilleur effet, heureusement, l'appartement a un gros atout : une localisation hors norme. Je me tourne vers Kaléa, un sourire aux lèvres.

– Tu n'aurais pas pu trouver mieux. Les alentours de la Space Needle sont très prisés. Vous allez pouvoir faire de jolies balades en amoureux.

– Parfait ! Ce n'était pas prévu et les conditions ne sont pas géniales, mais je rêvais de vacances. Je pense que ça nous fera du bien !

Je lui souris à nouveau avant de lui rendre l'ordinateur, puis je tape nerveusement des doigts sur ma jambe en avisant l'heure. Je suis anxieuse. J'ai beau tenter de garder la face, rien n'y fait. Je déteste ça ! Je fais habituellement toujours attention à faire ce qu'il faut. Je sais que j'ai fait le bon choix, pourtant il y a plus d'une heure qu'il est parti, une petite demi-heure qu'Éros le cherche, et je m'inquiète. *J'ai peur qu'il ne revienne pas.*

Je sursaute lorsque la main de Kaléa se pose sur la mienne.

– Détends-toi, Thalya.

– Difficile de se détendre après ce qu'il m'a dit, murmuré-je.

– Je ne peux pas dire que je comprends, ce serait un mensonge. Et surtout, je ne connais pas autant Pothos que je connais mon mari. En revanche, je me connais, et j'ai réagi de la même façon à une époque. Alors je sais ce qu'on peut ressentir quand on a l'impression qu'on nous a menti, même si c'était dans notre intérêt.

– Qu'est-ce que tu veux dire ?

Je la dévisage, surprise. J'apprécie sa présence parce qu'elle est la seule humaine avec qui je peux échanger au sujet de tout ça. Je ne pourrais pas parler de la situation à Grace ou à Cooper, je l'ai promis, alors pouvoir me confier à cette inconnue me fait du bien. Et si elle arrive même à me comprendre…

– J'ai découvert qu'Éros était un dieu en le voyant voler. Je n'étais pas prête. Je lui en ai voulu de ne m'avoir rien dit, et aussi d'avoir essayé de me mettre sur le chemin de quelqu'un d'autre, étant donné que j'étais sa cible. J'ai alors pris mes distances… Mais je suis revenue.

Je hoche la tête, comprenant où elle veut en venir. C'est le résultat qui compte, pas la façon dont on y arrive. Avec un peu de chance, Pothos récupérera ses ailes tout en me pardonnant d'être allée chercher Éros. *Du moins, je l'espère.*

– Ça ne manque pas à Éros d'être un dieu ? demandé-je en jouant avec les coutures de mon haut.

Je jette une œillade à Kaléa, et celle-ci secoue la tête.

– Je sais qu'il est bien plus heureux en tant qu'humain. Il est libre de ses actes, de ressentir ce qu'il veut… De fonder une famille. C'est une façon de vivre. Il faut le désirer.

– J'en ai conscience. Je pense que jamais Pothos ne pourrait abandonner son monde, soupiré-je.

Je ne connais pas les détails de leur histoire, mais une chose est sûre, je ne vivrai pas ce genre de chose avec Pothos. J'étais persuadée qu'il ne s'agissait que de bons moments partagés, pourtant je me rends bien compte que ce n'est pas que ça. Je me soucie suffisamment de lui pour faire des centaines de kilomètres jusqu'à Vancouver. Si le choix ne tenait qu'à moi, oui, j'aimerais qu'il se passe quelque chose entre nous, mais il ne me choisira jamais. Il ne deviendra jamais humain, et je ne vois pas comment une histoire pourrait exister s'il passe son éternité à réparer les cœurs d'inconnus : la preuve en est, il ne renoncerait même jamais à ses ailes. Mais cela n'empêche pas le fait que je commence réellement à apprécier tout ce qui se passe…

– Et alors ? demande Kaléa. Sa nature n'empêche pas les sentiments. Je suis bien tombée amoureuse d'Éros lorsqu'il était encore un dieu, affirme-t-elle.

– Je ne suis pas sûre que ce soit comparable. Je ne sais pas si Pothos ressent ce genre de sentiment pour moi. Mais c'est vraiment gentil d'essayer de me réconforter.

Elle s'apprête à me répondre lorsque la porte d'entrée s'ouvre. Je me redresse vivement, mais c'est Éros qui entre alors que Kaléa se lève pour le rejoindre en me jetant un regard amusé.

– Je savais bien qu'Éros avait toujours le dessus sur Pothos… plaisante-t-elle.

Je lâche un rire nerveux, jusqu'à ce que mon regard croise enfin celui de Pothos, dissimulé par son frère. Ses cheveux blonds sont toujours autant en bataille et son regard d'un bleu habituellement aussi clair que l'océan est sombre. Silencieux, il avance dans la pièce sans me quitter des yeux, les mains dans les poches, et j'ai l'impression de ne plus savoir respirer correctement. *Dis quelque chose.*

– Est-ce que tu as trouvé un logement ? demande Éros à sa femme, ignorant notre échange de regards.

– Oui ! Et on va pouvoir sortir ce soir, Thalya m'a donné le nom de quelques endroits plutôt sympa où on peut manger !

Je me détourne de Pothos pour observer l'expression avenante de Kaléa, mais je ne lui renvoie pas son sourire, l'estomac noué. Me retrouver face à Pothos, ses yeux rivés sur moi, a le don de me faire douter de tout.

– On va vous laisser, déclare Éros. Si vous avez besoin de nous, Pothos a nos numéros ! Nous repasserons dans les jours qui viennent pour prendre des nouvelles.

Je hoche la tête, et Kaléa me serre dans ses bras en me souhaitant bonne chance avant d'adresser un signe de la main à Pothos. J'entends la porte claquer, les bruits de pas décroître, et je laisse enfin retomber mes épaules crispées. Mon regard se plante dans le sien, et je sais que je ne le détournerai pas tant qu'il n'aura pas ouvert la bouche.

Je fais un pas vers lui, puis je m'arrête. Il me dévisage sévèrement, toujours dans le silence, et même si je veux le voir me parler, je sais que je lui dois des excuses avant tout. Si c'était à refaire, je le referais… mais ça ne veut pas dire que je ne m'en veux pas.

– Je suis désolée, Pothos, réellement, déclaré-je, marquant une pause afin de peser mes mots. Je ne pensais pas que tu prendrais les choses aussi mal…

Il hoche la tête, comme pour me dire qu'il comprend, avant de s'asseoir dans le canapé, et je le rejoins. Il se passe une main sur le visage, mais il semble maître dans l'art de camoufler ses émotions.

– Je pensais que tu m'en voudrais un peu, mais pas au point de déserter, rajouté-je.

– Mieux valait que je prenne du temps que de me montrer encore plus blessant.

J'encaisse le coup. *Au moins, c'est que j'arrive à l'atteindre.*

– Je l'ai fait pour toi, continué-je. C'est le seul moyen que j'ai trouvé pour t'aider. Après tout, je ne suis qu'humaine, murmuré-je en détournant les yeux.

– Je sais.

Je relève vivement la tête, surprise par la conviction avec laquelle il vient de prononcer ces deux mots. Je n'ai pas pensé une seule seconde qu'il se montrerait compréhensif. Pas après sa réaction. Pourtant c'est vrai : face à quelqu'un comme lui, être une simple humaine est incroyablement frustrant parce que je me sens impuissante. En allant chercher Éros et Kaléa, j'ai au moins l'impression d'avoir agi.

– Mais tu l'as dit toi-même, comment je peux être sûr que tu es désolée ? Que tu ne seras pas capable de me trahir de nouveau ?

La réponse me paraît évidente.

– Lis dans mon esprit. Tu le verras par toi-même.

Pothos lâche un rire jaune tout en secouant la tête. Je suis sérieuse : si c'est le seul moyen pour lui de comprendre que je suis sincère, alors mon esprit lui est ouvert. Même si ça me tue qu'il puisse penser que je suis capable de lui faire intentionnellement du mal.

– Tu es sérieuse, Thalya ? Tu me suggères de faire exactement l'une des choses qui t'ont fait partir ? Ce n'est pas un peu contradictoire ?

– Non, parce que cette fois, c'est moi qui te le demande.

J'hésite l'espace d'une seconde à lui dire tout ce qui me pèse. Voyant que Pothos m'observe, je pousse un profond soupir avant de reprendre :

– Je préfère que tu lises dans mon esprit pour que tu comprennes que tu peux avoir confiance en moi. Je suis allé chercher Éros, oui, mais que voulais-tu que je fasse d'autre, Pothos ? Je suis là pour toi, et je n'en pouvais plus de te voir dans cet état. Tu penses que ça me fait plaisir ? Tu penses que je m'attendais à ça ? J'étais prête à te découvrir et à te laisser partir sans regrets, à passer quelque temps à tes côtés et à reprendre ma vie. À la place, je prends conscience que tu comptes beaucoup plus pour moi que ce que je voulais bien m'avouer, et savoir que tu penses ne même plus pouvoir me faire confiance, ça fait mal, même si tu t'en vas dans quelques semaines, voire quelques jours, et que toi non plus, tu ne te montres pas honnête avec moi. Alors si lire dans mes pensées peut te rassurer, ça m'enlèvera un poids sur le cœur que je ne veux pas porter. Vas-y, regarde.

Pothos m'observe avec intensité. Il fait un pas vers moi, puis deux, et sa bouche s'écrase sur la mienne. Je reste un instant pantoise, bien trop surprise alors que je n'espérais plus rien, avant de lui rendre son baiser. Je passe ma main sur sa nuque tandis que celles de Pothos attrapent mes cuisses pour me soulever, ma langue dansant avec la sienne. Accrochée à lui, je sens ses doigts brûlants s'insinuer sous mon haut et remonter dans mon dos, créant une ligne de frissons. Ma main passe sur ses omoplates, lui tirant un grognement. *J'avais presque oublié ce détail…*

– Merde.

Plutôt que de me répondre, il me fait basculer sur le canapé et se place au-dessus de moi, ses bras de part et d'autre de mon visage. Ma respiration se fait courte devant son regard brûlant, puis j'entoure délicatement ses hanches de mes jambes. *Qui aurait cru que cette soirée se finirait comme ça ?*

– C'est vraiment ce que tu veux ? m'interroge-t-il.

Ma main se perd dans sa tignasse blonde.

– Oui.

Un sourire en coin étire ses lèvres, avant que son visage ne plonge à nouveau vers le mien. Nos langues se cherchent, se trouvent, et sans qu'il me relâche, je sens ses mains glisser le long de mon buste pour retirer mon débardeur et libérer ma poitrine. Un soupir m'échappe lorsqu'il y dépose sa bouche, embrassant chaque parcelle de ma peau. Je passe mes mains sur son corps en évitant soigneusement son dos pendant que sa bouche joue avec mes seins. J'ai l'impression de perdre pied à chacun de ses coups de langue. Il n'est pas question que je sois la seule dans ce cas. Je descends son jogging, libérant son érection, et un cri de surprise m'échappe lorsque Pothos trouve l'un de mes points érogènes.

– Est-ce que tu as des défauts ? soufflé-je.

– Tu comprendras vite que je suis divin sous tous les aspects…

– Tu n'es parfait que dans ce domaine, rétorqué-je.

Il me fait taire d'un baiser, étouffant mon rire, et je le rapproche un peu plus de moi. Mes mains parcourent son corps alors qu'il caresse chaque courbe du mien. Sa peau nue contre la mienne est divine. Je gémis lorsque sa main glisse vers mes cuisses, puis je soulève mon bassin en direction du sien, une autre idée en tête. Pothos sourit en déposant une traînée de baisers sur mon cou avant de descendre le long de mon ventre sans me donner ce que j'attends.

Je le laisse faire, lâchant simplement un soupir d'extase, et lorsque son visage arrive à mon intimité, il me jette une œillade, mon esprit déjà loin lorsqu'il me déshabille. Il dépose enfin sa bouche sur mes lèvres intimes, et je pousse un gémissement lorsque sa langue glisse en moi. Il me goûte sans la moindre retenue, mon corps parcouru de spasmes aussi insupportables que délicieux, tandis que je glisse mes mains dans ses cheveux blonds pour l'encourager à continuer. Ses lèvres dérivent vers mon clitoris avant qu'il ne le prenne enfin en bouche, et un gémissement m'échappe lorsqu'il l'aspire. Je sens tout mon corps se tendre contre le sien. Il suce une dernière fois la petite boule de chair avant de remonter vers mon visage pour m'embrasser.

– Préservatif ? soufflé-je entre deux baisers.

– Je n'en ai pas besoin. Aucun risque avec ma nature…

Je lui rends son baiser sans aucune retenue, avant d'attraper son érection pour l'amener jusqu'à l'entrée de mon intimité. Il ne se fait pas prier pour donner un coup de reins libérateur. Son regard dans le mien, Pothos ne détourne pas les yeux, scrutant chacune de mes réactions, et le plaisir que je peux lire sur son visage ne fait que s'ajouter au mien. Je me laisse complètement aller dans ses bras, savourant chacune de ses caresses, en oubliant presque notre dispute un peu plus tôt… Parce que Pothos a ce don, celui de me faire quitter la réalité.

CHAPITRE 21

POTHOS

Je sens Thalya s'étirer contre moi, alors que je détaille le plafond en caressant paresseusement son dos. Ça ne devait pas se finir comme ça… Pourtant, si c'était à refaire, je le referais. Je crois que j'avais besoin de ce rapprochement pour comprendre à quel point elle me plaît.

– Je suis soulagée que tu n'aies pas décidé de m'éjecter de ta vie, murmure Thalya contre mon torse.

Je baisse la tête pour l'observer, mais elle ne me regarde toujours pas. J'ai l'impression qu'elle aussi a eu peur que les choses ne s'arrêtent ici à cause de ce qu'elle a fait… Parce que ça aurait pu être le cas si je m'étais écouté.

– Tu sais pourquoi ça fait si mal ? demandé-je en laissant mes doigts s'aventurer vers sa nuque.

– Non, mais je sens que tu vas me le dire.

Un sourire moqueur étire mes lèvres avant que je ne retrouve un air sérieux. Thalya vient poser son menton sur l'un de mes pectoraux, son attention à présent focalisée sur moi, et l'une de mes mains vient cajoler sa joue. Je veux qu'elle comprenne pourquoi je suis si blessé, pourquoi elle a réussi à m'atteindre.

– Je ne fais pas confiance aux humains. Ils ont bien trop de défauts. Et plus généralement, je ne suis pas de ceux qui aiment s'ouvrir, que ce soit ici ou à l'Olympe. Une partie de ma fratrie n'a même pas ma confiance complète. Je serais capable de leur confier ma vie, évidemment, je sais que je pourrai toujours compter sur eux, mais je n'irais jamais leur confier mes pensées.

Elle ferme les yeux, mais je ne veux pas de cette distance. Si je veux être sûr de sa sincérité, je n'ai qu'à lire dans son esprit. Elle, elle n'a rien, et je veux qu'elle voie sur mon visage que tout ce que je lui dis est vrai.

– Ouvre les yeux, soufflé-je d'une voix posée.

Elle s'exécute sans broncher.

– Je t'ai fait confiance. Malgré toutes les alertes dans mon esprit, le fait que tu sois humaine, que tu aies compris ma nature, j'ai fait le choix de te faire confiance. Et en voyant mon frère arriver, je me suis dit que j'avais eu tort, que tu n'avais pas respecté mon choix.

Thalya recule vivement, ses mains à plat sur mon torse, comme si mes mots l'avaient frappée. Je ne peux pas la blâmer de réagir de cette façon, mes mots sont un peu abrupts, surtout après ce que nous venons de partager. Mais ils sont nécessaires pour la suite.

– Je ne l'ai pas fait pour te blesser ! Tu *peux* me faire confiance ! Je…

– Thalya, j'ai compris, la coupé-je.

Elle s'arrête, un sourcil haussé, peu habituée au calme et à la vulnérabilité dont je fais preuve. J'ai été faux avec elle. Je l'ai manipulée pour mon propre intérêt, et voilà où j'en suis… Je veux que nous ayons au moins une vraie conversation sincère. Même si ce n'est pas ce que je fais le mieux.

– Je veux juste que tu comprennes ce que je peux ressentir, murmuré-je avec hésitation. Je ne lirai pas dans ton esprit, je t'ai dit que je ne le ferais plus. Tu vas devoir me faire confiance à ce sujet. Si je te dis tout ça, c'est parce que je sais quelles intentions tu avais en tête en agissant, et je n'ai pas envie qu'on passe notre temps à nous disputer. Je sais que j'ai été hésitant jusqu'à présent, mais je n'ai pas pour habitude de vivre ce genre de chose…

Thalya me fixe sans rien dire, attendant que je poursuive. Je lui en veux pour ce qu'elle a fait, pourtant son geste a au moins permis une chose.

– Et je dois le reconnaître, je suis heureux de voir Éros et de pouvoir lui parler. Je maintiens que je ne désire pas son aide, ni celle de Kaléa, je dis simplement qu'il est parfois appréciable d'être proche de sa famille. Alors merci pour ça.

Un sourire discret naît sur ses lèvres, et je le lui rends.

– Alors tout va bien ? s'assure-t-elle.

– Si tu ne me trahis plus, je pense que ça devrait aller.

Je la fixe droit dans les yeux, et elle se rapproche de moi jusqu'à frôler mes lèvres des siennes. Sa peau me brûle, et cette chaleur que je ressens au fond de moi ne fait que croître à chaque seconde.

– J'ai compris ton point de vue. Un peu tardivement, mais je l'ai compris, excuse-moi, murmure-t-elle.

Elle n'est pas la seule à avoir merdé.

– Je te dois aussi des excuses, répliqué-je. C'est pour cette raison que j'avais préparé tout ça…

Je désigne la table basse juste à côté de nous et j'observe les assiettes, ainsi qu'une enveloppe restée à l'abandon. Kaléa a mangé quelques chips, mais le reste est toujours intact. Je regrette que nous n'ayons pas pu savourer ce moment à deux.

– Ces dernières quarante-huit heures ne ressemblent pas exactement à ce que j'imaginais, dit Thalya tout en attrapant le bout de papier. Qu'est-ce que c'est ?

Je détourne les yeux. Je ne suis pas familier de ce genre de choses, même en mission. Je n'offre jamais de cadeau, alors des cadeaux significatifs ?

– Un présent. Ouvre-le, si tu veux.

Je la vois froncer les sourcils du coin de l'œil avant de s'exécuter, et je pose mes mains sur ses hanches, me retenant de lire dans ses pensées. Je le lui ai promis, elle me fait confiance. Ses yeux s'écarquillent quand elle découvre de quoi il s'agit.

– Je… C'est dingue !

Elle laisse tomber l'enveloppe sur le sol pour lire le certificat en entier. Elle avait l'air d'aimer les étoiles lorsque nous avons discuté sur le toit, alors j'ai acheté une constellation et lui ai donné nos deux noms dans le registre des étoiles. Elle relève la tête vers moi, la bouche entrouverte et les yeux brillants, et je ne saurais même pas expliquer ce que je ressens en voyant à quel point elle est touchée par ce si petit geste.

– Je suis désolée d'avoir gâché ça, souffle-t-elle. C'est magnifique.

– On peut encore changer ça, déclaré-je sans réfléchir. Cet après-midi, viens avec moi.

– Où ça ?

Je hausse les épaules avant de me redresser à mon tour dans le canapé. Je me moque de la destination tant que j'ai l'occasion d'ignorer encore un peu la réalité à son côté. Le regard de Thalya pétille, et mon cœur s'emballe.

– Peu importe. Je veux une vraie sortie.

– Alors tu veux un rencard… s'amuse-t-elle. Je te laisse choisir. Surprends-moi.

Elle m'adresse un sourire sincère qui m'atteint au plus profond de moi. Sa respiration se fait plus lente, et j'entends son cœur battre un peu plus fort dans mes oreilles. Je devrais en être satisfait, elle est en train de succomber. Pourtant, alors que Thalya repose sa tête sur mon torse et qu'elle reprend ses caresses légères sur ma peau, mon estomac se noue. Parce que ça y est, j'ai ma réponse. Je sais que je ne pourrai jamais lui briser le cœur.

CHAPITRE 22

POTHOS

Je m'assieds sur l'une des chaises de la cuisine le temps que Thalya achève de se préparer pour notre sortie. Après qu'on a couché ensemble, Thalya a pris une douche et s'est assoupie quelques heures, puis elle a dû appeler ses amis qui commençaient à s'inquiéter de ne pas avoir de ses nouvelles. Elle semblait épuisée par ces dernières quarante-huit heures, et je le comprends. Si je pouvais être physiquement exténué, je le serais sûrement aussi… Entre sa soirée avec ce Easton, sa disparition, son retour pour repartir au Canada et la crise lorsqu'elle est revenue avec mon frère… Du repos était bienvenu.

J'ai attendu Thalya en passant en revue tous les coins de Seattle que j'ai un jour pu survoler à la recherche de l'endroit idéal où l'emmener. La dernière fois que je suis venu dans l'État de Washington, c'était il y a vingt ans, alors les lieux ont bien changé. Mon choix s'est arrêté sur un jardin que j'affectionne énormément. Il n'est que peu fréquenté, les touristes n'en connaissant pas toujours l'existence, et je suis sûr que sa beauté plaira à Thalya. Je voulais quelque chose de simple, un endroit propice à la discussion et surtout intime, parce que j'en ai envie. Je commence simplement à avoir peur de m'approcher de son cœur… Pourtant, c'est ce que je voulais, non ?

– Tu rêvasses ? Toi qui m'entends toujours arriver.

Je sursaute avant de me tourner vers Thalya, souriante comme jamais. Elle a enfilé une jolie robe fleurie aux couleurs pastel, ce qui ne la rend que plus belle.

– Je réfléchissais seulement. Tu es prête ? demandé-je en détournant les yeux, coupable.

Thalya hoche vivement la tête puis attrape son sac à main avant de me suivre en dehors de l'immeuble. Elle ne cesse de me jeter des œillades, un air curieux sur le visage, et je souris en regardant la rue passante. *Elle ne tiendra jamais…*

– Où est-ce que tu m'emmènes ? cède-t-elle finalement, et j'éclate de rire.

– Tu as dit « peu importe » lorsque je t'ai demandé où tu voulais aller, alors tu auras la surprise.

Elle lâche un rire cristallin, et je ne peux m'empêcher de sourire. Je veux profiter encore un peu de ces moments d'évasion qu'elle m'offre. Elle est toujours solaire, intéressée, et j'aime cette capacité à voir les choses du bon côté. Ça change… Elle me montre comment profiter des petits instants.

Je hèle un taxi dans lequel nous pénétrons dans le silence puis j'observe le paysage défiler sans oser regarder Thalya. Le moment de lui briser le cœur approche dangereusement… Cette idée devrait me réjouir : je vais sûrement réussir à récupérer mes ailes sans l'aide de personne, dans le délai imparti. Pourtant, plus je l'observe, plus je m'en veux, et je tente de chasser cette idée. Je ne veux ni penser à ça, ni penser à ce que l'Olympe pourrait faire s'ils savaient que Thalya est au courant pour nous.

Je sens son regard peser sur moi et la découvre en train de me scruter, l'air sérieux.

– Qu'est-ce qu'il y a ?

– Rien. Je suis simplement contente de sortir avec toi. Je ne pensais pas que ça arriverait.

Je hausse un sourcil.

– Pourquoi ? Ce n'est pas parce que je suis ce que je suis que je ne peux pas faire des choses humaines.

Je sens le conducteur me jeter un regard curieux, mais je l'ignore. La seule personne qui m'intéresse se trouve à côté de moi. Thalya hausse les épaules avant de fixer à son tour la fenêtre, et je me retiens de toutes mes forces de ne pas lire dans son esprit. *Je n'ai qu'une parole*. Elle ne répond pas à ma question, attendant patiemment que la voiture se gare, et lorsque cela arrive enfin, je m'empresse d'en faire le tour pour lui ouvrir la porte, ce qui me vaut un sourire moqueur de sa part.

– Mais c'est que tu serais presque galant !

– Attention, je vais finir par ne plus l'être si tu te moques trop.

Un nouveau rire lui échappe, et je lui attrape la main pour la guider une fois le trajet réglé. Elle est surprise par ce toucher, alors que la seule chose qui me paraît étrange, c'est que ce contact me semble naturel. Sa peau me brûle, mais c'est une chaleur que je ne veux pas voir disparaître.

Je la guide dans une rue où une grande bâtisse s'élève, et Thalya observe autour de nous avec admiration, bien que nous ne soyons pas encore arrivés à destination. C'est un quartier résidentiel, les maisons s'enchaînent, colorées, et la végétation est au rendez-vous tout autour de nous. C'est une partie de Seattle que j'affectionne beaucoup. Elle est calme, bien fréquentée, et les bâtiments sont magnifiques, dans des couleurs crème, semblables à celles de l'Olympe. Ça me rappelle un peu chez moi. Lorsque nous en sortons, nous nous retrouvons dans une rue passante, un amas de végétation face à nous, et je guide Thalya jusqu'à celui-ci.

– Je ne suis pas sûre d'être correctement habillée pour crapahuter… déclare-t-elle, m'arrachant un rire.

– Ne t'en fais pas, il y a des chemins. Ça devrait te plaire…

Thalya lâche ma main, passant devant moi, pressée, et je la scrute pour voir sa réaction. Elle ne dit rien, ses yeux parcourant tout ce qui nous entoure. Son regard pétille ; elle semble apprécier le jardin, et ça me rend heureux. Il est calme, coloré et surtout, je trouve qu'il dégage quelque chose de romantique. Entre les arbres en forme d'arches au-dessus des chemins et le bosquet un peu plus loin, c'est un lieu idyllique. Je savais que ça lui plairait !

– Cet endroit est magnifique. Où est-ce qu'on est ?

Je souris en observant Thalya tourner sur elle-même, une expression fascinée sur le visage. Je crois que sa réaction vaut tous les mots.

– À Parsons Gardens. Tu n'y es jamais venue ?

Thalya secoue la tête alors qu'elle fixe les saules pleureurs.

– J'ai plus visité les bars pour les soirées étudiantes que ce genre de jardin. Comment tu connais cet endroit ?

Nous avançons de quelques pas avant que je ne lui réponde. L'une des rares choses que j'ai toujours appréciées sur Terre est la nature. J'aimais trouver les endroits reculés, peu visités, parce qu'ils étaient le point de ralliement de beaucoup de cibles, mais surtout parce que chaque lieu est unique, bien que j'aie l'impression d'avoir tout vu à présent.

– J'aimais trouver des endroits peu connus à une époque. Ce genre de jardin était et demeure le repaire de pas mal de cœurs brisés, c'était la solution de facilité.

– Et je suppose que c'est pour ça aussi que tu es venu à cette soirée étudiante… devine Thalya.

Je souris, amusé par sa perspicacité.

– Exactement. Les étudiants sont tellement faciles à comprendre, me moqué-je.

Thalya marche à reculons, l'air espiègle, et j'observe le tissu de sa robe bouger au gré de ses mouvements. Elle ne semble pas se rendre compte que c'est dans ce genre de moment que je la trouve la plus belle. Elle est simplement… elle.

– Et moi, alors ? Est-ce que j'ai le cœur brisé ? demande-t-elle, très amusée.

Mon sourire s'efface immédiatement. Pas encore, et c'est bien ce qui pèse si lourd sur mes épaules… parce que j'ai peur d'avoir lancé quelque chose que je ne suis pas capable d'arrêter.

– Absolument pas, réponds-je, le ventre noué.

– Tant mieux ! Je suis bien comme ça.

Je détourne les yeux l'espace d'un instant avant de me reprendre. Plus les jours passent, plus j'ai l'impression que faire ce que me demande Thanatos sera mission impossible. Éros a raison, je devrais changer de cible. Malheureusement, le temps est un luxe que je ne possède pas. Et je ne mentais pas lorsque je l'ai expliqué à Éros : je pense que je serais maintenant incapable de séduire quelqu'un d'autre. Qu'est-ce qu'il m'arrive ?

– Tu n'as jamais eu le cœur brisé ? demandé-je en tentant de dévier le sujet.

– C'est toi le dieu. Tu devrais le savoir, non ?

Je lâche un rire en secouant la tête. Impossible d'avoir une conversation normale avec elle.

– Je cherche simplement à te connaître.

Thalya s'arrête devant des hortensias en se mordant la lèvre. Je glisse mes mains dans mes poches sans la quitter des yeux. Peu à peu, elle récupère un air sérieux, puis soupire en reprenant sa visite.

– Non, je ne l'ai jamais eu, finit-elle par répondre. Je n'ai jamais eu de « vraies » relations, seulement quelques histoires à la fac. J'ai vécu dans un quartier compliqué à Chicago, et crois-moi, personne ne veut finir sa vie là-bas. Alors peu importe les personnes que je rencontrais, je ne m'attachais jamais. Je voulais partir, pas créer des attaches.

Je la suis, surpris par son aveu. Sa vie semble tellement… parfaite. Elle est équilibrée en tout point, je le vois en elle, je l'entends lorsque son cœur bat, et je le maintiens. Rares sont les humains capables de sortir d'une enfance difficile sans séquelles. Ça prouve davantage sa force d'esprit. Je connais les quartiers difficiles de Chicago, l'une de mes cibles y vivait, il y a trois décennies. Je n'aurais jamais imaginé Thalya là-bas. Elle ne semble pas regretter cette époque, comme si cela ne l'avait pas atteinte. Elle a dû être bien entourée.

– Tu n'étais pas heureuse dans ta famille ?

Elle sourit, confirmant le fond de ma pensée.

– Bien sûr que si. Mes parents sont géniaux, et même si je me suis toujours sentie un peu seule en tant que fille unique, j'avais un toit et de l'amour.

Je ne regrette pas un seul instant mon enfance. Mais ce que je voulais, c'était de la stabilité et de la simplicité, tu vois ce que je veux dire ?

Je hoche vivement la tête. À une époque, j'aurais sûrement répondu que non. Quel est l'intérêt de la routine ? Ce n'est que le déclencheur de la monotonie… Pourtant, ce concept me donnerait presque envie aujourd'hui, en voyant Thalya si comblée grâce à ça.

– Je crois que oui. Depuis que j'ai perdu mes ailes, je suis obligé de profiter de choses que je n'aurais jamais faites avant, et ce n'est pas déplaisant. La simplicité semble avoir du bon, avoué-je du bout des lèvres. Alors c'est pour tenter de te construire cette vie que tu es partie à Seattle ?

– Entre autres. Je suis heureuse ici, mais c'est surtout pour mes études, cette université. Mon cursus me faisait rêver !

– Pourquoi cette passion pour notre existence ? C'est peu courant, rétorqué-je.

La plupart des humains sont fascinés par notre immortalité, ou les histoires d'amour de la mythologie. Orphée et Eurydice, Pyrame et Thisbé, Éros et Psyché – même si elle n'a jamais existé… Mais j'ai rarement croisé des humains aussi passionnés que l'est Thalya, et surtout aussi ouverts d'esprit. Ce n'est même jamais arrivé.

Elle continue de me sourire avec bienveillance et affection. Elle semble tellement sereine… Comme si aucun malheur ne pouvait l'atteindre. Et c'est justement lorsque je l'observe, que son regard croise le mien, que je prends conscience que, si j'arrive au bout de mon plan, je ne me le pardonnerai jamais… *Et si je faisais le mauvais choix ?*

Thalya s'assied sur un banc face à un arbre en fleur, et je la rejoins sans la quitter des yeux.

– Je pense que ça a commencé au collège quand j'ai pris l'option grec. Mon but était de travailler le plus possible pour ensuite accéder aux meilleures universités. Je ne connaissais absolument rien à la mythologie, je ne savais même pas que les Érotes existaient. Pour moi, il n'y avait que Cupidon, et rien de plus.

Je lâche un rire franc. Les Romains n'ont jamais supporté que nous soyons grecs. Ils se sont sentis obligés de s'approprier notre existence et de nous renommer pour satisfaire leur ego, en supprimant ou en créant au passage quelques divinités ! Même dans l'histoire, ils arrivent à être risibles.

– Et c'est de cette façon que tu t'es découvert cette passion ?

– Absolument pas, rit-elle. Je détestais le grec !

Je ne peux m'empêcher de me moquer, sincèrement amusé. Je ne peux pas la blâmer ! Éros, Himéros et Hyménaios adorent notre langue maternelle, mais ce n'est pas mon cas. L'anglais ou encore le mandarin sont tellement plus simples pour communiquer de nos jours ! Le grec ancien n'a plus grande utilité. Mais si ce n'est pas la langue qui a passionné Thalya, j'ai du mal à imaginer sa motivation pour poursuivre dans cette voie.

– Alors quoi ? insisté-je.

Elle me jette un regard espiègle, ses ongles courts grattant le vernis abîmé du banc.

– J'avais une super prof. Elle savait que je voulais m'en sortir et que je n'étais là que pour tenter d'obtenir des points en plus. Elle voyait mes difficultés, que je m'énervais sur mes cours parce que je ne comprenais rien. Et elle a fini par me prendre à part pour me dire que je n'abordais pas ses cours de la bonne façon. Je devais arrêter de voir le scolaire pour me concentrer sur les récits que pouvaient raconter les textes que nous étudiions. Si j'y trouvais de l'intérêt, les choses deviendraient plus simples. Elle m'a expliqué que le grec et tout ce que l'Antiquité nous a transmis était une ouverture sur un autre monde, un moyen d'échapper à une réalité étriquée, et qu'il fallait que je me concentre sur ça.

Thalya semble nostalgique, un sourire flottant sur ses lèvres. C'est surprenant, mais je suis d'accord avec les mots de cette femme. Il est vrai que, peu importe notre nature, une tâche est toujours mieux réalisée lorsqu'elle est appréciée.

– Après, reprend-elle, j'ai lu tous les textes pour le plaisir avant de les travailler, et même si j'ai eu énormément de mal à apprendre le grec parce que je n'avais aucune facilité à l'école, je me suis prise de passion pour votre monde. Voir le rôle de chaque dieu, ce que vous êtes capables de créer sur Terre sans que l'on en ait conscience… Je trouve ça incroyable, encore plus maintenant que je sais que tout est vrai. Vos connaissances sont infinies, vous avez l'éternité pour découvrir les richesses du monde. Je vous envie. Pas parce que vous êtes immortels, mais parce que vous ne cesserez jamais d'apprendre.

Thalya plante son regard dans le mien, et mon souffle se coupe alors qu'elle me sourit d'une façon qui fait battre mon cœur un peu trop vite pour que cela soit normal. Je ne saurais même pas dire précisément ce que je lui trouve, c'est un tout. Sa façon de penser, d'être, de s'exprimer… Et sa façon de voir les choses est si… déconcertante. Je n'avais jamais appréhendé notre existence de cette façon. Mais après une éternité, je suppose qu'il est dur d'être satisfait de sa vie.

– Je me doute que tu ne vois pas les choses comme ça, sinon tu ne serais pas lassé d'être un dieu de l'amour, lâche Thalya en riant.

Je lui adresse une grimace fatiguée. Comme souvent, elle voit juste. Je pourrais nier, ne pas vouloir parler d'un sujet sensible. Après tout, la dernière fois que je l'ai fait, elle est partie au Canada chercher l'une des personnes que je voulais tenir à l'écart. Mais elle me l'a dit : je peux lui faire confiance, et j'ai envie d'essayer, de lui laisser cette chance.

– Ce n'est pas tellement ce que je suis qui me lasse, avoué-je, mais plus la récurrence de mes missions.

Tu n'imagines pas comme trois millénaires à côtoyer ce sentiment est long. J'ai l'impression d'avoir tout vu…

– Pourquoi tu ne pimentes pas les choses, alors ?

Je lui adresse un sourire plein de sous-entendus.

– Qu'est-ce que je fais avec toi, à ton avis ? la taquiné-je.

– Oh, alors je ne suis qu'une distraction ?

Je ris, même si mon cœur reste lourd. Thalya n'est pas une distraction, et c'est bien ce qui m'inquiète. Elle aurait dû n'être qu'une humaine sans intérêt dont j'aurais brisé le cœur pour mon propre intérêt. Pas une jeune femme intéressante. Finir dans son lit n'avait rien de prémédité. Tout cela ne devait être qu'une comédie pour récupérer mes ailes. Je n'aurais pas dû m'attacher, ni me sentir blessé par sa trahison. Elle m'atteint trop.

– Une simple distraction ne serait pas capable d'avoir des répercussions sur ma vie comme c'est le cas, réponds-je, soudain sérieux.

Je veux qu'elle le sache, parce que je refuse qu'elle pense que je n'ai fait que me servir d'elle le moment venu. Elle me sourit, touchée. Si elle le savait… Elle ne me le pardonnerait pas. *Et peut-être même qu'elle aurait le cœur brisé…*

– Assez parlé de moi, je veux en savoir plus sur toi ! reprend Thalya. À part ta nature, je ne sais pas grand-chose à ton sujet. Qu'est-ce que tu aimes faire sur Terre ?

Je détourne les yeux pour observer ce qui nous entoure avant de revenir sur Thalya. Son regard noisette reflète une curiosité qui risque de ne pas être satisfaite.

– Rien. Je ne suis pas un grand fan de la Terre, comparé à Éros ou Antéros.

– Comment ça ?

Je lâche un rire avant de me passer la main dans les cheveux, un geste très humain, mais représentatif de la situation. Elle va sans doute trouver ma réponse étrange.

– Je n'aime pas le sport, ou même vos séries ou vos films. Votre gastronomie a de l'intérêt car j'aime ces saveurs inconnues à l'Olympe, mais ce n'est pas ce qui me retiendrait ici. La seule chose que j'apprécie, c'est la beauté des lieux que vous habitez. Les océans, la terre, ou simplement ce jardin. Autrement, je me sens bien là où je suis, en tant que dieu. J'ai au moins l'impression d'avoir un réel intérêt. J'aime être immortel, et je pensais vraiment qu'intégrer le conseil me rendrait heureux… Même si je ne suis plus sûr de rien.

J'observe le visage de Thalya à la recherche d'une émotion, inquiet de sa réaction. Je ne le devrais pas, mais je me montre honnête avec elle. Je ne veux pas jouer un rôle pour lui briser le cœur, je veux rester moi-même, même si cela veut dire la faire fuir parce qu'elle me sait incapable de quitter l'Olympe comme Éros l'a fait pour Kaléa. Mais contre toute attente, Thalya semble compréhensive.

Elle m'adresse un sourire rassurant, avant de venir prendre ma main dans la sienne, et je sens mon cœur se serrer.

– Je m'en doutais un peu, autrement tu ne chercherais pas tant à retrouver tes ailes, souffle-t-elle. Je peux te poser une question ? J'ai besoin d'une réponse honnête, précise-t-elle.

Je l'encourage à continuer d'un regard, m'attendant à ce qu'elle me questionne sur mes sentiments. Après tout, ce serait légitime… Même si la réponse est floue. Je ne sais plus si je profite de sa présence pour récupérer mes ailes ou si je le fais parce que c'est ce que me dicte ce cœur qui n'a pourtant pas l'habitude de s'exprimer. Thalya plonge ses yeux dans les miens, et le sérieux que j'y lis me fait frissonner.

– Est-ce que tu continues à lire dans mon esprit ?

Je la dévisage, m'attendant à tout sauf à ça. Je lui avais pourtant dit que je ne le ferais plus. Mais je comprends ses doutes, et je ne compte pas les laisser s'installer davantage.

– Absolument pas. Et je sais même comment te prouver que ce qui est arrivé n'arrivera plus jamais.

Elle hausse un sourcil alors que je me lève et que je m'accroupis devant elle sans lâcher sa main. Thalya m'observe, aussi amusée que perplexe, tandis que j'attrape son autre main, entrelaçant nos doigts. Son regard se fait plus intense à ce simple contact, et je respire profondément pour ne pas me laisser distraire.

– Si tu comptes me demander en mariage, c'est non, plaisante-t-elle.

J'éclate de rire. Elle a au moins le mérite de détendre l'atmosphère.

– Non, rassure-toi. Je vais simplement te montrer comment fermer ton esprit. Tant que tu ne le désireras pas, je ne pourrai pas y entrer.

– C'est vraiment possible ? demande Thalya, son sourire disparu.

Je hoche la tête, et elle souffle lentement, les yeux pétillants. Je n'ai jamais montré comment fermer son esprit à un humain, simplement parce que ce n'est pas à mon avantage de les immuniser contre mon don. Mais s'il ne faut que ça pour montrer à Thalya qu'elle peut avoir confiance, que je ne lirai plus en elle, alors il n'y a pas à réfléchir.

– Ferme les yeux, lui intimé-je.

Thalya s'exécute, sereine. Elle n'a même pas réfléchi avant de clore ses paupières. Elle semble parfaitement détendue, et j'y vois là un signe de confiance qui me va droit au cœur…

Je ferme les yeux à mon tour pour cerner son esprit et voir ce qu'elle imagine.

– Imagine-toi debout, entourée d'une personne de confiance, dans un endroit sûr que tu fermes à double tour. Ce sera ton lieu sécurisé, celui où ton esprit sera sagement enfermé. Imagine-toi physiquement, et pas seulement ton esprit, c'est important. Cette barrière m'empêchera d'entrer dans ta tête, mais également d'autres intrusions : la lecture des auras, ou celle de tes sentiments.

Je la sens serrer mes mains un peu plus fort, et bien que je rêve d'observer son visage, je reste concentré sur ses pensées. Elle tente d'imaginer plusieurs schémas : elle et ses amis, sa famille… Ou encore avec un chien que je n'ai jamais vu. Mais rien n'y fait, son esprit reste lisible. Je peux sentir ce qu'elle ressent, je sens à quel point elle tient à moi… Et je souris sans pouvoir le retenir. L'image qu'elle a de moi est vraie, et elle m'apprécie pour ça.

– Est-ce que j'y arrive ? demande Thalya.

Un rire m'échappe.

– Pas le moins du monde. Essaie d'imaginer quelque chose d'autre, un lieu qui compte pour toi grâce aux moments que tu y as vécus.

Je ne peux m'empêcher de sourire lorsqu'elle nous imagine ensemble dans sa chambre, mais cette vision se trouble bien vite lorsqu'elle clôt la porte. J'ouvre les yeux, éjecté de son esprit.

– Tu as réussi, soufflé-je.

Thalya rouvre les yeux brusquement, et un sourire vient doucement étirer ses lèvres. Elle semble soulagée, et cette simple idée me satisfait. Je voulais la rassurer. Je m'apprête à parler, mais Thalya rompt la distance entre nous pour encadrer mon visage de ses mains et m'embrasse comme elle ne l'a jamais fait avant, avec bien plus d'attachement et d'empressement. Je lui rends son baiser en me relevant, ma langue jouant avec la sienne, et un long frisson me parcourt lorsqu'elle s'écarte à peine, à bout de souffle. *Je n'en aurai jamais assez. Ce n'est pas normal.*

– Merci, souffle-t-elle contre mes lèvres.

Je suis bien incapable de répondre, le cœur serré lorsque mon regard croise le sien. Je le vois dans ses yeux : si je le voulais, je crois que je pourrais lui briser le cœur au milieu de ce parc. Elle tient à moi, réellement. Je ne fais que me voiler la face en me disant que ce n'est pas le moment… Mais je ne suis plus sûr d'être capable de le faire.

CHAPITRE 23

THALYA

Je me suis rarement sentie si épanouie. Je n'aurais pas cru que c'était possible. Pothos et moi avons profité de l'après-midi pour nous promener dans Seattle. Ces moments passés avec lui m'ont permis de profiter de sa présence et de me rendre compte que je tiens vraiment à lui… Il est peut-être buté, souvent cassant et parfois arrogant, mais il a bon cœur, bien qu'il ne le montre pas toujours. Il est aussi drôle, compréhensif, et même si je sais qu'il va finir par me laisser, cela n'empêche pas mon bonheur. Je crois que j'ai juste envie de profiter du jour présent sans penser à demain. Pothos me quittera, il l'a lui-même avoué, mais ça ne veut pas dire qu'il ne reviendra pas à Seattle. Et j'ai bon espoir, même si je sais que c'est stupide, qu'il reviendra pour moi.

Il est parti ce matin pour rejoindre Éros et Kaléa et j'aurais aimé l'accompagner, mais c'est aujourd'hui que nous devons aller récupérer nos résultats d'examens. J'avoue que je n'y pensais même plus avec tout ce qui est arrivé récemment… J'espère de tout cœur valider mon cursus, même si j'ai peu de doutes. Je réponds rapidement au SMS de ma mère qui me demande si j'ai obtenu mon diplôme pour lui expliquer que je ne sais pas encore, puis j'attrape mon sac à main avant de partir rejoindre Grace et Cooper. C'est d'ailleurs lui qui m'a rappelé que nous devions aller chercher nos résultats ensemble.

Je rejoins la rue devant mon immeuble, m'attendant à les trouver, mais je suis surprise de voir Easton, rayonnant. *Et merde. Si Pothos apprend ça, je sens qu'il va encore m'en vouloir.*

– Salut, qu'est-ce que tu fais là ? demandé-je en m'avançant vers lui.

– Hey. Grace m'a peut-être dit que tu l'attendais pour que je vienne à sa place… Ton message après la soirée était évasif, et je voulais m'assurer que tout allait bien entre nous.

Easton glisse ses mains dans ses poches et me sourit comme si de rien était. Habillé d'une simple chemise et d'un jean, ce style lui va vraiment bien. Il a des qualités qui m'auraient fait craquer, avant. Mais je crois que j'ai Pothos dans la peau.

– Ça va, ne t'inquiète pas ! J'étais juste très occupée… dis-je en l'invitant à marcher avec moi.

– Avec Polo ?

– Pothos, le corrigé-je.

– C'est un prénom étrange.
– C'est grec.
– Alors tu étais bien avec lui ?
Il ne semble pas blessé, simplement curieux, et un soupir m'échappe. Je n'ai pas envie de mentir. Mais j'ai peur que cette vérité ne le blesse, et ce n'est pas mon but.
– Comme je te l'ai dit, c'est un peu compliqué, nuancé-je.
– Toi qui aimes les choses simples, c'est surprenant.
Je lui adresse un sourire amusé. Il a au moins le mérite de bien me connaître. J'ai toujours préféré la simplicité, ça attire bien moins de problèmes. Pourtant, avec Pothos, j'aime cette complexité.
– Donc, mes amis m'ont abandonnée pour que tu puisses me tendre un piège ? me moqué-je.
Easton lâche un rire rauque tandis que je l'observe du coin de l'œil. Il est tellement à l'aise… Je n'aurais pas cru cela possible après le désastre de notre fin de soirée.
– Ils t'attendent à la fac. Grace espérait qu'il se passerait quelque chose entre nous, et j'avoue que moi aussi… Mais je suppose que ça ne devait pas arriver.
Je m'arrête face à lui, m'apprêtant à argumenter, mais Easton lève une main entre nous pour m'arrêter.
– Ne te justifie pas, je comprends, souffle-t-il.
Il ne bouge pourtant pas, et j'ignore ce qu'il attend. Ce qui était au départ une gentille attention

devient peu à peu gênant. Il finit par s'éloigner avec un rire sec, et je me pince les lèvres, mal à l'aise.

– J'ai compris, ne t'inquiète pas. Je vais rentrer préparer mes bagages, je pars dans quelques jours. Je te laisse rejoindre ma sœur. J'espère que tu auras ton diplôme.

Il se détourne sans que j'aie le temps de répondre, clairement déçu par notre échange.

– Easton, l'appelé-je pour le retenir.

Celui-ci se tourne vers moi, le regard interrogateur, et je vois bien la lueur d'espoir qui brille dans ses iris. Je m'en veux de lui faire ça.

– Oui, Thalya ?

– Je te souhaite de réussir.

Il me remercie d'un signe de tête, même s'il s'agit d'un au revoir. Il a beau être l'homme parfait sur bien des points, je crois que peu importe ce que me dira ma raison, le seul capable de décider est mon cœur. Et celui-ci a choisi un dieu compliqué que je ne changerais pour rien au monde. Parfois, j'ai moi-même du mal à me comprendre. Pothos n'est pas vraiment la personne la plus attachante au premier abord. Mais quand on creuse derrière tout ça, il a ses bons côtés. La preuve en est, la surprise qui m'attendait à mon retour du Canada, ou encore ce moment ensemble dans le jardin. Je sais qu'il a un grand cœur même s'il tente de faire croire qu'il ne ressent rien. Et c'est ce cœur que je veux apprendre à connaître.

Je finis par tourner les talons à mon tour afin de rejoindre le campus, et je ne suis pas surprise de trouver mes deux amis assis sur l'un des bancs devant la fac. Lorsque Grace m'aperçoit, elle se relève vivement pour foncer dans ma direction.

– Alors ? Mon frère t'a invitée à sortir ?

– Grace, laisse-la tranquille, marmonne Cooper.

Je souris à mon ami avant de passer un bras sous celui de Grace. Elle qui espère depuis une éternité me voir avec son frère, ça n'arrivera malheureusement pas.

– Désolée de te l'apprendre, mais je n'ai pas pu accepter.

– Quoi ? Pourquoi ? Il ne te plaisait pas ? Mais vous aviez l'air de vous entendre, pourtant !

Je soupire, aussi amusée que fatiguée par sa curiosité. Si seulement c'était si simple ! Mais je n'ai pas le temps de répondre que mon meilleur ami me devance :

– Elle a déjà quelqu'un.

Je relève vivement la tête vers lui pour le découvrir le visage moqueur. *Moi qui me pensais discrète !*

– Comment tu as su ?

– Alors c'est vrai ? s'étonne Grace.

Je grommelle avant de m'écarter. Ils me connaissent trop, je n'aurais jamais dû penser que je pourrais leur cacher ça. Pourtant, même s'ils l'ont deviné, je ne peux pas leur en parler. Le nom de Pothos leur évoquerait le mythe des Érotes, et si je deviens trop bavarde, ils ne mettront pas longtemps à comprendre le reste. Je compte bien préserver son secret, même si cela veut dire ne pas pouvoir parler à mes proches.

– Oui. Mais s'il vous plaît, ne posez pas de questions…

– T'es sérieuse ? Tu ne peux pas me demander ça, je meurs d'envie de savoir, maintenant ! rétorque Grace.

Je leur jette un regard implorant, et Cooper soupire. Il est le seul à savoir contrôler sa copine. S'il n'intervient pas, elle risque forcément de me bassiner jusqu'à ce que je crache le morceau.

– Ah non ! Ne me fais pas ce regard de chien battu ! râle-t-il.

– Allez ! S'il te plaît, Cooper ! Je te paierai les cinq premières tournées quand on sortira.

Il plisse les yeux, prêt à craquer. Il n'a jamais su résister à une offre pareille.

– Huit tournées, négocie-t-il.

– Adjugé !

– Je rêve ou tu viens d'acheter mon silence ? s'offense Grace.

Je hausse les épaules, un vague sourire aux lèvres. Elle a l'habitude. Et même s'ils sont curieux, je suis heureuse de les voir. Ils me donnent une impression de normalité après ces derniers jours mouvementés.

– Bon, alors à défaut de t'entendre parler de ta vie, Thalya, ça vous dit qu'on aille enfin chercher nos résultats ? propose Grace. Je commence à m'impatienter.

Je hoche vivement la tête, aussi pressée qu'elle, et nous nous dirigeons tous les trois vers l'amphithéâtre aménagé pour la remise de nos résultats. Ce n'est rien de bien grandiose : l'allée a été dégagée de sorte que nous puissions faire la queue pour récupérer nos enveloppes. Les diplômes définitifs n'arriveront que plus tard, pendant la cérémonie de remise.

Les couloirs sont silencieux, ce qui est rare en période de cours, et une fois à l'intérieur, je suis surprise de trouver la salle presque déserte. Quelques personnes patientent, leur pièce d'identité à la main, et nous nous plaçons derrière elles en attendant notre tour.

– Regarde là-bas, souffle Grace en s'approchant de moi. Je crois que Miley n'a pas réussi…

Je jette une œillade à la fille en question pour la découvrir en train de pleurer, et j'aspire l'intérieur de mes joues. J'aimerais que nous puissions tous obtenir ce que nous désirons, ça éviterait bien des chagrins. Surtout qu'elle ne mérite pas de redoubler. Miley est vraiment gentille, j'ai travaillé avec elle sur un dossier cette année, et elle était aussi bosseuse que moi. Jamais je n'aurais cru qu'elle raterait ses examens. Je déglutis avant de me tourner vers mon amie, Cooper devant nous.

– Si elle a raté, j'ai peur de mes résultats, murmuré-je.

– Oh, je t'en prie ! La major de promo plusieurs années consécutives ne peut pas rater ses exams de fin d'année.

Je lève les yeux au ciel. Grace a confiance en moi. Je ne doute pas de mon travail, j'ai vraiment bossé dur, mais si jamais je n'avais pas mon diplôme, je ne sais pas ce que je ferais.

Cooper passe en premier pour récupérer ses résultats, et il se place sur le côté pour nous attendre sans ouvrir son enveloppe. Grace et moi attrapons les nôtres puis nous quittons la salle de cours pour nous poser dans notre coin préféré. Ce n'est pas forcément l'espace le plus joli du campus, il n'y a ni fleurs ni parterre bien tondu, mais c'est le plus calme. Un vieux banc en bois circulaire y est installé autour d'une table, le lieu parfait pour discuter durant de longs moments. C'est ici que nous passions toutes nos pauses, avec un café à emporter du bar face à la fac. Aujourd'hui, c'est sûrement la dernière fois que nous sommes ici en tant qu'étudiants.

Nous nous asseyons sur un banc un peu plus loin, et je fixe l'enveloppe marron, fébrile. Mon avenir est entre mes mains, et c'est effrayant !

– On ouvre ? propose Cooper.

Je déglutis péniblement.

– Et si l'un de nous n'est pas pris ? demandé-je.

– Alors on repiquera. On ne baisse pas les bras, c'est toi-même qui nous l'as répété pendant nos exams quand on voulait tout arrêter.

Je souris à Grace. Elle a raison. Peu importe les résultats, on garde la tête haute. Si je n'ai pas réussi, je referai une dernière année. Je n'abandonnerai pas ma passion, jamais. Je tire sur la bande collée, le cœur battant à tout rompre, et je sors les deux feuilles, l'une contenant mes notes, l'autre la décision de jury. Je parcours les notes des yeux sans vraiment y porter attention, cherchant davantage à gagner quelques secondes, puis je prends la seconde feuille, le cœur battant à tout rompre. Lorsque la mention « admise » apparaît sous mes yeux, mes épaules se détendent immédiatement et je relâche tout l'air contenu dans mes poumons.

– Mince… C'est bon pour moi ! Et vous ?

Je relève la tête vers les autres, et Cooper me sourit à son tour.

– Moi aussi ! Et toi ? demande-t-il à Grace.

– Rattrapage. J'en espérais pas tant ! Il ne me manque que quelques points, rien de compliqué !

Mon amie semble satisfaite du résultat, et je ne peux m'empêcher de me sentir complète face à eux. Tout n'est pas parfait, mais bon sang, j'aime mon présent. Peu importe ce que l'avenir nous réserve, j'ai l'impression que de bonnes choses sont en train d'arriver… Et j'ai hâte de découvrir ce qui m'attend.

CHAPITRE 24

POTHOS

Quitter Thalya a été plus compliqué que je ne le pensais. Je n'avais aucune envie de sortir de cette bulle dans laquelle nous étions enfermés, parce qu'elle me donnait l'impression que tout allait bien, pourtant c'était un mal nécessaire. Je ne pouvais pas retarder davantage mon retour à la réalité, même si j'aurais aimé que ce soit si simple. De toute façon, Thalya a dû partir de son côté aussi, c'était le moment pour moi de faire enfin un choix. Je dois prendre une décision sur ce que je vais faire… Tout s'embrouille dans mon esprit, et je ne sais plus où j'en suis alors que je dois conserver les idées claires. Je voulais passer voir Éros pour lui en parler, mais une surprise m'attendait sur le chemin menant chez mon frère… À croire que l'aigle du Caucase me suit à la trace.

Voilà comment je me retrouve assis face au Styx, à attendre que ce foutu dieu de la mort daigne me rejoindre. Le courant du fleuve est lent, me laissant le temps d'apercevoir quelques taches sombres dans l'eau claire : des âmes qui s'écoulent, capturées, attendant que l'éternité passe. De loin, cela ressemble simplement à des nuances de bleu si on ne sait pas la vérité. Je n'ai jamais aimé ce paysage. Je le trouve sinistre, artificiel, j'ai l'impression qu'il n'existe que pour cacher à quel point les Enfers sont difficiles à supporter.

Je fixe le ciel d'un blanc immaculé avant de fermer les yeux. Ici, les bruits sont bien différents de ceux qu'on entend sur la Terre. Il n'y a ni moteur de voiture, ni de brouhaha de mortels, ni de Thalya qui rit pour un rien. Non, il nous arrive seulement d'entendre les nymphes passer quelques fois, ou des âmes errer… *Je crois que je préfère la Terre sur ce point.*

– Qu'est-ce que tu fais ici ? m'interroge une voix féminine.

Je me retourne pour me trouver face à une vieille amie que je n'ai pas vue depuis longtemps. Elle me sourit gentiment de ses yeux noirs sans fin, ses cheveux d'un noir tout aussi profond encadrant un visage délicat. *Elle est tout l'opposé de son frère.* Charone est sûrement la déesse la moins connue sur Terre… certainement parce qu'ils la prennent pour un homme : Charon, celui qui fait passer les âmes de l'autre côté du Styx.

– Alors ? insiste-t-elle.

– Thanatos veut me voir, soupiré-je sans donner de détails.

– Tu ne l'as pas déjà vu il y a peu ?

– Comment le sais-tu ?

– Achlys est bavarde, plaisante Charone.

Je ne peux m'empêcher de rire. Ce n'est pas très étonnant, d'autant qu'elles échangent sûrement régulièrement entre sœurs, à défaut de communiquer avec Thanatos et Hypnos.

– Qu'est-ce qu'il te veut ?

– Rien de très grave, mens-je.

Mais Charone ne me croit pas. Ce n'est pas surprenant : son travail est de déchiffrer les âmes avant de les conduire au tribunal des morts.

– Ne le laisse pas te marcher dessus, quoi qu'il te demande. Thanatos devra un jour payer pour ses manigances.

– J'en doute, soupiré-je.

– Moi pas. Je crois en notre justice.

– Tu travailles au tribunal des Enfers… Je m'inquiéterais si ce n'était pas le cas, ricané-je.

Elle sourit tristement avant de fixer les profondeurs du Styx. Elle semble ailleurs, comme toujours : elle est nostalgique du temps où nous pouvions nous rendre sur Terre. Je sais qu'elle aussi s'ennuie en Enfer, tout comme sa sœur. Je pense que nous sommes nombreux à ne plus aimer notre place au sein des dieux après quelques millénaires… Mais nous n'avons pas le pouvoir de tout chambouler.

– Je suis sérieuse, Pothos. Je sais ce qu'il a demandé à ton frère. Ses intentions sont toujours douteuses, méfie-toi. Contrairement à moi, tu as la chance d'être libre, alors profites-en, ne laisse personne te retirer ça.

Je la dévisage, le cœur serré. *Je suis prisonnier, moi aussi.*

– Je n'ai pas l'impression d'être libre, dis-je doucement.

Charone vient prendre ma main dans la sienne. Son touché est glacé, désagréable, mais je ne la repousse pas. Si Thanatos est manipulateur et Achlys plutôt rieuse, Charone est la sagesse incarnée. Il le faut bien pour être capable de juger les âmes.

– La liberté est subjective, Pothos. Je ne me sens pas libre parce que je suis coincée aux Enfers, comme Thanatos ou Achlys. À mes yeux, tu l'es bien plus, parce que tu voyages sur Terre… Mais tu l'es certainement moins que ta mère ou Zeus.

– Et tu te contentes de ça ?

Elle secoue la tête, me perdant un peu plus.

– Évidemment que non. Mais j'ai peur qu'en voulant plus, je finisse par tout perdre… Il faut parfois savoir apprécier ce que l'on a.

Elle replace délicatement une de ses longues mèches bouclées avant de me jeter une œillade nostalgique. Apprécier ce que l'on a… Si seulement c'était si simple. Mais se satisfaire de ce qui existe veut dire ne pas choisir, ne plus avoir de libre arbitre. Et de toute façon, même si je décidais de m'accommoder de ma situation, je ne le pourrais pas, sans quoi l'Olympe décidera pour moi.

– De nouvelles âmes t'attendent, Charone. Alors dépêche-toi avant d'être en retard, nous interrompt une voix.

Je relève vivement la tête pour découvrir Thanatos à l'orée du bois, et Charone lâche immédiatement ma main. Celui-ci nous observe d'un œil réprobateur, et je sais parfaitement que ce n'est pas le contact que je peux avoir avec sa petite sœur qui le dérange, mais ce que j'ai pu lui dire.

– La ponctualité n'est pas ton fort, grommelé-je.

– Tu n'es pas vraiment en position de critiquer.

Je lui jette un regard mauvais. Je n'ai même plus le droit de m'exprimer, tout est bon pour me menacer.

– N'oublie pas notre discussion, murmure Charone avant de se lever.

Elle tourne ensuite les talons et s'arrête à la hauteur de son frère. Il la détaille avec haine, bien loin de partager le même genre de relation que je partage avec ma famille.

– Ne t'avise pas de me reparler de cette façon ou tu finiras au fond du Styx plus vite que prévu. N'oublie pas qui de nous deux est le plus puissant. C'est bien compris ? le menace Charone.

Je fronce les sourcils en voyant Thanatos pâlir. Alors sa sœur lui fait peur ? Elle est plus puissante que lui, mais je n'aurais jamais cru le voir s'écraser… Pas alors qu'il tente de diriger ma fratrie par la manipulation. Pourtant il ne répond pas, la laissant partir, puis il s'avance vers moi. Peut-être vais-je enfin connaître la raison de mon retour.

– Où en es-tu ? m'interroge-t-il sans attendre.

– Tu m'as déjà posé la question il y a six jours.

– Le temps passe et je m'impatiente. Elle devrait déjà être amoureuse.

Le temps passe ? Il me reste au moins une dizaine de jours ! Pourtant son ton est sans appel, et je déglutis péniblement.

– Je n'en suis pas sûr. Je ne peux pas prendre de risque, risqué-je.

J'ai bon espoir que mon excuse lui convienne, mais Thanatos ne semble pas de cet avis : une odeur de soufre se répand autour de nous tandis que ses yeux virent au rouge foncé.

– Ce n'est pas le moment d'avoir des remords. Tu tiens à tes ailes, n'est-ce pas ?

J'acquiesce, silencieux. Bien sûr que j'y tiens, mais jusqu'à quel point ? Il y a peu, j'aurais dit plus que tout. Aujourd'hui, je ne suis plus certain.

Thanatos me scrute d'une façon que je connais parfaitement pour avoir vu Éros le faire des milliers de fois. Il tente de lire dans mon aura grâce au don volé à mon frère, et je la masque presque immédiatement. Je n'ai aucune confiance en ce qu'il peut voir.

– Arrête ça tout de suite, grommelé-je.

– Sinon quoi ? Tu es faible, Pothos. Tu es même dépendant de moi pour aller et venir entre la Terre et l'Olympe, ricane-t-il.

Je serre la mâchoire. Sans mes ailes, je suis limité, mais ça ne fait pas de moi quelqu'un de faible. Non, la seule personne faible ici, c'est lui, pour s'abaisser à un tel chantage.

– Que me veux-tu ?

– As-tu toujours la pierre ?

Pour toute réponse, je la sors de ma poche. Elle est toujours aussi transparente… Je ne peux contenir le soupir de soulagement qui m'échappe, et que Thanatos remarque aussitôt.

– Tu t'attaches à l'humaine, m'accuse-t-il.

J'inspire profondément, me retenant de réagir.

– Non. Je tente simplement de bien faire les choses. Je n'ai qu'une chance après tout. Ce n'est juste pas dans ma nature de briser un cœur, tout le monde n'est pas comme toi.

Mon attaque le laisse de marbre, ce qui ne me dégoûte que davantage. Il se moque de tout : de nos règles, de ce que ressentent les autres… La seule personne qui l'intéresse, c'est lui-même. Mais j'aurais dû le savoir bien avant. Il ne m'aurait jamais aidé comme je l'espérais. Charone a raison, peut-être vaut-il mieux se contenter de ce que l'on a. *Et j'ai Thalya.*

– Je n'ai pas le temps d'écouter tes états d'âme, tranche-t-il. Je veux en finir avec tout ça au plus vite. Je te laisse trois jours pour lui briser le cœur. C'est bien compris ?

Je me lève d'un bond, les poings serrés.

– Ce n'est pas ce dont nous étions convenus !

– Les termes ont changé.

– Je n'y arriverai jamais !

– Il le faudra pourtant, autrement tu ne reverras pas tes ailes.

Il me scrute avec un sérieux qui me glace le sang. Il détient mes ailes, et avec lui mon avenir au sein de l'Olympe. Je ne peux qu'accepter mon sort et m'écraser face à cet enfoiré. Mais trois jours ? Ce n'est pas suffisant ! Je suis incapable de savoir quoi faire !

Pourtant, ce qui est certain, c'est que le jour où je serai à nouveau en possession de tous mes moyens, je me vengerai. En attendant, je vais devoir faire un choix plus vite que prévu.

CHAPITRE 25

POTHOS

Je pense n'avoir jamais été aussi heureux de retrouver la Terre qu'aujourd'hui, parce que cela veut dire quitter les Enfers. Le temps passé là-haut m'a semblé durer une éternité, très certainement parce que je n'ai rien appris de bien positif… Je suis dans le pétrin jusqu'au cou, et je n'ai aucune idée de comment m'en sortir. Pire, j'ai peur de la façon dont tout cela va se terminer, et la peur n'a jamais fait partie de moi.

Je monte les marches deux à deux, pressé. La sale bête qui sert d'esclave à Thanatos m'a déposé au cœur de Seattle, et j'ai pris du temps pour réfléchir avant de me décider à rejoindre l'appartement d'Éros. Il n'est plus question d'hésiter : j'ai besoin de conseils précieux pour tenter de mettre de l'ordre dans mon esprit. Je donne quelques coups à la porte et un visage familier m'ouvre, souriant. Si on m'avait dit que je me retrouverais à venir la chercher pour lui parler il y a de ça un an, je n'y aurais jamais cru.

– Éros n'est pas là, déclare Kaléa, surprise.

– Merci pour ce bel accueil ! raillé-je. C'est toi que je suis venu voir. C'est urgent.

L'air soucieuse, elle me laisse entrer. Leur location ne ressemble pas du tout à leur maison. Leur chez-eux est bien plus chaleureux, Kaléa ayant pris plaisir à mettre plusieurs rappels de notre histoire pour mon frère. Ici, tout est incroyablement banal, impersonnel. Sans compter ces mélanges de couleurs étranges. Kaléa a beaucoup de goût, et je suis presque sûr qu'elle doit avoir en horreur l'aménagement de cet appartement, elle qui a tenu à ce que chaque partie de la maison soit bien distincte des autres. Ici, on ne sait pas où commence le salon et où se termine la cuisine.

– Qu'est-ce qui t'amène ? Je ne risque pas de te conseiller en matière divine… dit-elle en rejoignant la cuisine ouverte.

– En effet, mais tu peux me conseiller en matière humaine.

Kaléa hausse les sourcils, aussi étonnée que je le suis d'en venir à lui demander de l'aide à ce sujet, puis reprend ce qu'elle était en train de cuisiner – chose étonnante étant donné que mon frère est celui qui s'y adonne le plus des deux.

– Tu veux parler de Thalya, je suppose ? Éros m'a expliqué la situation, déclare-t-elle en sortant un grand plat.

– C’est ça, oui… Je peux t’aider ? proposé-je.

Elle sourit, avant de secouer la tête.

– Non merci, la dernière fois qu’on a cuisiné ensemble, mon cœur s’est arrêté, plaisante-t-elle. Explique-moi plutôt le problème.

Je lâche un rire discret à ce souvenir. Ce jour-là, j’ai bien cru qu’elle allait mourir dans mes bras, et j’espère ne plus jamais avoir à vivre ce genre de situation. La mort n’est pas faite pour moi. Je soupire avant de m’asseoir à la table un peu trop basse, et j’observe Kaléa vider le saladier dans un plat, en cherchant mes mots. Je crois qu’il n’y a pas mille façons de le dire, j’aurai beau tenter de nier, le résultat sera le même.

– Je ne veux pas briser le cœur de Thalya, expliqué-je. Non, je rectifie : je ne le *peux* pas. Je n’en serai jamais capable.

– Alors pourquoi tu le fais ?

Elle lèche sa spatule, détendue. À croire qu’il n’y a que moi qui vois la complexité de la situation ! Elle est humaine, de toute façon, elle ne peut pas comprendre à quel point il est important pour moi d’être libre au sein de l’Olympe, d’avoir un rôle plus important. Je ne suis déjà que peu considéré, alors si je dois demander de l’aide, je ne le serai plus du tout et je donnerai raison à ma mère.

– Ce n’est pas si simple. Si je ne le fais pas, je ne récupérerai pas mes ailes, et je n’obtiendrai jamais le rôle que je souhaite.

– Et Thalya sait pour vous. Et si je me souviens bien, c'est interdit, déclare-t-elle en déposant sa vaisselle dans l'évier. Si tu restes sur Terre, l'Olympe finira bien par le savoir.

Mes épaules s'affaissent immédiatement.

– Je ne laisserai pas les dieux lui faire du mal.

Kaléa se détourne pour enfourner son plat dans le four puis vient s'asseoir près de moi, sérieuse. Si je suis venu la voir, c'est parce que je sais qu'elle se montrera honnête.

– Aphrodite m'a laissée vivre avec ce secret. Elle pourrait en faire de même avec Thalya.

– Elle a fait ça uniquement parce que tu es l'âme sœur d'Éros. Moi, j'ai approché Thalya pour lui briser le cœur. Si Aphrodite vient à le savoir, elle me le fera payer.

– Et si tu ne fais rien ou que tu tentes de changer d'humain, et que votre mère s'en rend compte, qu'est-ce qu'il se passera ?

Je soupire, las. Il peut se passer tellement de choses !

– Ma mère s'en mêlera, forcément. Je déteste le dire, mais elle réparera les erreurs de son fils… Elle s'occupera du cas de Thanatos, de celui de Thalya, et elle me restituera certainement mes ailes, dis-je en scrutant la table.

– Et ce serait si terrible ? Oui, ton ego en sera touché, tu resteras un dieu de l'amour… Mais tu n'auras pas à briser le cœur de Thalya.

Je déglutis péniblement. Évidemment, cela permettrait à Thalya de ne pas souffrir. J'aime mes ailes plus que tout, et je rêve de quitter ce sentiment qu'est l'amour… Mais je commence aussi à m'attacher à Thalya, bien plus que je ne le pensais. Je n'arrive pas à abandonner l'un au profit de l'autre. En plusieurs millénaires, je n'ai jamais eu de décision aussi complexe à prendre.

– Je n'arrive pas à savoir si je tiens plus à mes ailes ou à Thalya, avoué-je.

– Tu n'es pas obligé de choisir. Mais tu veux mon avis ?

Je relève la tête pour observer le visage sérieux de Kaléa avant d'acquiescer. Elle m'adresse un sourire compatissant, bien que son regard reste sombre.

– Je pense que tu tiens plus à Thalya qu'à tes ailes, autrement tu ne te poserais pas la question. Tu as juste du mal à te l'avouer. Ne récupère pas tes ailes au détriment de ton âme, insiste-t-elle.

Je lâche un rire sans joie. Kaléa a raison. C'est ironique ! Moi qui ne considère que peu les humains, me voilà entiché de celle à qui je désirais briser le cœur.

– Je me fais avoir par des sentiments. Qui l'aurait cru ! raillé-je.

– Ce n'est peut-être pas si mal. Tu comptes la choisir ?

Je sonde le ciel à travers la fenêtre, la mâchoire crispée. J'ai beau penser que j'ai encore le choix, je crois que mon cœur a choisi pour moi. Je ne suis pas prêt à la briser par égoïsme.

– J'aurai sûrement une autre occasion de quitter les Érotes, réponds-je dans un murmure.

Je me tourne vers ma belle-sœur et je suis surpris de la voir se mordre la lèvre, affligée. Je fronce les sourcils.

– Qu'est-ce qui t'arrive ?

– Je dois te dire quelque chose…

Un mauvais pressentiment me gagne. *Les rares fois où Kaléa s'est inquiétée, les choses se sont mal terminées…*

– Parle, exigé-je.

– Éros est avec Thalya.

Je me lève d'un bond, la mâchoire crispée et le cœur battant à cent à l'heure alors que Kaléa semble sincèrement désolée. Je ne veux pas envisager ce que cela peut signifier. Je refuse de penser que mon frère ait pu me faire une chose pareille et que Kaléa l'ait laissé agir.

– Que fait-il ?

– Il pensait bien faire…

– Explique-moi !

Kaléa se lève à son tour, pas le moins du monde intimidée.

– Il ne voulait pas te laisser faire une erreur. Il est parti expliquer la situation à Thalya… Il veut lui briser le cœur pour que tu n'aies pas à le faire. Il a eu du mal à se décider, mais il le fait pour toi…

– Nom de Zeus ! Il n'en avait pas le droit !

Je n'attends pas pour quitter Kaléa, la colère remplacée par une panique dévorante. Il va tout détruire ! Je refuse de le laisser la blesser, pas alors que je me suis enfin décidé à la choisir elle ! Je cours aussi vite que je le peux, regrettant de ne pas pouvoir voler jusqu'à l'appartement de Thalya, et je ne fais attention à rien de ce qui m'entoure. Je bouscule quelques piétons, manque de trébucher, mais seule ma destination m'importe. Je ne peux pas laisser Éros faire ça. Je ne lui pardonnerai jamais. Je ne peux pas perdre Thalya, pas maintenant. Je ne le supporterais pas.

CHAPITRE 26

THALYA

Je dépose mon enveloppe sur la table à manger, un sourire aux lèvres. *Je suis diplômée, bon sang !* Je ne sais pas ce que je vais faire dans un avenir proche, mais peu importe, je me sens tellement heureuse d'avoir accompli ce rêve ! La petite fille que j'étais espérait finir ses études dans une grande université, pouvoir se lever le matin en se sentant épanouie, et voilà que c'est chose faite. J'ai du mal à en prendre conscience ! À présent, je n'ai qu'une envie : fêter la nouvelle ce soir avec Pothos, profiter de quelques jours encore avant d'annoncer aux entreprises dans lesquelles j'ai postulé que je suis diplômée.

J'attrape mon téléphone puis clique sur le contact de ma mère tout en m'asseyant dans le canapé. Elle est sûrement en train d'attendre depuis ce matin.

– Alors ? demande-t-elle de but en blanc après avoir décroché.

Je renifle exagérément, comme j'aimais le faire petite. Elle n'a jamais su discerner mes larmes de crocodile des vraies, et c'est l'une des choses qui l'ont rendue barge. Je peux bien l'embêter encore un peu, même à deux miles de distance.

– Maman… commencé-je.

– Oh non… Je suis désolé, Lya… Mais tu ne dois pas t'en vouloir, OK ? Tu es brillante, aucune note ne doit te convaincre du contraire. Tu peux toujours refaire une année, et…

– Je plaisante ! la coupé-je.

J'éclate de rire, aussi amusée que touchée des mots de ma mère. Mes parents m'ont soutenue dès le début. Lorsque je leur ai annoncé que je ne souhaitais pas rester à Chicago, ils n'ont pas tenté de me retenir, bien au contraire : ils m'ont encouragée à poursuivre mes rêves et m'ont aidée à obtenir un prêt.

– Tu es une fille horrible ! râle-t-elle.

– Je sais.

Je continue de sourire tout en appuyant ma tête contre le dossier du canapé, les yeux fermés. Je suis sûre que, même de là-bas, ma mère doit sentir à quel point je suis soulagée d'avoir obtenu ce que je désirais le plus. Je suis la preuve vivante qu'avec de la volonté et en rencontrant les bonnes personnes, tout est possible.

– J'ai réussi, je suis enfin diplômée, soufflé-je pour moi-même autant que pour ma mère.

– Et tu es heureuse ?

Je hoche la tête même si elle ne me voit pas. La seule préoccupation de mes parents a toujours été mon bonheur, peu importait ce que je devais faire pour y parvenir. Aujourd'hui, entre mes amis, mes études, et même Pothos… je crois pouvoir dire que je suis comblée.

– Oui. Je suis bien. Je crois que j'ai vraiment trouvé ma place.

– Alors c'est tout ce qui compte, mais n'oublie pas de rentrer à la maison pour l'anniversaire de ton père…

– Ah, parce qu'il compte encore le fêter ? C'est qu'il commence quand même à se faire vieux, il n'y a plus assez de place pour les bougies…

– Je t'entends, Thalya, crie celui-ci en fond.

Ma mère rit de bon cœur avant de lui dire que j'ai raison, et mon père ne manque pas de bougonner un peu plus. S'il y a bien un sujet qui le fâche, c'est son âge !

– Sache que je ne fête mon anniversaire que pour t'obliger à rentrer ! Et même si tu n'es pas gentille avec ton jeune père, félicitations pour ton diplôme, déclare-t-il, un peu plus proche du téléphone.

– Merci, mon vieux papa.

Mes parents me posent des questions sur mes notes, puis ils me demandent des nouvelles de Grace et Cooper. Mes amis sont venus à deux reprises à Chicago, pour Thanksgiving ainsi que pour un concert l'été dernier, et mes parents les ont beaucoup appréciés.

Je finis par raccrocher au bout d'une trentaine de minutes, ravie. Nous ne nous éternisons jamais au téléphone, je sais que ma mère n'aime pas spécialement ça. Elle préfère de loin lorsque nous discutons de vive voix.

Je mets mon portable en charge avant d'être interrompue par la sonnette de mon appartement, et un large sourire prend place sur mes lèvres. Je me précipite vers l'entrée, mais je me fige en découvrant Éros.

– Salut… Je peux t'aider ? demandé-je avec méfiance.

– Bonjour, Thalya. À vrai dire, c'est moi qui peux t'aider. Je peux entrer ?

Je hoche la tête avant de m'écarter, perplexe. Une ride doit sûrement se former entre mes yeux à force de froncer les sourcils.

– À quel propos ? demandé-je en le suivant dans mon appartement. Et Pothos n'est pas avec toi ?

– Je… Il a dû faire une course. C'est justement à son sujet que je viens te voir. Je voudrais l'empêcher de faire une énorme erreur.

J'ouvre la bouche, prise de court. Si je peux aider Pothos, il n'y a pas à réfléchir. Mais est-ce qu'il ne va pas encore prendre mal que l'on se charge de ça dans son dos ?

– Je ne suis pas sûre que Pothos apprécie qu'on discute de ça sans lui.

– Ne t'inquiète pas de cela, j'en fais mon affaire. Puis-je prendre un siège ?

Je hoche la tête, perturbée par sa façon de parler, et nous nous installons dans la cuisine. Je suis inquiète. Si la perspective d'aider Pothos me réjouit, celle de savoir qu'il pourrait faire une grave erreur ne me rassure pas. Le visage d'Éros est tiré, ce qui me crispe d'autant plus.

– Alors ? demandé-je, impatiente.

– J'ai pu obtenir la totalité des informations concernant ce qui est arrivé avec Thanatos, déclare-t-il. J'avais raison, il est bien question d'un marché. Il ne récupérera ses ailes qu'à une condition.

Je tente de masquer ma déception, mais ce n'est pas chose aisée. Mes épaules se sont affaissées alors que je sens mon cœur se serrer dans ma poitrine. J'aurais espéré que Pothos me le dise lui-même… Il devrait avoir confiance en moi, non ? *Après hier, je pensais que nous avions franchi un cap.* Mais je ne peux pas me laisser déborder par mes émotions. Si Thanatos a bel et bien demandé quelque chose à Pothos, la situation est plus complexe que je ne le pensais.

– OK. Et qu'est-ce que ce dieu a exigé ?

Éros croise ses mains sur la table, son regard violet étrangement sombre. Je ne suis pas sûre d'apprécier cet air. Je déteste ce mauvais pressentiment qui me tord les entrailles.

– S'il ramène un cœur brisé à Thanatos, ce dernier lui rendra ses ailes, déclare-t-il.

J'observe son visage, à la recherche d'une trace de plaisanterie, mais je n'y trouve rien. Éros reste fidèle à lui-même, et un frisson me parcourt. Ramener un cœur brisé… Est-ce que… ? Non. Je ne peux pas y croire. Je ne peux pas avoir été suffisamment bête pour éprouver des sentiments à l'égard de Pothos, alors que ce n'était qu'une mascarade à ses yeux ! *Ce. N'est. Pas. Possible.*

– Non…

– Je suis désolé, Thalya. Sincèrement. Je déteste avoir à te le dire, mais je le fais pour mon frère. Il s'en voudrait pour l'éternité… Je ne peux pas le laisser supporter un tel poids.

Je me lève en secouant la tête. Éros est impassible, mais son regard montre une certaine compassion qui ne m'atteint pas. Je refuse de croire Pothos malhonnête à ce point. Les moments que nous avons partagés étaient réels. Ses caresses, nos baisers… Je ne peux pas admettre que tout cela n'était pas réel pour lui. Hier, dans ce parc, quand il m'a montré comment fermer mes pensées, son regard était tellement sincère… C'était le début de quelque chose de bien réel.

– Je ne te crois pas, déclaré-je, la voix chevrotante.

Rectification, je ne veux pas y croire.

– Réfléchis, Thalya. Tu comprendras seule que je dis vrai. Je n'ai aucun intérêt à te mentir alors que ça te blesse…

Je rive mon regard au canapé, comme en transe. Est-ce que ce serait possible ? Est-ce que Pothos m'aurait vraiment fait ça ? Après tout, ça expliquerait certaines de ses réactions… Pourquoi il a si vite voulu une relation après avoir déclaré qu'il n'avait pas prévu de ressentir quoi que ce soit, le fait qu'il m'a pardonnée rapidement d'être allée chercher son frère, ou encore pourquoi il a si mal réagi lorsque je suis sortie avec Easton…

Éros s'approche de moi pour poser une main sur mes épaules en geste de réconfort, mais je me dégage brusquement. Je ne veux pas de son contact, je ne veux pas de sa pitié. Il m'adresse un regard sincèrement triste, qui ne fait que s'ajouter à mon chagrin.

– Ce n'est pas possible… tenté-je de me convaincre.

– Tout était faux, Thalya, insiste Éros.

Je secoue la tête, la gorge nouée. Je refuse de le laisser briser tous les moments que j'ai pu passer avec Pothos.

– Tu as tort.

– Thalya…

– Non. Ce n'était pas une comédie. Tu n'étais pas là, tu ne sais pas comment il me regarde, ou ce qui a pu se passer entre nous. C'était *réel*.

Je veux croire que tout ce que nous avons vécu avait du sens, que son but n'était pas d'obtenir mon cœur pour le briser… Et je refuse de me laisser blesser par ces mots. Je me suis toujours relevée. Et ça ne changera pas aujourd'hui.

D'un geste rageur, j'essuie la larme qui roule sur ma joue. Si c'est vrai… s'il m'en avait parlé lui-même… J'aurais sûrement compris. Mais finalement, je ne suis qu'une humaine parmi tant d'autres.

CHAPITRE 27

POTHOS

Je ne sais pas depuis combien de temps je cours mais une chose est certaine, je n'ai jamais été aussi pressé de toute mon existence. Je passe la porte en trombe, paniqué à l'idée de trouver Thalya brisée, mais je reste coi en la découvrant assise à table, seule. Elle ne réagit même pas face au bruit que j'ai dû faire en arrivant. De dos, rien ne laisse paraître qu'Éros est déjà passé par là, et je me concentre un instant sur son cœur à la recherche d'un battement dissonant. Je ferme les yeux, contrôlant ce que je ressens avec difficulté pour me concentrer sur elle, et je suis surpris d'entendre un rythme régulier. *Je suis arrivé avant Éros !* Je m'approche en soupirant de soulagement, mon palpitant retrouvant peu à peu une course normale. Elle va bien. Je crois que je n'aurais pas supporté qu'elle soit blessée, encore plus par ma faute. *J'ai bien cru que j'allais la perdre.*

– Tu es déjà rentrée ? Tu as obtenu tes résultats ? demandé-je comme si de rien n'était.

Seul le silence me répond. Je contourne la table pour lui faire face, avant de découvrir son visage rougi. Je me fige ; elle a sûrement dû pleurer. Ses cheveux sont relevés en un chignon difforme, ses joues sont encore humides, et je sens mon estomac se contracter, la peur nouant mes entrailles. Elle n'a pas le cœur brisé, mais elle sait quelque chose qui l'a blessée… et qui me vaut ce silence.

– Est-ce que tout va bien ? soufflé-je sans oser m'approcher.

– Bien sûr. Je suis aux anges ! Même à l'Olympe ! lâche-t-elle, amère. Et toi ? Tu rentres dans l'espoir de me briser le cœur ?

Mon sourire disparaît. Je me retiens de justesse à l'une des chaises, car la tête me tourne face à son regard dur. Ses poings sont serrés, ses épaules bougent au rythme de sa respiration rapide alors que la mienne s'est coupée. Thalya semble tellement… blessée, en colère, déçue. Et cette façon de m'observer me fait souffrir, réellement, parce que c'est la preuve que je lui ai fait du mal. C'est un sentiment que je n'avais jamais ressenti. La peur, oui, lorsque je pensais perdre mon frère… Mais cette brûlure que je ressens au fond de moi n'a pas d'égale. J'ai comme l'impression que mon cœur est coincé dans un étau, et je n'aurais jamais cru cela possible. Je lève une main tremblante dans sa direction, mais Thalya ne l'attrape pas, me rejetant d'un regard froid.

C'est elle que j'ai décidé de choisir, justement parce que je ne voulais pas la voir dans cet état… Thalya mérite mieux que moi, qui hésitais encore il y a peu entre la sacrifier ou risquer de la voir subir le courroux de ma mère, et pourtant je suis incapable de la laisser. J'ai besoin d'elle. Je *veux* être là pour elle, je suis même prêt à abandonner mes ailes si c'est pour la voir sourire demain. Je ne peux pas la perdre maintenant, alors que je commence tout juste à prendre conscience que je la veux elle, et non pas son cœur. *Et ce dernier n'est pas brisé, j'ai encore une chance de la récupérer.*

Je m'approche pour attraper sa main, sa peau me donnant l'impression d'une bouffée d'oxygène en dépit de la froideur de ses doigts.

– Thalya, écoute-moi… la supplié-je presque d'une voix chevrotante.

– Ne me touche pas !

Elle se relève brusquement, le regard noir, et ma poitrine se comprime. Je peine à respirer, mes poumons en feu.

– Ne t'approche pas, Pothos, répète-t-elle plus calmement. Alors, c'est vrai ?

Je lève les mains en signe de paix.

– Laisse-moi t'expliquer…

– Te laisser m'expliquer ? C'est un peu tard et je pense que j'en sais déjà assez. Je veux seulement que tu répondes à cette question : est-ce que c'est vrai ?

Je secoue vivement la tête. J'ignore ce que mon frère a pu lui dire, mais je refuse de la laisser penser que mon seul but était de lui faire du mal. Je ne veux pas qu'elle me voie comme ça, rien que cette idée me serre le cœur.

– Tu sais seulement ce qu'Éros t'a dit, tu n'as pas ma version.

– Et tu vas le traiter de menteur, peut-être ? Parce qu'entre nous, c'est toi le moins honnête des deux.

Une grimace déforme certainement mon visage. Je déteste qu'elle m'observe avec tant d'amertume, et l'entendre me parler de cette façon… pourtant je ne suis pas sûr d'être capable de m'exprimer correctement tant ma poitrine est prise dans un étau.

– Je ne dis pas qu'il t'a menti, je dis seulement que tu n'as que les informations superficielles. Tu ne sais pas tout…

– Et pourquoi je ne sais rien, à ton avis ? Parce que tu n'as pas été foutu de me dire les choses ! Je t'ai laissé plein d'occasions de le faire, pourtant !

Thalya s'approche de moi et vient frapper mon torse. Je ne bouge pas d'un pouce, mon regard fermement rivé sur elle. Ses iris sont emplis de colère, et si je ne savais pas que, quelque part au fond d'elle, elle tient à moi, je penserais sûrement qu'elle me déteste plus que tout… Elle continue de marteler mon corps, et je finis par attraper ses poignets pour l'arrêter. Elle me renvoie un regard noir mais ne tente pas pour autant de se dégager, et je profite de ce contact.

– Thalya, arrête.

– Que j'arrête ? Tu te fous de moi ? Après ce que je viens d'apprendre, tu n'as aucun droit de me dire ce que je dois faire ! Et tu veux savoir le pire, là-dedans ?

Je détourne les yeux, car sa tristesse m'atteint en plein cœur. Je hoche la tête, le souffle court.

– Le pire, répète-t-elle, c'est que je suis toujours persuadée qu'une part de toi ressent des choses, et que tu ne m'aurais pas fait souffrir volontairement, souffle-t-elle, son regard plongé dans le mien.

– Parce que c'est le cas ! C'est parce que je tiens à toi que je ne t'aurais jamais fait le moindre mal !

– Ce n'était de toute évidence pas suffisant pour me dire la vérité.

Quelques larmes s'échappent de son beau regard, et je sens comme une lame s'insinuer dans mon cœur. Thalya se défait de ma prise, reculant de quelques pas.

– Mais maintenant tu la connais ! Je n'allais pas te briser le cœur, Thalya. Il n'y a aucune raison de tout gâcher pour ça…

– Aucune raison, bien sûr, raille-t-elle.

Elle s'éloigne encore un peu plus, et cette distance physique me donne l'impression qu'un fossé est en train de se creuser entre nous.

– Thalya…

– Arrête, Pothos. C'est trop tard.

– Ce n'est jamais trop tard… Je t'assure que j'avais mes raisons, protesté-je dans un dernier espoir. Au début, je pensais que mes ailes étaient plus importantes que tout. Que sans elles je n'étais rien. Alors briser le cœur d'une inconnue… Je ne voyais pas le mal. Mais j'ai évolué, tu as bien vu à quel point notre relation a changé…

Thalya ne m'a jamais jugé, elle s'est contentée de m'épauler, et j'ai bon espoir qu'elle comprendra aussi cette fois-ci. Pourtant, elle ne m'en laisse pas l'occasion, elle lâche un rire jaune, et son regard triste me fend le cœur. *Tout est ma faute.*

– Tu me parles de tes raisons ? Il est là le problème, Pothos, je les comprends ! Tu voulais récupérer tes ailes, peu importe ce que ça allait te coûter. Je n'étais qu'une simple humaine sur ton chemin, et j'aurais sans doute fait le même choix que toi si j'étais à ta place ! déclare-t-elle d'une voix forte.

J'angoisse de ce qui va suivre. Le regard de Thalya ne présage rien de bon.

– Le problème, c'est que je ne suis plus cette inconnue, Pothos, poursuit-elle d'une voix bien moins forte, blessée. Je t'ai laissé entrer dans mon appartement, dans mon lit, dans ma *vie*. Je t'ai accordé ma confiance, je voulais t'aider. Tu aurais pu me dire les choses quand notre relation a évolué. Être honnête, merde ! J'aurais *compris*. Mais tu ne l'as pas fait, alors que c'est toi qui me parlais d'honnêteté. Et ça, ça change tout.

Je baisse les bras, incapable de retenir la larme qui roule le long de ma joue. Je n'ai absolument jamais pleuré. Pas une larme ne m'a échappé en plus de trois millénaires. Cette détresse que j'aperçois en elle me brise, et j'aimerais tellement l'aider… Pourtant Thalya a raison : si je m'étais montré honnête avec elle et surtout avec moi-même, peut-être que nous aurions évité cette situation.

Je voudrais juste qu'elle arrête de me regarder de cette façon... Qu'elle m'adresse ce sourire dont elle a le secret, qu'elle me montre que tout va bien.

– Va-t'en, Pothos, souffle-t-elle.

– Thalya…

Je fais un pas vers elle, jusqu'à pouvoir encadrer son visage de mes mains. L'espace d'une seconde, j'ai l'espoir de la voir répondre à ce contact, comme elle l'a fait cette nuit. Son regard cherche le mien, sa respiration se fait un peu plus lente… Puis elle secoue vivement la tête, un mélange de détresse et de colère dans ses iris, avant de me repousser avec force.

– Je te demande de partir. Respecte au moins ça.

– C'est non. Il est hors de question que je parte maintenant, je veux juste…

– Casse-toi, me coupe-t-elle. Je ne veux plus te voir, ni entendre tes excuses à deux balles ou te laisser l'occasion de me faire mal. C'est assez clair pour toi ? Je pense qu'après ce que je viens d'apprendre, tu me dois au moins la paix.

Je recule de quelques pas, blessé. Je ne me suis jamais senti si impuissant, pas même pour mes ailes. Je le savais, pourtant : les choses ne pouvaient pas bien se terminer. Je ne pensais simplement pas me sentir si mal à la fin de notre histoire…

– Je ne compte pas baisser les bras, Thalya. Ce soir, j'avais prévu de te dire que je te choisissais plutôt que mes ailes, et j'allais tout t'expliquer. Que tu l'aies appris avant n'y change rien. Tu comprends ?

Elle se détourne sans répondre, et je baisse la tête. Si je veux avoir ne serait-ce que l'ombre d'une chance, je dois lui laisser du temps, mais j'ai peur que cette distance ne joue pas en ma faveur. J'ai absolument tout gâché, alors que je commençais tout juste à comprendre ce que je ressentais. Je n'en veux pas à Éros de lui avoir parlé, ou à Kaléa de ne pas m'avoir prévenu… Je m'en veux à moi de ne pas avoir vu plus tôt ce qui se trouvait face à moi.

Je la laisse à contrecœur sans qu'elle me jette un dernier regard, et je quitte son immeuble avec la ferme intention de trouver un moyen de me faire pardonner. Pourtant, à peine ai-je fait une centaine de mètres qu'une créature qui ne m'est pas inconnue m'attend, et je n'ai pas le temps de parler que celle-ci m'entoure de ses griffes pour me conduire loin de celle que je désire.

CHAPITRE 28

POTHOS

Je me relève avec difficulté, essoufflé par ma chute, et le cœur serré. Ce voyage de la Terre à l'Olympe entre les griffes de l'aigle m'a secoué, à l'image de mes sentiments ces dernières heures. Ce dernier m'a négligemment jeté au sol, avant de me traîner jusqu'au domaine de Thanatos, bien loin de la douceur dont il a fait preuve au cours de mes deux dernières visites. Je me suis débattu les premiers kilomètres, tentant de l'attaquer comme je le pouvais, essayant désespérément d'échapper à mon destin. Parce que si Thanatos veut me voir, c'est qu'il a dû obtenir ce qu'il voulait… Mes émotions ont dû altérer mes pouvoirs, m'empêchant de me rendre compte que Thalya avait bien le cœur brisé, et cette simple idée me coupe le souffle. Plus l'aigle m'attirait loin de Thalya, plus je sentais mes forces me quitter. C'est contradictoire, moi qui désirais plus que tout rentrer, mais pas si cela veut dire l'abandonner derrière moi alors qu'elle m'en veut. Je veux réparer mes erreurs.

Malgré sa taille imposante, aucun dieu n'a porté attention à la créature, personne ne m'est venu en aide alors que, pour la première fois en une éternité, je l'espérais. J'ai retenu des larmes trop présentes ces dernières heures, le cœur battant d'une façon étrange.

Je me sens faible, bien loin de celui que j'étais lorsque j'ai rendu visite à Thanatos il y a quelques semaines. Mon envie de le combattre a déserté, remplacée par un vide dont je ne comprends pas l'origine. Même la perte de mes ailes ne m'a pas rendu si vulnérable.

D'instinct, ma main se place sur ma poche, là où repose la pierre confiée par Thanatos. Je n'y ai plus porté attention depuis un moment… Et je n'ose pas la sortir. Je ne suis pas prêt à la voir teintée de rouge, à affronter la réalité, à faire face à ce que j'ai fait.

Je me relève avec difficulté, seul au milieu de la salle, devant le mur recouvert d'inscriptions, toujours présent pour me narguer. Lorsque mon regard tombe sur mon nom, barré d'un trait, je fronce les sourcils avant de m'approcher. Je passe une main sur l'encre encore fraîche, avant d'aviser une inscription, bien plus petite mais pas moins visible. *Non !* Mon poing s'écrase lourdement sur le mur, un cri de rage m'échappant. Il a osé ! Il a osé écrire son prénom et le barrer comme une vulgaire cible ! Je vais le détruire !

Lorsque des battements d'ailes se font entendre, je me retourne vivement vers l'entrée pour aviser Thanatos. *Il va me le payer !* Ce dernier apparaît dans l'embrasure de la porte, les ailes repliées et l'air impatient. Je ne lui laisse pas le temps de dire un mot, je me précipite vers lui, enroulant mes doigts autour de son cou et serrant de toutes mes forces.

– Tout est ta faute ! Tu vas payer pour lui avoir fait du mal ! m'écrié-je.

Un rire lui échappe, comme si tout cela n'était qu'une plaisanterie.

– Je n'ai rien fait, Pothos. Tu es le seul responsable.

– Tu mens ! Tu as barré son nom ! Tu désirais la faire souffrir ! Avoue-le !

Je serre sa gorge un peu plus fort, bien que cela ne lui fasse rien. Las, Thanatos déploie ses ailes et m'éjecte à l'autre bout du bureau. Je m'écrase lourdement au sol, détruisant au passage une partie du mur, le corps endolori. Je ne me ferai jamais à cette souffrance.

– D'abord tu détruis mon mur, puis tu m'accuses sans argument. Je n'apprécie pas, Pothos. Sache que ce nom a été barré simplement parce qu'il ne me sert plus à rien.

– Ne mens pas !

– Je ne mens pas, déclare-t-il en avançant. Tu cherches seulement à rejeter la faute sur quelqu'un d'autre.

Il s'approche d'un pas rapide, puis s'arrête face à moi pour me relever en me prenant à son tour à la gorge. Impuissant, je ne peux que subir alors que mon cœur saigne. Il a raison. Je veux croire que tout est sa faute alors que je suis celui qui a accepté. Je suis celui qui a choisi Thalya, persuadé qu'elle ne représentait rien. Il ne m'a pas forcé à lui briser le cœur. Le seul responsable, c'est moi.

– Bien, maintenant que tu sembles calmé, je veux mon dû, déclare-t-il.

Face à mon silence, il approche sa main de ma poche pour attraper l'objet de sa convoitise puis me relâche, me laissant m'effondrer au sol. Je reprends ma respiration, essoufflé. Mon cœur bat à un rythme irrégulier, mes épaules sont voûtées, alors que je découvre le talisman dans les mains du dieu de la mort. Ma lèvre inférieure tremble alors que ma pire crainte devient réalité : la pierre est rouge. J'ai brisé Thalya.

Je ne retiens pas mes larmes ni les tremblements qui parcourent mon corps. Peu m'importe de paraître faible face à Thanatos, d'avoir l'air d'un humain anéanti plutôt que d'un dieu, parce que c'est ce que je suis. Thalya m'a appris à ressentir, et à présent, ma douleur est trop profonde pour être ignorée. *J'ai mal.*

– Je savais que tu réussirais, lâche Thanatos, impassible.

– Je ne peux pas lui avoir fait ça… soufflé-je.

J'ai tenté de tout arrêter ! Je tire sur mes mèches avec force, la respiration saccadée, alors que je sens mon cœur se fendre un peu plus. Je ne voulais pas lui briser le cœur. Je veux rentrer, réparer ce que j'ai cassé, pour continuer d'avancer. J'ai pris ma décision, c'est Thalya que j'ai choisie. Je dois la récupérer…

Les larmes continuent de m'échapper malgré moi. Je n'aurais jamais dû accepter ce foutu marché ! J'aurais tellement voulu que tout soit différent ! Je me relève pour me hisser jusque sur l'une des chaises, la tête me tourne. Je l'ai détruite… Je voulais tellement récupérer mes ailes, persuadé qu'elles étaient ce qui comptait le plus pour moi, et voilà que j'ai perdu ce qui, en quelques semaines, est devenu la chose la plus précieuse de ma vie… *Thalya.*

Thanatos ne me jette pas un regard, indifférent à ce que je ressens, se contentant de récupérer mes ailes encore tachées de mon sang et de me les apporter, mais je les observe à peine. *Tout est à cause de ces foutues ailes !* Je laisse mon regard se perdre dans le vide, à imaginer Thalya souffrir alors que je désire la voir sourire. Je ne veux pas les récupérer ! Elles me rappelleront éternellement ce que j'ai perdu et les mauvais choix que j'ai faits…

Mais je n'ai pas le temps de les repousser. Thanatos se place derrière mon dos, une odeur de soufre autour de lui, et sans le voir, je sais déjà ce qui est en train d'arriver. Il n'y a plus de place pour mes ailes, la peau s'est refermée, alors il faut leur en créer. Et ses pouvoirs vont l'y aider.

Je tente de me relever pour m'écarter, mais c'est déjà trop tard : je sens les flammes me ronger la peau tout en sentant mes ailes reprendre vie dans mon dos. Mon estomac se noue sous la douleur, et alors que je m'attends à perdre connaissance… il n'en est rien. Parce que quoi qu'il arrive à mon corps, c'est mon cœur qui me fait le plus mal.

Thanatos s'active quelques instants derrière moi, concentré, puis me relâche. Lorsque je sens l'air frais rencontrer ma peau brûlante, je respire profondément, le souffle plus court que jamais. Le vide que je ressentais ne se tarit pourtant pas, parce qu'il n'était pas dû à l'absence de mes ailes…

– Chose promise, chose due, déclare le dieu de la mort.

Je l'observe, les yeux embués. J'aurais mille fois préféré ne pas les récupérer.

– Est-ce qu'elle a le cœur brisé ? demandé-je du bout des lèvres.

Je connais la réponse, mais j'ai besoin qu'il le dise. Si je suis responsable de la perte de son sourire, de la fin de ses espoirs, je dois l'entendre. C'est mon fardeau. Thanatos observe la pierre rouge avec intérêt, calme.

– Non, finit-il par répondre.

Elle n'a pas le cœur brisé ? Comment est-ce possible ?

– Cette humaine va bien, pour le moment. Mais effectivement, si tu ne fais rien, son cœur finira brisé par ton absence.

J'encaisse, la bouche sèche. Alors j'ai encore une chance. De me faire pardonner, de lui montrer qu'elle est la chose la plus importante à mes yeux. Son cœur n'est pas brisé, et elle a besoin de moi autant que j'ai besoin d'elle. Et si elle ne pouvait pas me pardonner ? Je ne goûterais plus jamais à ses lèvres, je ne sentirais plus jamais sa peau contre la mienne… Il faut que je la retrouve, que je lui parle avant qu'il ne soit trop tard.

– Mais, si elle va bien, comment se fait-il que j'aie réussi ?

– Tu t'es brisé le cœur tout seul, explique Thanatos avec désinvolture.

Je le dévisage, abasourdi, alors que tout prend sens. Mon cœur serré, ces battements étranges, cette colère dévastatrice qui a pris forme au fond de moi en même temps que le désarroi… Ce vide que je ressens, et cette souffrance infinie. *Alors c'était ça.* Il y a quelques semaines, j'aurais préféré la mort à une telle situation. Aimer n'était pas envisageable. Aujourd'hui, je préfère mille fois avoir le cœur brisé plutôt que ce soit celui de Thalya.

C'est donc ça, l'amour ? Le fait d'être prêt à tout pour l'autre ? Dire qu'il m'a fallu des millénaires pour le comprendre.

Je me redresse ; je n'ai plus rien à faire ici. Si Thalya me laisse une chance, une occasion de lui prouver que tout cela n'était pas qu'une mascarade, alors je sais que mon cœur ira mieux. Je me tourne vers la porte, fais quelques pas, puis m'arrête. Je ne veux pas perdre de temps, mais c'est exactement ce qu'il s'est passé aussi pour Éros. Pressé, il n'a jamais eu d'explications de la part de Thanatos. J'ai peur que ce ne soit ma seule chance ici. Pourquoi un dieu de son calibre en est-il réduit à de telles machinations ? À quoi lui sert le cœur de mon frère ? À quoi lui servira le mien ? Dois-je finalement avertir l'Olympe, même si cela signifierait la fin de mes rêves ?

– Pourquoi voulais-tu un cœur brisé ?

Thanatos me jette un regard courroucé, comme s'il espérait que je ne poserais pas la question.

– On veut tous quelque chose d'inaccessible…

– Le pouvoir d'Éros ? tenté-je.

Thanatos hausse les épaules, et je ne suis pas sûr de comprendre où il veut en venir. Je ne vois pas en quoi ce don lui était nécessaire…

– Pourquoi m'avoir aidé ? Tu n'as pas gagné mes pouvoirs, simplement un cœur inutilisable.

Le dieu de la mort secoue doucement la tête.

– Inutilisable pour toi. Moi, j'avais quelque chose à y gagner. Et même si la négociation a été rude, ajoute-t-il en ricanant, ton projet me plaisait.

Je fronce les sourcils, de plus en plus perdu. Mon désir de liberté l'a ému ? Il aurait de la compassion ? Non. Thanatos n'a pas de cœur : c'est ainsi qu'il est né, bien avant nous. Il a appris à ressentir des choses avec le temps, mais ce ne sont que des sentiments superficiels. Il ne pourra jamais avoir de l'empathie, ressentir de la tristesse, ou même de l'amour. Ce sont des émotions trop profondes. La seule chose qui pourrait le pousser à me comprendre, c'est l'envie. Forcément.

– Tu veux quitter les Enfers, n'est-ce pas ? Tu ne m'offrais pas une place à tes côtés, tu voulais que je prenne la tienne ?

– Mais tu n'as pas compris assez vite.

Je secoue la tête. Même en le sachant, je n'aurais jamais accepté. Prendre sa place aurait signifié m'enfermer encore plus que je ne le suis. Mais je comprends mieux maintenant ce qui l'a motivé à s'en prendre à Éros. Lire dans les auras, c'est le premier pas vers la compréhension des sentiments. Alors Thanatos veut plus ? C'est certain qu'il n'aurait jamais obtenu ça du conseil, avec leur vision étriquée de ce à quoi est censé ressembler l'Olympe… Ce que je ne comprends pas, c'est pourquoi il souhaite partir. *Sauf si…*

– Tu vas te faire juger, n'est-ce pas ? C'est pour ça que tu as peur de Charone ? Parce que c'est elle qui décidera de ton sort avec les autres dieux ?

Et s'enfuir était le seul moyen de s'en sortir.

Thanatos ne dit rien, le regard noir. Mon attention se porte sur le mur derrière lui, où tous ces noms sont écrits. Il a tenté de faire évoluer sa condition, mais il s'est fait rattraper par le conseil. Et devant son triste avenir, il ne lui restait plus qu'une solution… Et un cœur brisé est une monnaie d'échange de valeur parmi les miens… En un sens, je le comprends. Il a fait ce qu'il avait à faire pour se sauver, tout comme je l'ai fait. Et je comprends encore mieux à quel point je me suis comporté comme le dernier des dieux.

Je ne dirai rien de ses motivations pour le moment. À personne. Mais qu'il ne compte pas sur moi pour la suite. De toute façon, il n'arrivera jamais à s'enfuir, pas alors que Charone l'a dans son viseur.

– Ne me mêle plus à tes histoires, autrement, sois sûr que les Érotes te le feront payer. Je suis peut-être vulnérable seul, mais tu ne feras pas le poids face à six dieux.

Thanatos ricane.

– Tu ne m'es plus d'aucune utilité, de toute façon. Tu peux disposer.

Une part de moi a envie de le contredire, de lui lancer une remarque cinglante. Je déteste qu'on me donne des ordres, mais je suis trop pressé pour rétorquer. Peu m'importe ce qu'il pense, que je sois considéré comme un moins que rien, une divinité mineure : je sais ce que je désire, et ce n'est plus le pouvoir. Si mon corps a souffert, que des larmes ont coulé, ce n'est rien face à un cœur brisé. Mon immortalité m'est précieuse, mais je ne me vois pas vivre une éternité sans m'être battu pour Thalya.

Je quitte les Enfers sans me retourner, soulagé de retrouver mes ailes car elles vont me permettre de retrouver la femme que j'aime. Je m'élance sans me soucier de qui peut me voir. Je n'observe ni le palais rapetisser derrière moi, ni les jardins que je survole ou les nuages que je traverse. Je pourrais savourer ce vol, le premier depuis des semaines, mais je n'en fais rien. Ce qui m'importe, c'est la vitesse. Je fonce aussi vite qu'il m'est possible de le faire. Peu importe ce qui arrivera, je ferai tout pour lui prouver que je mérite une chance.

CHAPITRE 29

THALYA

J'attrape un sac poubelle avant de rejoindre ma chambre d'un pas lourd. Ces derniers jours ont été une succession d'émotions, et je ne suis pas sûre de savoir comment gérer tout ça. J'ai enfin accepté que je ressentais des choses pour lui, et c'est le moment qu'il a choisi pour me briser le cœur. Je n'arrive pas à croire qu'il ait réellement voulu faire ça. Que cette idée lui ait même traversé l'esprit. Au début, peut-être – et encore, c'est déjà horrible –, mais ensuite ? Après l'avoir ramené chez moi, l'avoir soigné, lui avoir accordé ma confiance ! Il aurait dû se montrer honnête avec moi. Mais il n'est pas question de me morfondre. Je suis malheureuse, blessée, mais je me relèverai. Mes yeux sont à présent secs, et c'est la colère qui a remplacé la tristesse de le voir partir.

Je reste convaincue que tout était réel : ses larmes sont une preuve suffisante. Du moins, c'est ce que j'espère. Mais ce n'est pas assez pour que je lui pardonne, pour que j'arrive à lui faire à nouveau confiance. J'ai beau compatir à sa douleur, avoir envie de le réconforter, je choisis la sécurité de mon cœur avant tout. Je ne le laisserai pas me briser comme il l'avait prévu. Je crois que je suis tombée amoureuse, à la fin… C'était inévitable. Mais je ne dois pas m'inquiéter pour lui. Il trouvera un moyen de récupérer ses ailes et il quittera la Terre sans se retourner. Je ne suis personne, simplement l'humaine à qui il désirait briser le cœur.

J'attrape les quelques tee-shirts achetés pour lui et je les place dans le sac avec force, avant d'en faire de même avec le jean et ses autres vêtements. Je ne veux plus voir ses affaires dans mon appartement. J'ai besoin de faire le ménage, d'effacer les traces de sa présence, pour tenter de le chasser de mon esprit. C'est vital. Je me dirige ensuite vers ma salle de bain pour jeter mes gels douche. Pothos me les a empruntés tout du long et je ne veux pas sentir cette odeur sur moi.

– Thalya, calme-toi, t'es en train de tout jeter, m'arrête Cooper.

Ses doigts s'enroulent autour de mon poignet, m'empêchant de tout balancer. Je le regarde, la vue brouillée par les larmes. Il me retire le sac poubelle des mains avec douceur avant de m'attirer à lui, et je me blottis contre son torse. J'inspire profondément en le serrant de toutes mes forces. *J'ai besoin de cette bouée de sauvetage.*

– Pourquoi il m'a fait ça ? sangloté-je.

– Parce que c'est un abruti. Je n'ai pas besoin de le rencontrer pour savoir qu'il ne te mérite pas, me réconforte mon meilleur ami.

Il replace mes cheveux avant de prendre mon visage en coupe, essuyant mes larmes de ses pouces. Il ne sait que les grandes lignes de ce qui est arrivé mais c'est suffisant pour qu'il comprenne mon chagrin. Je ne voulais pourtant pas grand-chose… Je n'ai jamais demandé à Pothos de me promettre la lune, mais c'était déjà trop.

– Pourquoi les relations font si mal ? demandé-je avant de renifler.

– Parce qu'on apprécierait moins l'amour si on ne connaissait pas ce qu'il y a de négatif…

Je secoue vivement la tête avant de m'écarter, et je m'assieds sur mon lit.

– Pourtant c'est simple entre toi et Grace. Rien ne fait mal.

– Ce n'est pas vrai, répond-il en me rejoignant. C'est juste que tu ne le vois pas forcément.

Je relève vivement la tête vers lui, les sourcils froncés.

– Ça ne va pas avec Grace ?

Cooper baisse les yeux. Je n'avais aucune idée de ce qu'il se passait entre eux… Il faut dire que nous n'en avons jamais vraiment parlé. Cooper a toujours pris soin de ne rien dire, partant du principe que ce n'était pas judicieux étant donné que je suis amie avec eux deux.

– Tu es sûre de vouloir parler de ça maintenant ? m'interroge-t-il du bout des lèvres.

– Oui, dis-je sans avoir besoin de réfléchir. Je suis là pour toi comme tu es là pour moi.

Il soupire avant de venir poser sa tête contre mon épaule et je le serre contre moi. Je n'ai pas de frère, mais c'est tout comme. Quand je l'ai appelé ce matin, en pleurs, il n'a pas hésité une seule seconde avant de venir. C'est le genre d'amis qu'on ne trouve qu'une fois dans une vie.

– Ces derniers temps, ça ne va plus vraiment avec Grace… finit-il par avouer.

– Pourquoi ?

– Elle regarde beaucoup les autres hommes, me reproche souvent de ne pas être aussi parfait physiquement qu'elle le voudrait… J'ai l'impression que je ne lui plais plus. Je ne sais même pas pourquoi elle reste avec moi.

Je ferme les yeux en le sentant respirer laborieusement. J'ai mal au cœur pour lui parce qu'il mérite une femme capable de l'aimer pour ce qu'il est, soit un garçon drôle, gentil, avec un grand cœur. Et si notre amie n'est pas capable de le voir, alors c'est qu'elle n'a rien à faire avec lui.

– Tu lui en as parlé ? demandé-je tout de même.

Il lâche un rire sans joie.

– Pour quoi faire ? Je ne suis pas sûr d'avoir envie de l'entendre dire que je ne lui plais plus.

Je peux comprendre. Moi aussi, j'aurais aimé rester dans le déni le temps de me préparer à ce qui allait arriver.

– Alors on va se morfondre ensemble, soupiré-je.

– J'aimerais tellement… Mais j'ai un entretien dans vingt minutes.

Je me fige, oubliant presque mon chagrin.

– Pour un travail ?

– Oui, dit-il en souriant largement. Je ne savais pas trop comment te l'annoncer, vu ton état. Ils recrutent une équipe d'historiens pour un musée à Washington. Alors on mange tous ensemble ce soir juste après l'entretien pour faire connaissance.

J'écarquille les yeux, mon enthousiasme redescendant en flèche.

– Mais… c'est loin, soufflé-je.

Il me sourit tristement. Je n'ai que lui et Grace ici, et je sais que, après la fac, Grace prendra un chemin différent si elle n'est plus avec Cooper. Alors si même mon meilleur ami s'éloigne… Je serai seule. *D'abord Pothos, maintenant lui.*

– Arrête de réfléchir, m'intime Cooper. L'avion existe, je ne serai jamais vraiment loin. Je crois que j'ai besoin de quitter Seattle. On verra si ma relation avec Grace tient la distance. Si ce n'est pas le cas, c'est que ça ne devait pas durer. Et toi et moi… Tu sais très bien que je ne résisterai pas à l'envie de rentrer t'embêter !

Je lui souris tendrement, même si j'ai l'impression qu'une page se tourne. Je ne sais pas comment appréhender les choses, même si je suis admirative de la sagesse avec laquelle mon meilleur ami fait face à sa situation, parce que je ne suis pas capable d'en faire autant.

Lorsque Cooper s'en va quelques minutes plus tard, je serre les pans de mon gilet contre moi, prise d'un frisson. Cela fait si longtemps que je ne me suis pas retrouvée seule dans mon appartement… Je récupère mon sac poubelle – il est temps de jeter toutes ces recherches sur Thanatos, je n'en ai plus besoin, et je ne veux plus les voir. Je n'ai cependant pas le temps de faire un pas qu'un bruit sourd se fait entendre, suivi de quelques pas. Le sac m'échappe des mains et je me fige, tétanisée. Les battements de mon cœur résonnent dans mes tympans. Il y a quelqu'un dans mon appartement. *Et si c'était un dieu qui venait me tuer parce que j'en sais trop ?*

– Cooper ? Tu es revenu ? tenté-je.

Mais personne ne me répond.

Je jette un coup d'œil à ma chambre, analysant rapidement les armes à disposition. Je dois trouver de quoi me défendre, même si je ne suis pas sûre de faire le poids. Mes lampes de chevet sont fixées au mur, ma cuisine est trop loin pour que je puisse attraper un couteau, et je me vois mal porter mon armoire en bouclier ! Je fonce vers la salle de bain, pour aviser le pommeau de douche. *Ça fera l'affaire.*

Je le dévisse en vitesse, ne cessant de jeter des coups d'œil derrière moi, avant de me précipiter dans mon salon. Hors de question de me laisser faire !

Mais celui-ci est désert. J'ai beau tourner dans tous les sens, je ne vois rien. *L'absence de Pothos me monte à la tête.* Je pose le pommeau dans un geste bruyant, soulagée, puis je me passe une main sur le visage en soupirant. Même si j'en veux à Pothos, j'aurais aimé qu'il soit là dans un moment pareil. Ça m'aurait évité de devenir dingue.

Je m'approche de la fenêtre en scrutant le ciel déjà noir à cette heure-ci, me demandant si Pothos a réussi à rentrer. Après tout, s'il m'a brisé le cœur… Mais je n'ai pas le temps d'atteindre mon balcon que des plumes m'encerclent par-derrière et je hurle en me débattant de toutes mes forces alors que je me sens quitter le sol. *J'aurais dû garder ce foutu pommeau !*

CHAPITRE 30

THALYA

Je m'agrippe de toutes mes forces aux ailes, mes jambes dans le vide et le corps tétanisé. Les plumes sont douces sous mes doigts, et dans d'autres circonstances, j'aurais peut-être été fascinée, mais pas alors qu'on est en train de m'enlever ! Le vent me fouette le visage et je crie un peu plus fort en comprenant que nous survolons la Terre.

– Calme-toi, Thalya. Je suis là. Je te tiens, souffle une voix que je ne connais que trop bien.

Je me fige de surprise, me tenant un peu plus fort à lui, avant d'encercler mes jambes autour de sa taille de peur de tomber. J'ose enfin ouvrir les yeux, et mon regard se pose sur le visage concentré de Pothos. Il semble fatigué, sûrement autant que moi… Et je devrais être soulagée de ne pas être la seule à être mal, mais je n'ai aucune envie de le voir souffrir. Mon observation s'arrête sur toutes ces plumes blanches. Dur rappel à la réalité. Il les a récupérées… Et si la panique me dominait il y a quelques secondes, c'est la colère qui se déchaîne à présent en moi. Alors il me fait du mal, et il obtient ce qu'il voulait ? Est-ce que c'est une mauvaise blague ?

– Repose-moi sur cette putain de Terre ! m'écrié-je.

– Est-ce que tu acceptes de me parler si on rentre ?

– Bien sûr que non !

– Alors je ne te reposerai pas, déclare-t-il calmement.

– C'est du kidnapping !

– Tout à fait, mais c'est le seul moyen que j'ai trouvé pour que tu m'écoutes.

– Je vais sauter si tu continues, le menacé-je.

– Je te rattraperai.

Je grogne avant de jeter un œil en bas, tentant de mesurer mes chances de lui échapper, mais je ferme bien vite les yeux en découvrant les lumières défiler à une vitesse hallucinante. *Bon sang !* Pothos me serre un peu plus fort contre lui, et j'ai beau mourir d'envie de le repousser, de le frapper de toutes mes forces, je préfère rester en vie. Je me cramponne plus fort à lui, le cœur battant trop vite et l'estomac complètement retourné.

– Descends, Pothos, où je vais être malade !

Je nous sens atterrir tout doucement, et lorsqu'il se pose enfin sur terre, je m'écarte à toute allure de lui. La tête me tourne et ma respiration est trop rapide. Pothos tente de me retenir alors que je tangue, mais je le repousse. Le plus important pour moi est de prendre mes distances. J'observe autour de nous, cherchant une issue, mais je fronce les sourcils en découvrant où nous nous trouvons. Nous sommes en hauteur, sur des pierres claires, et je discerne des arbres dans la nuit.

– Inutile, nous sommes sur un des kiosques de Parsons Gardens, tu ne pourras pas descendre sans moi.

Je lui jette un regard mauvais.

– Tu te moques de moi ? Tu ne peux pas m'emmener comme ça et me bloquer en hauteur ! hurlé-je.

Je le dévisage avec colère, aussi surprise par la vitesse à laquelle nous sommes arrivés qu'énervée par l'air désinvolte qu'affiche Pothos. Il ne peut pas faire une chose pareille ! Il ne peut pas passer ses journées avec moi, me laisser penser que tout était sincère alors qu'il souhaitait me briser le cœur, et ensuite me kidnapper quand je lui demande de se tenir loin de moi ! Il est peut-être un dieu, mais ça ne veut pas dire qu'il peut faire tout ce qui lui chante, bon sang !

Mais Pothos ne semble pas s'en soucier. Il m'observe avec intensité, comme si rien n'avait changé, alors que tout est différent. À commencer par ses ailes. Vêtu de ses affaires de la veille, le visage fatigué, il a l'air malheureux. Autant que moi. Pourtant, il a ses ailes. D'un blanc immaculé, elles sont grandes, majestueuses. Je n'aurais jamais cru en voir un jour. Surtout celles-là ; elles sont responsables de tout ce qui a pu m'arriver jusqu'à présent.

– Alors ça y est ? Tu m'as fait du mal et tu as récupéré tes ailes ? Pourquoi t'es encore là, hein ? demandé-je, amère.

Pothos secoue la tête en s'avançant vers moi, et je jette un œil dans mon dos pour aviser le vide.

– Tu te trompes complètement, souffle-t-il, trop proche de moi.

– C'est peut-être parce que tu ne me dis jamais rien !

Il lâche un rire triste, et je lui jette un regard noir. Je n'ai aucune envie de plaisanter avec lui.

– Quelques heures à l'Olympe et ton caractère me manquait déjà… murmure-t-il.

– Tu es revenu m'insulter ?

– Non. Je suis venu te récupérer.

– Et qui te dit que ça m'intéresse ? D'ailleurs, qu'est-ce qui me dit que tu ne cherches pas à me faire encore plus de mal ?

– Je te le dis et je te jure sur mon immortalité que je ne mens pas. Je… Je sais que je t'ai fait du mal, Thalya, mais à moi aussi.

– Parce que tu crois que ça m'intéresse ?

Bien sûr que ça m'intéresse, je ne veux pas qu'il ait mal, mais je ne peux pas le lui avouer.

– Tu penses que ta souffrance compense la mienne ? Que je peux te croire ?

– Thalya, je…

Il lève les yeux au ciel comme s'il cherchait une réponse, perdu, avant de poursuivre :

– J'ai récupéré mes ailes parce que je me suis moi-même brisé le cœur. C'est cette preuve de ma sincérité que tu attendais ?

Je recule, sous le choc, et je n'ai pas le temps de comprendre ce qu'il se passe que je tombe dans le vide. Je hurle, tentant de m'accrocher à quelque chose qui n'existe pas, mais Pothos me rattrape avant que je ne rencontre le sol. Je m'agrippe à lui de toutes mes forces, essoufflée, et ferme les yeux en tentant de me calmer. J'aurais pu me blesser gravement ! Sans lui, je m'écrasais au sol…

Pothos me repose sur le kiosque, ses yeux lançant des éclairs, et je m'écarte vivement en essuyant rageusement une larme de peur sur ma joue.

– Nom de Zeus, Thalya ! Tu veux mourir ?

– Qu'est-ce que ça peut te faire, de toute façon ? Tu n'avais qu'à pas m'amener ici ! Et c'est quoi cette histoire de cœur ?

Pothos reste cette fois-ci à bonne distance, et je lui en suis reconnaissante. Je n'arrive pas à garder la tête froide lorsqu'il est trop proche. Je le soupçonne d'en avoir parfaitement conscience.

– Je te l'ai déjà dit. C'est toi que j'ai choisie, murmure-t-il, hésitant. Je le pensais, je n'avais aucune intention de te faire du mal. Quand j'ai cru t'avoir brisé le cœur et que tu as dit ne plus vouloir me voir… Je crois que c'est à ce moment-là que le mien s'est brisé, confesse-t-il tout bas.

– Et je devrais te croire, peut-être ?

Son visage se tend, son regard reflétant une profonde tristesse qui me fait mal au cœur. Je voudrais le croire, admettre que c'est une preuve supplémentaire de ce qu'il ressent pour moi, mais je ne peux pas lui pardonner. Il m'a approchée dans l'espoir de me briser. Et j'aurais pu le comprendre, s'il avait osé me parler. Je l'ai appris de la bouche d'un autre, alors que je pensais qu'il avait confiance en moi… C'est trop douloureux pour le moment. Pothos s'approche de moi, doucement, mais laissant le temps de l'appréhender. Il attrape ma main pour la poser sur sa poitrine et je le dévisage alors que mon corps est parcouru d'un long frisson.

– Qu'est-ce que tu fais ? murmuré-je.

– Tais-toi et sens mon cœur.

Je fronce les sourcils, avant de sentir enfin ses battements sous ma paume. C'est comme si son rythme cardiaque était entrecoupé de pauses. Je déglutis. Il semble attentif à la moindre de mes expressions.

– Ça ne prouve rien, déclaré-je finalement. Qui me dit que ce n'est pas le battement normal du cœur d'un dieu ?

– Oh, je t'en prie, Thalya ! Tu sais parfaitement que je ne te mentirais pas là-dessus !

Il recule en se passant une main dans les cheveux, et je croise les bras contre ma poitrine. Bien sûr que je le sais ! J'ai été suffisamment proche de lui pour savoir que son cœur bat normalement ! Mais je n'ai aucune envie d'être de bonne foi. Il m'a fait du mal, merde ! Et je devrais prendre ses états d'âme en considération ? À ce que je sache, il a pris les miens en compte un peu tard ! Je pose à nouveau le regard sur les plumes, et ma mâchoire se crispe.

– Alors, qu'est-ce que ça fait d'avoir récupéré tes ailes ? Ça valait le coup ?

Je plisse les yeux, Pothos blêmit. Il semble abattu.

– Non. J'aurais mille fois préféré ne pas te faire du mal.

– Dommage.

Il fait un pas en avant, mais je lève la main entre nous.

– Ne t'approche pas, Pothos.

– S'il te plaît…

Je garde obstinément la main en l'air, avant de l'abaisser doucement. Je l'observe avancer, sans réagir. J'ai du mal à me l'avouer, mais j'ai autant envie de ce contact que je désire le repousser.

Pothos place ses mains autour de ma nuque, et je tente de contenir un frisson, sans succès. Je peux dire ce que je veux, cette attirance entre nous n'est pas près de se tarir.

– Je t'en supplie, ne me déteste pas, chuchote-t-il.

J'inspire profondément, ma colère fait place à de la tristesse. *Le détester ? Je ne suis pas sûre que ce soit possible.*

– Ce n'est pas la question, Pothos. Je t'en veux… Tu aurais dû me dire la vérité, et tu ne l'as pas fait. Je ne comprends même pas ce que tu fais encore là.

Il laisse tomber ses bras, blessé, alors que le froid m'entoure. Je n'ose pas croiser son regard, scrutant la nuit et les lumières de la ville.

– Ce n'est pas évident ? demande-t-il.

Je secoue la tête.

– Je ne peux pas lire dans les esprits, moi.

Le regard qu'il pose sur moi m'arrache un nouveau frisson.

– Je suis là parce que je ne peux pas me résigner à t'abandonner. Si j'ai eu le cœur brisé, c'est parce que je ressens des choses pour toi… déclare-t-il tout bas.

Je me mords la lèvre, tremblante. Il a l'air tellement sincère. Je veux y croire. Je le désire tellement.

– Pothos…

– Non. Ne dis rien. Je ne te demande qu'une seule chose, Thalya. Passe la soirée avec moi. Accorde-moi quelques heures, puis je respecterai ton choix si tu ne veux plus me voir. Mais laisse-moi te montrer que tout était vrai… S'il te plaît.

J'observe son visage inquiet, avant de revenir sur son regard doux. Il semble tellement vulnérable, tellement… humain. Et je ne peux pas ignorer ce que je ressens, même si je n'arrive pas à lui pardonner. Je peux au moins lui accorder ça. Un dernier moment avant que tout soit terminé.

– Je veux être rentrée chez moi pour minuit. Compris ?

Je m'approche sans attendre sa réponse et je m'agrippe à lui avant qu'il enroule ses bras autour de ma taille pour me serrer contre lui. Je niche mon visage au creux de son cou, les yeux fermés, puis il me soulève afin de prendre son envol.

Je ne sais pas dans quoi je me suis embarquée, mais il est trop tard pour reculer.

CHAPITRE 31

THALYA

Les lumières vacillent tout autour de nous. Pothos me dépose délicatement au milieu du jardin, et je m'éloigne de quelques pas avant de glisser mes mains dans mes poches, prenant mes distances. La dernière fois que nous sommes venus ici, les choses étaient bien différentes.

Il ne me quitte pas des yeux. Une soirée… C'est tout ce qu'il demande. En un sens, je crois que j'en ai besoin aussi. Nous devons parler, mettre les choses à plat, peu importe l'issue de cette discussion. J'observe les environs, à la recherche d'une présence humaine, mais seule la nuit nous entoure.

– Tu n'as pas peur que quelqu'un te voie ici, avec tes ailes ? Et le jardin n'est pas privé ? Il devrait être fermé…

Je lui jette un coup d'œil alors que ses ailes se replient dans son dos, comme si elles n'avaient jamais existé.

– Personne ne peut me voir lorsque je vole, nous pouvons nous dissimuler aux yeux des humains si nous le souhaitons, c'est l'un de nos dons divins. C'est pour ça que tu ne m'as pas vu dans ton appartement. Pour ce qui est de Parsons Gardens, c'est bien fermé. Mais quelle importance ? Nous serons tranquilles.

Je hoche la tête. Mieux vaut effectivement être seuls pour parler. Je détaille les alentours avec désinvolture. Ce lieu m'inspirait tellement la dernière fois… Mais le seul sentiment qui m'habite aujourd'hui, c'est une profonde tristesse.

– J'aurais aimé revenir dans d'autres circonstances. Plus sereine, chuchoté-je.

– On peut encore le faire. Nous ne sommes pas obligés de discuter.

J'adorerais faire comme si de rien n'était, profiter de ce moment hors du temps, mais c'est hors de question. J'ai accepté de le suivre précisément pour que l'on discute.

– Pourtant il le faut. Tu veux passer la soirée avec moi, mais je ne suis pas sûre de pouvoir faire abstraction de ce que tu avais prévu de me faire.

Pothos s'approche de moi pour venir prendre ma main avec hésitation. Son contact m'a cruellement manqué, même après tout ce qui est arrivé. Sa peau brûlante contraste avec la froideur de la mienne alors qu'il entrelace nos doigts avant de me guider jusqu'à une pierre sur laquelle je m'assieds. Pothos s'accroupit face à moi, son regard océan rivé au mien.

La dernière fois que nous nous sommes retrouvés ainsi, c'est quand il m'a montré comment fermer mon esprit. *À ce moment-là, je pensais sincèrement que cette relation avait un avenir.*

– Crois-moi, je suis sincèrement désolé, dit-il avec douceur. Si je pouvais revenir en arrière, je profiterais de chaque seconde sans arrière-pensée.

– Justement, Pothos. On ne peut pas revenir en arrière.

Il secoue vivement la tête.

– Je sais. Ce n'est pas ce que je veux dire. On a eu des moments sincères…

– Ah oui ? Lesquels ? Pardon, mais je ne peux pas savoir quand tu jouais la comédie !

Je me relève, énervée. Il sait que mon attaque est justifiée. J'ignore quels actes avaient des desseins cachés et quels autres étaient vrais. Je suis certaine qu'une partie était authentique… Laquelle, c'est une autre question. Mais quand je vois la vulnérabilité de Pothos, je me dis que c'était peut-être la plus importante.

– Quand je t'ai montré comment fermer ton esprit, c'était réel, souffle-t-il. Ou le soir où je vous ai suivis, toi et cet humain… J'étais jaloux, même si je n'en avais pas conscience. Et cette étoile que je t'ai offerte ? Si j'avais voulu profiter de toi, un simple repas aurait suffi ! Ou quand nous avons fait l'amour… C'est uniquement parce que je le désirais autant que toi !

Un rire jaune m'échappe. Sa déclaration avait pourtant bien commencé.

– Oh, merci Pothos ! Je sais maintenant que tu n'as pas simulé ! Autre chose à rajouter ?

Il s'approche, en colère, mais je ne bouge pas d'un pouce.

– Tu ne veux pas arrêter de faire ta tête de mule ?

– Ma tête de mule ? éclaté-je en écrasant mon poing contre son torse. Tu attends quoi, que je te pardonne bien gentiment ? Je suis censée attendre que tu me fasses encore plus de mal pour agir ? C'est ça ?

Il se passe une main sur le visage.

– Bien sûr que non… Ce que je dis, c'est que tu ne m'écoutes pas. Tu restes focalisée sur ce que j'aurais pu faire…

– Comment veux-tu que je l'oublie, Pothos ? Je… je commençais sérieusement à penser que je pouvais tomber amoureuse ! Alors évidemment que c'est douloureux !

Je secoue la tête ; une larme m'échappe. Je ne suis pas du genre à m'ouvrir sur mes sentiments, mais j'ai besoin qu'il sache, pour lui montrer pourquoi je suis si mal, cœur brisé ou non. Il ne comprend pas à quel point il est douloureux de découvrir qu'une personne en qui on a confiance vous a trahi. Pire : cette personne a cherché à me faire du mal, alors que j'aurais pu lui confier mon cœur. Alors évidemment que je n'arrive pas à l'oublier !

– Tu commences à être amoureuse de moi ? souffle-t-il.

Je lève les bras au ciel en retenant un cri de frustration.

– Bordel, Pothos ! Tu n'as retenu que ça ? Et c'est moi qui n'écoute pas ?

Il prend mon visage en coupe et m'oblige à le regarder. Son sérieux me déconcerte, et l'espoir est lisible dans ses yeux… Bon sang ! Pourquoi ne peut-il pas se comporter comme un mufle pour m'aider à accepter le fait qu'il n'est pas bon pour moi ? Non, à la place, il arrive toujours à faire battre mon cœur malgré tout.

– Thalya. Réponds-moi.

Je grommelle.

– Oui ! T'es content ? Mais je ne suis pas là pour te déclarer ma flamme, c'est tout l'inverse !

Son regard se voile de tristesse.

– Crois-moi, je le sais… Mon cœur est brisé et il n'ira pas mieux du jour au lendemain non plus.

Je déglutis péniblement, avant de poser mes mains sur ses poignets. On s'est fait du mal mutuellement, à cause de ses mensonges. Peut-être que, dans d'autres circonstances, j'aurais pu simplement le rencontrer et vivre quelque chose d'un peu plus… simple. Mais avec des si, on pourrait refaire le monde. Je ne sais pas ce qui arrivera demain, ou dans une semaine, mais une chose est certaine, je veux avancer. Et la seule chose qui pourrait m'y aider, c'est qu'il soit honnête.

– J'ai besoin de comprendre, Pothos. Pourquoi moi ? Pourquoi tu voulais me briser le cœur ? Tu me l'aurais dit, si Éros ne l'avait pas fait ?

Il se détache de moi, nos yeux ne se quittant pas. Pothos semble hésitant, plus qu'il ne l'a jamais été, et je suis au moins certaine qu'il n'y a pas de faux-semblants entre nous, lui qui ne supporte pas de se montrer si humain.

– Tu es la première mortelle que j'ai croisée une fois sur Terre. Tu m'as soigné, tu n'étais clairement pas indifférente… Et je n'avais qu'un mois pour briser un cœur. C'était la facilité, avoue-t-il, coupable.

J'encaisse ses mots, douloureux mais nécessaires, alors que les larmes continuent de couler. Pothos prend une profonde inspiration, jetant une œillade vers le ciel étoilé, avant de revenir vers moi.

– Je ne m'attendais pas à ressentir tant de choses, admet-il. Je n'ai pas eu le temps de comprendre ce qui m'arrivait. Te savoir avec cet humain me mettait en colère, et la simple idée de te briser le cœur me faisait mal… J'ai eu beau tenter de nier la réalité, il était évident que je ressentais des choses pour toi. Je n'aurais jamais pu te faire du mal volontairement.

Je vois bien que chacun de ses mots lui coûte, lui qui ne s'ouvre jamais. Je déglutis avant de prendre sa main dans la mienne pour l'encourager à continuer. Son regard passe de nos mains à mon visage, et je lui adresse un maigre sourire.

– Pour ce qui est de te le dire… Honnêtement, non, je ne te l'aurais sans doute jamais avoué, confesse-t-il. J'aurais trouvé un autre moyen de récupérer mes ailes tout en te gardant près de moi, et j'aurais eu peur que tu me détestes en t'avouant la vérité…

– Tu regrettes de m'avoir rencontrée ?

Il cille, outré par ma question.

– Quoi ? Bien sûr que non, Thalya ! Au contraire… Enfin, si ça avait pu t'éviter des souffrances, peut-être… Mais je suis égoïste, et ma vie n'aurait pas valu la peine d'être vécue sans toi, alors non. Et je sais à présent que j'aurais dû avoir confiance en toi…

Je hoche la tête avant d'éloigner la main de la sienne et j'ai l'impression qu'un fossé se creuse entre nous. Au moins, il a été complètement honnête.

– Merci de me l'avoir dit, Pothos.

Il relève vivement la tête vers moi et je me mords la lèvre. Ses mots ne changent pas grand-chose. Je crois que seul le temps ou les actes seront capables de m'aider.

– Pourquoi cela ressemble-t-il à un au revoir ? demande-t-il d'une voix chevrotante.

– Je…

– Ne me quitte pas, Thalya, me coupe Pothos. Ce n'est pas une supplique, parce que je ne veux pas t'avoir près de moi si tu ne ressens pas ce que je ressens. C'est un souhait… Parce que c'est tout ce que je désire. Je sais que j'ai besoin de toi près de moi…

– J'ai besoin de temps, Pothos.

Je me mords la lèvre en me retenant de pleurer. Il pose délicatement sa main sur ma joue.

– Je… commence-t-il, hésitant. Tout ce que je ressens pour toi est fort et sincère, Thalya. C'est pour cette raison que mon cœur s'est brisé. Et c'est également pour ça que je n'ai aucune envie de voir les choses s'arrêter entre nous.

– Et si moi, j'en avais envie ? dis-je sans réfléchir.

– Est-ce que… c'est le cas ?

Il se décompose, et mon cœur en prend un coup. Je pensais que je ne pouvais pas lui faire de mal, je me trompais, et je déteste ça. Ça ne me soulage pas, au contraire. Je me frotte les bras avant d'inspirer, hésitant l'espace d'un court instant à mentir. Mais à quoi bon ? Il est évident que je ne peux pas me résoudre à le laisser s'éloigner, autrement je ne lui aurais pas accordé cette soirée. Je pose à nouveau mon regard sur lui, et l'intensité avec laquelle il m'observe m'arrache un frisson.

– Non. Mais ça ne veut pas dire pour autant que je peux te pardonner…

– Alors pourquoi est-ce qu'on ne peut pas tenter d'avancer ? demande-t-il, soulagé. Essaie, Thalya…

Il y a tellement de raisons. Tellement de raisons qu'il a besoin de comprendre.

– Tu es… toi, expliqué-je. Tu n'abandonneras jamais ta nature, je vais vieillir alors que tu resteras toi.

Quel avenir peut-on avoir ? Je n'ai pas non plus envie d'être avec quelqu'un qui parcourt le monde en vue de charmer des inconnus… Ce n'est pas le genre de relation que je désire.

– Oublie tout ça. Pense juste à moi. Rien de plus. On en discutera, je te le promets. Mais je veux simplement savoir si tu me veux, moi et rien que moi.

Je plonge mes iris dans les siens. C'est le moment pour moi de faire un choix. Soit je dis non et je le perds pour toujours, soit j'accepte de lui laisser une chance et j'essaie de passer au-delà de sa trahison. J'ignore quoi faire. Ma raison me souffle qu'aucun avenir n'est possible avec un dieu, tandis que mon cœur ne cesse de battre pour lui.

– Oui. Je te veux, murmuré-je en tournant la tête vers l'horizon.

Le silence accueille mon aveu. Lorsque j'observe Pothos à nouveau, il semble… déterminé. Il s'avance brusquement pour écraser ses lèvres sur les miennes, et ce baiser a un goût salé à cause des larmes sur mes joues. Sa langue cherche la mienne, nos dents s'entrechoquent, et je me cramponne à son cou de peur de le voir m'échapper. Je lui en veux et ça ne risque pas de changer de sitôt, mais je veux y travailler. Je tiens trop à lui pour accepter de le perdre. Peut-être que je vais souffrir, oui, mais je crois que ça en vaut la peine.

Petit à petit, il me relâche, s'écarte de moi, inquiet. Je tiens fermement sa main dans la mienne. Je vois bien qu'il a peur que je ne m'échappe. Il en est même venu à me kidnapper pour réussir à me dire ce qu'il avait sur le cœur, c'est dire.

– Tu vois cette étoile ? demande-t-il, rompant le silence.

Je hoche la tête, attentive.

– Nyx l'a créée pour l'une de ses enfants, Achlys. Pour qu'elle puisse la voir même des Enfers.

Il attend que je réagisse, mais j'ai encore du mal à passer à autre chose. Je ne l'ai jamais vu si sincère, si ému, et je crois que ça me fait quelque chose.

– En ce qui concerne ma nature de dieu… reprend-il.

Je lui jette un regard interrogateur.

– Tu as raison, je n'ai aucune envie de devenir humain, avoue-t-il. Mais je ne compte pas rester un dieu de l'amour… Je veux être avec toi, rien que toi.

Je m'arrête pour être sûre de comprendre.

– Alors quoi ? Je vais vieillir et tu vas rester jeune ?

– Je peux adapter mon apparence, tu sais… Je peux me vieillir. Je pense qu'aucun de nous ne doit avoir à faire de sacrifice pour cette relation. Mais ça ne veut pas dire que je ne ressens rien pour toi, bien au contraire.

– Il y aura un jour où je vais mourir, Pothos. Je ne suis pas sûre que tout cela ait du sens…

Il passe une main sur sa nuque, nerveux. C'est rare de le voir aussi humain.

– Tu as raison. Peut-être que ça n'a pas d'avenir, oui. Peut-être qu'on fonce dans un mur et qu'avec tout ce que j'ai fait, je peux nous attirer des ennuis.

Mais tu sais quoi, Thalya ? Je crois que je veux vivre dans le présent. Et ce présent t'inclut.

Je me mords la lèvre, les yeux larmoyants.

– J'ai peur, Pothos, avoué-je. J'ai peur d'être blessée, de ne pas réussir à dépasser ce que tu m'as caché, que ça ne marche pas entre nous… J'ai peur de ne pas savoir gérer cette relation.

Il encadre mon visage avant de déposer ses lèvres sur les miennes avec douceur. Ce n'est pas un baiser passionné, non, c'est une simple preuve de ce qu'il ressent. Il a peur lui aussi, et seule cette connexion physique entre nous nous prouve que tout ira bien.

– Je te rappelle que je ne sais pas aimer. Je suis égoïste, et en quelques millénaires, je n'ai pas une seule fois ressenti cela, que ce soit pour un mortel ou un de mes semblables. Te dire que je n'ai pas peur serait un mensonge. J'ai le cœur brisé, Thalya. Souffrir autant est insupportable, je ne sais pas comment font les humains. Je suis aussi terrorisé que tu ne me pardonnes jamais et de te perdre. Mais c'est ce qui m'aide à comprendre mes sentiments. Si je ne ressentais pas ça, c'est que je ne ressentirais rien pour toi.

Émue, je fonce dans ses bras. J'encercle sa taille, mon corps moulé au sien. Je l'entends soupirer de bien-être.

– Tu n'imagines pas comme je suis soulagé, souffle-t-il dans mes cheveux.

– Moi aussi… Mais j'ai besoin de temps, Pothos.

– Quoi ?

Ses épaules s'affaissent avant qu'il ne s'écarte pour observer mon expression. Je m'en veux de le déstabiliser, de ne pas pouvoir lui assurer que tout est réglé, mais c'est nécessaire. Je dépose mon front contre mon épaule, écoutant son cœur battre à mille à l'heure.

– Je te veux, je le pense toujours. Mais j'ai besoin de temps, d'un peu d'espace pour réfléchir, tu comprends ?

Il inspire profondément, prenant sur lui, et je vois à quel point il est dur pour lui de me laisser partir.

– Si c'est ce que tu désires… Mais si tu as besoin de moi, envoie un message à Éros. Je serai là.

– Merci, soufflé-je.

Je m'apprête à déposer un baiser sur sa joue, mais des lampes torches nous éclairent. *Foutus gardiens !*

– Merde !

– Accroche-toi à moi, déclare-t-il en déployant ses ailes. On décolle.

Je n'attends pas pour m'exécuter, puis il m'emporte loin d'ici. Mes jambes s'enroulent instinctivement autour de sa taille, et je tente de faire abstraction de la proximité de nos corps. Il veille à ne pas monter trop haut pour ne pas que je manque d'oxygène, planant dans le ciel. Cela semble lui faire un bien fou, son visage se détendant peu à peu.

– Un jour, si tout revient à la normale, si j'arrive à te pardonner, j'aimerais que tu m'emmènes voler simplement pour le plaisir, demandé-je.

Un doux sourire étire ses lèvres alors que je resserre ma prise autour de son cou.

– Je compte bien te prouver que je suis digne de toi, Thalya.

CHAPITRE 32

POTHOS

– Bouge de là, Pothos.

Je grommelle en jetant un regard mauvais à Éros. Je n'ai aucune envie de me lever. J'ai déposé Thalya chez elle comme je l'avais promis, même si j'ai eu du mal à la quitter. Elle a besoin d'espace. J'essaie de le comprendre, mais j'ai terriblement peur qu'elle se dise qu'elle ne veut pas de moi avec cette distance. Elle pourrait être heureuse sans moi, rien ne l'empêche d'être avec ce mortel avec qui elle est sortie. Elle pourrait trouver le bonheur avec un autre, et cette idée a le don de me foutre en vrac. Alors je suis allé me réfugier chez Éros et Kaléa, même si mon frère est la dernière personne que j'avais envie de voir. S'il n'avait pas ouvert sa grande bouche, rien de tout cela ne serait arrivé.

– Kaléa a dit que je pouvais rester dans votre canapé.

– Ma femme est trop gentille. Je n'ai aucune envie de te voir te lamenter. Alors lève-toi, nous allons discuter.

Je me redresse. Il tente de me donner des ordres ? Vraiment ?

– Tu veux jouer au grand frère, maintenant ?

– Je te laisse ce rôle ingrat, Pothos.

Éros lâche un rire grave alors que je le fusille du regard. Cette situation semble l'amuser, mais ce n'est pas mon cas. Je n'arrête pas de penser à Thalya et au fait que, tôt ou tard, je la perdrai. Moi qui suis d'habitude si détaché, je n'ai pas la tête à écouter les rires de mon frère.

– Maintenant, lève-toi avant que je ne décide d'appeler Antéros. Ou pire… Le reste de notre fratrie.

Il ne m'en faut pas plus pour bouger, le corps ankylosé. Mêler Antéros à toute cette histoire est encore supportable : il s'énerverait très certainement à cause du pétrin dans lequel je me suis mis, mais il me soutiendrait. Pour ce qui est des autres… Hors de question de prendre ce risque. Hermaphroditos serait le premier à critiquer, et si je peux encaisser des remarques désobligeantes sur mes ailes ou ma faiblesse, il n'est pas question que je les écoute parler de Thalya. Je suis bien trop sensible ces derniers temps pour pouvoir me contrôler face à eux.

Je passe devant Éros pour rejoindre la cuisine, et je ne suis pas surpris de trouver Kaléa en train de déjeuner. Elle m'adresse un sourire amical auquel je ne réponds pas quand je m'assieds face à elle.

Je sais qu'elle cherche à se montrer gentille, mais la seule personne que je désire voir n'est pas ici.

– Éros a enfin réussi à te faire réagir ? demande-t-elle doucement.

– Non, j'ai dû le menacer, explique ce dernier en nous rejoignant.

Je m'affale sur mon siège, me moquant royalement d'avoir l'air désespéré. Je le suis. Je n'ai aucune nouvelle de Thalya depuis deux jours, alors peu importe ce que mon frère ou sa femme pourront dire.

– Comment tu te sens, Pothos ? me questionne Éros. J'aurais voulu t'épargner cette tâche, je suis navré. Thalya devait être dévastée.

– Mais cesseras-tu donc de jacasser un jour ! m'étouffé-je.

– De quoi tu parles ? demande Kaléa.

Ma mâchoire se crispe alors qu'Éros répond à sa femme. Il fallait que ça sorte, ce n'était qu'une question de temps. Je commence à saturer de ses conneries, alors qu'il n'a aucune idée de ce qui est réellement arrivé.

– Il a brisé le cœur de Thalya, c'est évident. Je n'ai pas dû réussir, elle avait trop confiance en lui pour me croire. C'est pour ça qu'il est si mal, déclare Éros.

– Ne parle pas alors que tu ne sais rien ! Je ne lui ai pas brisé le cœur ! Et je ne lui aurais jamais fait de mal si tu ne t'en étais pas mêlé !

Je me lève d'un bon en donnant un coup de poing contre la table en bois. Il commence sérieusement à me taper sur le système. J'ai déjà suffisamment de mal à me pardonner moi-même, je n'ai pas besoin qu'il en rajoute une couche ! Surtout qu'il est en partie responsable de mon chagrin. Il juge sans savoir, sans connaître mes sentiments. Peut-être que le grand Éros fait tout comme il faut, mais je ne suis pas lui. J'aimerais qu'il arrête de souligner mes erreurs sans cesse et qu'il me soutienne comme j'ai pu le faire avec lui. *Comme un frère, et non comme un ancien dieu.*

Éros se lève à son tour, furieux.

– Tu penses que j'avais le choix ? Il était hors de question que je te laisse agir pour que tu le regrettes ensuite ! Peut-être que tu me vois comme un frère horrible, mais je voulais te protéger de toi-même ! Je préférais m'en charger !

Mes ailes se déploient dans mon dos sans que je le maîtrise, et je contrôle tant bien que mal les larmes qui menacent de couler. Me protéger ? C'est ça qu'il voulait faire ?

– Me protéger, Éros ? Tu sais ce qu'il s'est passé ? Mon cœur s'est brisé parce que j'ai cru détruire Thalya ! Alors, vas-y, dis-moi : c'est comme ça que tu voulais me protéger ?

Mon frère baisse les bras, abasourdi, alors que Kaléa me scrute, les yeux écarquillés. Ils n'entendent pas ces battements de cœur étranges qui résonnent en moi, ils ne sentent pas ce vide qui semble aspirer tout ce qu'il y a de positif. Non, ils ne voient que mes erreurs et me les reprochent. Je souffre autant que Thalya de toute cette situation. J'essuie rageusement la larme qui m'a échappé et je repousse Éros lorsqu'il tente de m'approcher.

– Pothos… Je suis désolé…

– Il fallait y penser avant.

Je contourne mon frère pour sortir d'ici lorsque Kaléa s'interpose, un regard mauvais sur le visage.

– Tu devrais te calmer.

– Me calmer ? Tu ne vois pas qu'il a merdé ? Non, évidemment ! Pourquoi contredire ton âme sœur ?

Je lâche un rire jaune devant l'œillade que jette Kaléa à son mari. Bien sûr qu'elle le soutient, elle l'a aidé à parler à Thalya. *À quoi pensais-je en venant ici ?*

– Ne te méprends pas, je ne cautionne pas. Éros pensait bien faire, même si je pense qu'il aurait dû te laisser gérer. Mais tu sais pourquoi tu n'as pas le droit de t'énerver ?

Je ne réponds pas, buté. Je n'ai aucune envie de gâcher le peu d'énergie qu'il me reste.

– Parce que je sais que tu étais prêt à me laisser mourir. Tout ce qui t'importait, c'était qu'Éros aille bien. Je ne t'en veux pas, j'aurais agi de la même façon. Tu as agi en frère, sans te soucier des pièces rapportées, et c'est ce qu'Éros a fait aussi.

Je sens ma colère retomber peu à peu alors que mon estomac se noue. Ça me tue de l'avouer, mais

Kaléa a raison. Avant de la connaître, j'étais prêt à la laisser mourir. J'ai failli prévenir Aphrodite pour protéger Éros. J'aurais tout fait pour ne pas le voir châtié… Même si ça voulait dire perdre sa confiance pour toujours.

Je me laisse tomber sur ma chaise, les ailes rentrées, le souffle court. Elle a raison. Nos situations ne sont pas si différentes. Éros s'approche de moi puis pose une main sur mon épaule, que je ne repousse pas, cette fois.

– Je suis désolé, Pothos. Vraiment.

– Pas autant que moi…

Je lui en veux de ne pas m'avoir aidé, d'avoir préféré tout dire à Thalya et d'avoir attisé le brandon de la discorde au lieu de venir me trouver, mais rien ne serait arrivé sans ma bêtise.

– Est-ce que tu souffres ? Je veux dire, ton cœur… m'interroge Éros avec hésitation.

Je souris tristement. La douleur n'est pas seulement une douleur vive, c'est aussi un calvaire sur le long terme. Un sentiment profond qui blesse de l'intérieur et qui refuse de me quitter.

– C'est une souffrance psychique qui se traduit aussi par un mal physique, oui. C'est un peu comme un énorme vide qui aspire tout le positif.

– Je vois ce que tu veux dire, répond Kaléa.

Je hoche la tête, les yeux rivés sur la table. Nous n'avons pas eu le cœur brisé de la même façon, mais je sais qu'elle me comprend. Même un cœur originel ne peut pas être intouchable. Toutefois, ma seule vraie préoccupation est de savoir si Thalya ira bien une fois que l'Olympe saura tout… Parce qu'il est évident que notre secret ne le sera plus très longtemps, maintenant que j'ai décidé de rester près d'elle. Si Kaléa s'en est sortie, je ne pense pas que l'Olympe sera aussi clément cette fois-ci.

– Aphrodite m'inquiète, soufflé-je. Elle va bien finir par découvrir que je n'ai réparé aucun cœur. Pire, que j'ai brisé le mien. Et comme me l'a rappelé Kaléa, Thalya en sait trop. Je dois le lui annoncer moi-même, ou les répercussions pourraient être terribles…

Éros hoche la tête. Aphrodite a beau être notre mère, personne ne voudrait subir son courroux. Et si l'Olympe décide d'être contre nous, notre vie pourrait être en jeu.

– Je pense que notre mère peut comprendre…

– Je n'en suis pas convaincu. Mais à supposer qu'elle l'accepte, mon cœur est brisé. C'est une règle transgressée, et elle est sans doute bien pire que celles que tu as outrepassées. Je ne sais pas quelles sont les conséquences, mais ce n'est sûrement pas pour rien que cela nous est interdit.

– Est-ce que tu as senti des changements sur tes pouvoirs ? demande-t-il.

Je n'ai pas fait attention. J'ai brisé la source de mes pouvoirs ; je peux encore lire dans les esprits ou entendre les cœurs, mais cela a forcément dû avoir un impact.

– Je n'avais pas vraiment la tête à les tester, dernièrement !

– Alors attends, et tu verras. Aphrodite doit venir nous rendre visite d'ici peu, intervient Kaléa.

Je me fige immédiatement pour les dévisager. Il y a forcément erreur.

– Notre mère, sur Terre ?

– Oui. Je crois qu'elle espère la nouvelle d'une grossesse… s'amuse Éros.

– Attends… Quoi ? Tu es enceinte ? demandé-je à Kaléa.

– Absolument pas.

Je me passe une main sur le visage, de plus en plus perdu. Cette journée n'en finit pas… Je n'ai pas de nouvelles de Thalya, je ne peux pas la voir étant donné que je lui ai promis de l'espace, je vais devoir faire face à ma mère, et maintenant cette histoire d'enfant ? Je crois que j'ai besoin d'une pause. Je lève les yeux vers l'Olympe. Je n'ai même plus envie d'essayer de comprendre, je n'en ai pas la force.

– Peu importe. J'en profiterai pour tenter de l'amadouer. Le seul sujet flou reste notre avenir, à Thalya et moi, soupiré-je.

– Pourquoi ? s'étonne Kaléa.

– Je ne deviendrai pas humain et elle finira par mourir… Elle pense que nous n'avons pas d'avenir et je crois que ça lui fait peur. Je n'ai pas encore trouvé de solution.

– Rends-la immortelle, tente Kaléa.

D'un seul mouvement, Éros et moi nous tournons vers elle. Elle lâche un rire gêné.

– Quoi ? Vous êtes des dieux, non ? Vous ne pouvez pas faire ça ?

– Pas qu'on le sache, sinon je te l'aurais proposé à l'époque, répond Éros.

Je dévisage Kaléa, mon cœur battant à tout rompre. L'immortalité est une solution que j'ai imaginée, mais je n'ai pas une seule fois pensé que je pouvais être celui qui la rendrait immortelle. C'était impossible à mes yeux… Pourtant il existe bien une solution, un moyen pour elle de devenir éternelle sans que cela vienne d'un autre dieu… Un moyen simple, qui rend notre avenir plus que possible.

– Je crois que tu m'as donné la solution… soufflé-je.

Tous deux me dévisagent, incrédules. Il existe un moyen de rendre Thalya aussi immortelle que je le suis. Si Éros a partagé son cœur en deux pour sauver Kaléa, je peux offrir un avenir à Thalya d'une autre façon. Là-haut, l'union divine nous permet de partager nos pouvoirs avec notre moitié, ce qui inclut notre immortalité… C'est impossible de le faire avec nos cibles, mais Thalya ne l'est pas. Et je n'ai pas besoin de réfléchir pour savoir que je donnerais tout pour ne jamais voir Thalya disparaître.

Je n'ai plus qu'à lui offrir l'immortalité.

CHAPITRE 33

THALYA

– Bon, tu retires ce foutu bandeau, maintenant ? grommelé-je.

– Attends encore un peu !

Cooper me guide je ne sais où. Quand je lui ai demandé de venir en soirée avec moi, il n'a pas hésité une seule seconde avant d'accepter. J'aurais dû me méfier. Voilà que je me retrouve les yeux bandés à devoir lui obéir au doigt et à l'œil si je ne veux pas tomber.

– Je voulais que tu me changes les idées, Cooper ! Pas jouer à colin-maillard…

– Et si tu arrêtais de râler pour profiter ?

– On verra en fonction de là où tu m'emmènes…

Je l'entends rire dans mon dos, et je ne peux retenir un sourire. Voilà ce qu'il me fallait, passer un peu de temps avec mon meilleur ami, rire et tenter de mettre de l'ordre dans mes idées. Je ne sais pas encore ce que je veux, et je sais que Cooper m'aidera à y voir plus clair.

Le vol du retour avec Pothos a été bien plus paisible que l'aller. Bien calée dans ses bras, sa chaleur m'a enveloppée comme un cocon. Mon corps moulé au sien, il aurait suffi de quelques minutes de plus pour que je m'endorme contre lui. Pothos m'a déposée chez moi comme promis, puis il m'a laissée sans tenter de me retenir. Dire que je n'ai pas été surprise serait un mensonge. Je m'attendais à ce qu'il tente de m'amadouer de ses charmes, mais ce n'est pas plus mal qu'il ne l'ait pas fait, je n'aurais pas su résister.

Après cette soirée haute en émotions, j'ai à peine dormi, trop occupée à ressasser notre discussion. Et les jours suivants ont été un éternel recommencement. Je n'ai fait que penser à lui pendant la semaine qui s'est écoulée, et j'en suis venue à la conclusion que je devais sortir. Je tournais en rond. Je dois voir mes amis, m'amuser, tenter de reprendre une existence normale pour arrêter de me focaliser sur Pothos.

Je sens des pavés sous mes pieds, puis Cooper me demande de lever une jambe pour monter une marche. J'entends une porte s'ouvrir et se refermer. Quelques voix résonnent autour de nous. Je n'ai absolument aucune idée d'où nous sommes, ni de combien de temps j'ai marché dans le noir.

– OK, je vais te retirer le bandeau. Prête ? décrète-t-il finalement.

– Vas-y.

Cooper soulève délicatement le tissu. Mes yeux s'adaptent progressivement à la luminosité, puis j'observe l'endroit où nous sommes avec déception. Une bibliothèque. Elle n'a rien d'impressionnant, en plus. Les meubles n'ont pas de hauteurs délirantes, les livres ne sont pas rangés par couleur… Ce n'est qu'une bête bibliothèque. Cooper m'a fait tout ce cirque pour ça ? Je me tourne doucement vers mon meilleur ami tandis qu'il se mord la lèvre, glissant les mains dans ses poches.

– Tu m'as emmenée à la bibliothèque ? Tu étais obligé de me bander les yeux ?

Il tente un sourire.

– J'ai vu ça à la télé, j'ai trouvé ça cool… Ça surprend, non ?

J'éclate de rire, et il me répond par une grimace hésitante.

– Cooper… Ne reproduis pas ce que tu vois dans les films, ça ne marche pas.

– Surprise ratée, alors ?

– Tant que je n'ai pas compris ce qu'on fait ici, oui !

Il ne s'en formalise pas. Il m'attire vers une table et y dépose son ordinateur. Je l'observe, patiente. Il a voulu me faire plaisir, je lui en suis reconnaissante.

– Ces derniers temps, tu t'es beaucoup concentrée sur le mec que tu voyais, explique-t-il.

Je baisse la tête, coupable.

– Je suis désolée si je vous ai délaissés, soufflé-je.

Cooper secoue vivement la tête.

– Je ne te demande pas d'excuse. Je veux juste t'aider à te reconnecter à la réalité.

Pendant que son ordinateur s'allume, il tire une chaise pour me permettre de m'asseoir, et je m'exécute. Me reconnecter à la réalité ? Il est clair que le dieu m'a un peu fait tourner la tête, mais je crois avoir gardé les pieds sur Terre – presque toujours.

– Et tu veux faire comment ? demandé-je, sourcils froncés.

– On va te chercher des entretiens. Tu as cru que ta vie allait se construire seule ? Où est la Thalya qui rêvait de commencer à bosser ? se moque-t-il.

Ma respiration se coupe lorsque je comprends. Cooper a raison. Ces dernières semaines, j'ai complètement délaissé ma vie professionnelle, alors que j'ai travaillé dur pour en arriver là. Je ne peux pas oublier ma vie pour des sentiments qui me sont tombés dessus d'un seul coup.

Je retire mon manteau sans attendre, puis je me tourne vers mon meilleur ami en lui souriant sincèrement.

– Merci, Cooper.

– Quand tu veux ! Enfin, sauf la nuit, je dors.

J'étouffe un rire – le silence est de rigueur –, puis nous passons l'heure suivante à faire défiler toutes les offres d'emplois qui m'intéressent. Il y en a dans tout le pays, mais je tente de me concentrer exclusivement sur l'État de Washington. Je me focalise sur les musées et les centres de recherche, et les descriptions de poste suffisent à me rappeler pourquoi j'ai autant travaillé. Je veux être en contact avec des objets historiques, je veux pouvoir retracer l'Histoire et la comprendre. Seattle n'est pas très riche en offres, mais suffisamment pour me permettre de postuler à six emplois différents. Je referme l'ordinateur de mon ami, le sourire aux lèvres.

– On verra si je suis prise pour un entretien, mais au moins, c'est fait !

– Satisfaite ?

Je hoche la tête.

– J'en avais besoin. Merci.

Mon meilleur ami plante son regard dans le mien, et je vois qu'il hésite. Ça ne lui ressemble pas, il n'y a jamais eu de tabou entre nous. Il se passe une main sur le visage, et je pose la main sur son bras pour l'encourager.

– Vas-y, dis-moi.

– Je déteste te voir malheureuse. Tu m'as dit que vous aviez parlé avec ce mec, mais je n'ai pas l'impression que ça t'aide vraiment. Alors si tu veux en discuter, je suis là. Je t'écoute quand tu veux.

Je baisse la tête, le cœur serré. J'aimerais tellement pouvoir le faire, vider mon sac. Mais je ne trahirais jamais le secret de Pothos, même s'il m'a blessée.

– Je ne suis pas malheureuse, juste perdue, admets-je toutefois. Je ne me suis pas vraiment posé la question de ce qu'il représentait pour moi, et maintenant, je ne sais pas si je peux lui pardonner le fait qu'il m'ait fait souffrir…

– Tu te sens comment quand tu es avec lui ?

Je me mords la lèvre. Au début, qu'est-ce que je le détestais ! Un vrai con. Puis il a préparé cette surprise sur le toit… J'ai eu l'impression de partager quelque chose de vrai. Juste après, il s'est comporté comme un abruti face à Easton avant de m'insulter. C'était pour moi la preuve que rien ne serait jamais possible entre nous, mais il a encore réussi à me surprendre avec l'étoile et ce moment dans le parc. *Tout est tellement contradictoire.* Je replace doucement une mèche de mes cheveux, le cœur battant à tout rompre à ces souvenirs, et je plonge mon regard dans celui de mon meilleur ami. Ce qui est certain, c'est que je ressens des choses.

– Il me fait passer d'un bonheur intense à une colère monstre en un instant, soupiré-je.

Cooper rit.

– Tu trouves ça drôle ?

– Non, rétorque Cooper, les lèvres pincées. C'est juste que c'est normal, tu ne t'énerves pas avec quelqu'un qui t'indiffère. Le plus important c'est de savoir si toutes les fois où tu as souri valent le coup. Suffisamment pour passer au-dessus de ce que tu lui reproches. Réfléchis à ça. Et surtout, ne perds pas trop de temps… Si tu le perds sans avoir décidé, tu le regretteras.

J'avale ma salive, percée à jour. Je suis terrorisée à l'idée de pardonner Pothos. Il est sincère, mais qui me dit qu'il ne me manipulera pas encore ? Pourtant, Cooper a raison. Je n'aurais pas peur si je ne ressentais rien.

J'attrape son ordinateur d'un geste vif pour le ranger dans sa housse et m'occuper les mains, avant de changer de sujet.

– Et toi, tu ressens quoi quand tu es avec Grace ?

– OK, je crois que c'est le moment de la rejoindre, sinon elle va nous attendre au bar, ricane-t-il.

– Je vais d'abord passer me changer, dis-je avec un clin d'œil.

Il se lève, les yeux plissés.

– Ne crois pas que je n'ai pas compris ton petit jeu… Mais si tu ne veux pas parler, je le respecte. Fais juste attention à toi.

Je lui souris avant de le suivre, et je lui souffle un merci qui vient du plus profond de mon cœur. Je glisse mon bras sous le sien, l'esprit un peu plus serein grâce à lui. Je ne dois pas uniquement penser à Pothos, je dois aussi penser à moi, et surtout à ma vie. Je ne peux pas tout abandonner pour lui.

On parle souvent d'amour, mais pas assez d'amitié… parce que sans Cooper, je crois que ma vie ne serait pas pareille.

CHAPITRE 34

THALYA

– Dans quel genre de plan tu m'as traînée, Grace ? chuchoté-je.

Je lève les yeux au ciel devant le bar bondé où nous avions l'habitude d'aller après les cours. Mon amie me sourit, et je sais que ça n'augure rien de bon. Je n'aurais pas dû écouter Cooper… Rester chez moi était une bien meilleure option.

– Une soirée ! Je ne crois pas à ton histoire de mec mystère, alors tu vas rencontrer des gens et t'amuser !

– Tu veux que je… drague ? m'indigné-je.

Je la dévisage avant de triturer le tissu de ma robe, exaspérée par l'ambiance qui règne au *Studio 16*. Ce genre d'événement a lieu une fois par mois, et j'aimais bien y aller… avant. Aujourd'hui, je veux seulement me changer les idées, mais pas oublier Pothos dans les bras d'un autre. Pourtant, Grace semble très fière d'elle.

– Évidemment !

Je secoue la tête pour refuser. Il est hors de question que je fasse une chose pareille. Pothos et moi avons beau être dans une situation compliquée, c'est lui qui hante toutes mes pensées. Je n'ai aucune envie de rencontrer d'autres personnes, surtout pas quand je le sais aussi mal. J'ai vu Easton au début, oui, parce que je pensais que Pothos et moi n'avions aucun avenir. Depuis, les choses ont beaucoup évolué. Au moins, Cooper l'a compris, lui !

– C'est non, Grace.

– Quoi ? Tu es fidèle à ton mec imaginaire ? demande-t-elle avec son tact habituel. Allez, bois un verre, amuse-toi, j'ai l'impression que ça fait une éternité qu'on n'est pas sorties !

Je suis agacée, mais au fond, ce n'est pas Grace le souci. Ce genre de plan m'aurait sans doute amusée il y a quelques semaines. Sauf que ma vie a été totalement chamboulée depuis. Elle tente de m'aider, je lui ai dit vouloir me changer les idées… Si j'avais su, je me serais tue.

– Au moindre geste déplacé d'un de ces mecs, je lui en colle une.

– Ça roule.

Elle me sourit largement, satisfaite, puis me prend le bras pour aller au bar. *J'aurais dû mettre un jean plutôt que cette combinaison trop moulante !* Je sens certains regards peser sur nous, chose dont j'ai horreur, mais j'essaie d'en faire abstraction pour me concentrer sur l'ambiance. J'ai toujours aimé cet endroit ; les serveuses se déplacent en rollers, les tables sont isolées les unes des autres, rendant le lieu plus intime, et ma partie préférée est l'espace derrière le bar : le mur des signatures. C'est ici que les habitués laissent une marque de leur passage, et Cooper, Grace et moi y avons laissé nos noms il y a déjà plus de deux ans. J'ai l'impression que ça remonte à une éternité.

– Salut, les filles. Qu'est-ce que je vous sers ce soir ?

– Salut, Grayson. Le cocktail du moment, c'est possible ? demandé-je en continuant de surveiller notre entourage.

Le propriétaire est devenu une bonne connaissance au fil des années. Il acquiesce, puis nous prépare un cocktail à base d'épices. Sa spécialité… et il arrache. C'est le style de boisson qui vous fait oublier tous vos soucis l'espace de quelques gorgées, et c'est précisément ce dont j'ai besoin. Grace en commande un troisième pour Cooper qui nous rejoint quelques minutes plus tard. Il me claque un baiser sur la joue après avoir embrassé sa copine.

– On aurait mieux fait de rester sur le campus, grommelle-t-il.

Grace lui jette un regard lourd de sens.

– Ne mens pas, Cooper. Je ne t'ai pas proposé de venir, tu t'es porté volontaire pour ne pas que je me fasse draguer.

Il hausse les épaules, indifférent, et je retiens un rire. C'est tout à fait le genre de mon ami, et c'est ce qui fait de lui quelqu'un de si attentionné. Même si Grace ne semble pas le remarquer.

– Désolé pour toi que tu doives suivre son plan tordu, s'excuse-t-il.

– On a vu pire.

Mon meilleur ami m'adresse un sourire, que je lui rends. Voilà ce qu'il me fallait, ma dose de Cooper. Quand je saturais pendant nos exams, il arrivait toujours à me faire rire. Une fois, il a rempli ma chambre de ballons d'hélium. On avait ensuite passé la soirée à chanter avec des voix déformées… J'en ai eu mal aux joues à force de rire. Depuis qu'on se connaît, il a été présent pour moi à chaque instant.

– Bon, si vous voulez bien, commence Grace, j'ai très envie d'aller changer cette musique affreuse sur la borne que Grayson a installée ! Tu viens, Cooper ?

Mon ami me jette un regard désolé avant de m'abandonner quelques secondes au bar. J'avale une grande gorgée de ma boisson. Je sais me débrouiller seule, la preuve, je sais tenir tête à Pothos, j'y arriverai bien avec un humain ! Je cherche mes deux amis à travers la foule, et je souris en les voyant se chamailler. J'envie cette relation si simple, au moins ils peuvent être ensemble sans penser au reste… Je reprends mon cocktail tout en les observant lorsqu'un homme s'arrête en plein milieu de mon champ de vision.

– Thalya, je suppose ? demande-t-il.

Je lève les yeux vers lui, mais sa tête ne me revient pas. Ses longs cheveux blonds lui donnent un air de surfeur et ses yeux charbonneux ne font pas le poids face à un regard aussi profond que celui de Pothos. Il est un peu plus grand que moi, trapu, et je fronce les sourcils. Je suis sûre de ne jamais l'avoir rencontré de ma vie.

– Oui… Tu es ?

– Indigo. C'est Grace qui m'a conseillé de passer te voir.

Je jette un regard mauvais à ma meilleure amie pour la découvrir en train de m'encourager en levant les pouces en l'air. *Elle plaisante ?* Je me tourne à nouveau vers l'inconnu et lui adresse un sourire désolé.

– Désolée, mon amie a tendance à se mêler de ce qui ne la regarde pas.

– Ça a l'air, oui. Mais tant qu'on est là, je peux t'offrir un verre ?

– C'est gentil, mais j'ai quelqu'un dans ma vie… réponds-je.

– Oh. Ce n'est pas gênant, tu sais…

Ma mâchoire manque de se décrocher alors qu'un rire m'échappe. Je n'ai pas le temps d'intervenir que quelqu'un le fait pour moi.

– Non, c'est non, intervient Grayson.

Je cache mon sourire derrière ma main. Tout le monde ici sait que Grayson ne laisse rien passer, que ce soit avec ses serveuses ou ses clientes. Un mot de travers, un geste déplacé ? C'est la porte. Et c'est bien ce qui rend cet endroit si fiable. Indigo fait demi-tour, non sans un sourire dans ma direction, et je grimace avant de me retourner vers Grayson.

– Merci, tu m'as évité un moment très gênant.

– Avec plaisir. Ça fait un bail que je ne t'ai pas vue, tu as eu ton diplôme ?

Je souris au barman.

– Oui ! Je ne sais pas encore ce que je vais faire, mais je suis très heureuse.

– Félicitations !

– Merci.

– Je t'aurais bien proposé d'échanger un peu plus, mais je crois que les ennuis arrivent, décrète-t-il en jetant un œil derrière mon épaule.

Je me retourne pour découvrir que Grace se fraie un chemin vers moi, l'air furieuse. J'aurais dû m'en douter, elle n'aime pas qu'on foire ses plans. J'étais pourtant claire, il est hors de question que je me fasse draguer !

– Tu plaisantes ? Tu rejettes Easton, et maintenant ce canon ? C'est quoi ton problème ? attaque-t-elle à peine arrivée.

Je me pince l'arête du nez.

– Mon problème ? Je te l'ai dit, j'ai quelqu'un.

– Tant que je ne le vois pas, il n'existe pas !

Je ne réponds rien, trop fatiguée pour me disputer avec elle. Je voulais m'amuser, pas me prendre la tête. Je détourne la conversation avec un verre, je la lance sur la piste de danse, et elle oublie ses griefs.

Détendues, nous nous déhanchons, oublions ce qui nous entoure et profitons de l'instant présent.

Enfin, presque. J'ai beau essayer, je n'arrive pas à passer à autre chose. Plus le temps passe, plus les propositions de verre s'enchaînent, et plus je constate que je suis toujours bien incapable de penser à quelqu'un d'autre que Pothos. Lasse, je finis par me frayer un chemin jusqu'à l'extérieur, mais Grace m'arrête à quelques mètres de la porte.

– Tu t'en vas ? s'offusque-t-elle.

Je soupire.

– Je vais prendre l'air. Je ne me sens pas vraiment dans mon élément, avoué-je en regardant la porte.

Je m'attends à ce que ma meilleure amie insiste, mais au lieu de ça, elle me prend dans ses bras. Je reste un peu perplexe quelques secondes avant de la serrer en retour.

– Je suis désolée si je t'ai blessée, c'est juste que tu ne me racontes plus rien, souffle-t-elle avant de reculer.

Je hoche la tête, triste. Elle a raison. J'ai parlé à Cooper ces dernières semaines, mais pas à elle. Elle m'adresse un dernier sourire avant de s'écarter, et cette fois, je rejoins l'air frais.

J'aurais dû m'écouter et ne pas venir ce soir. Je voulais me changer les idées, pourtant tout me ramène à Pothos. Il me manque, cette distance nous fait mal à tous les deux, et la présence d'autres hommes autour de moi ne fait que me le confirmer. Cooper avait raison… Je veux lui laisser une chance.

J'attrape mon portable, déterminée à mettre fin à tout ça. Il est évident que même si je suis en colère, c'est sa présence que je désire. Je veux pouvoir le sentir près de moi, le voir. Il n'y a qu'en lui faisant face que je saurai si je suis prête à dépasser tout cela pour que ce « nous » existe.

– Allô ? répond Éros au bout de la troisième sonnerie.

– Salut. Est-ce que tu pourrais me passer ton frère ?

Le silence me répond, suivi de voix à travers le combiné. Je patiente en m'adossant au mur du bar, les yeux fermés. Je n'ai pas entendu sa voix depuis une semaine. J'ai l'impression que ça fait une éternité. *Ça me manque.*

– Thalya, est-ce que tout va bien ? Tu as besoin de moi ? s'inquiète Pothos à l'autre bout du fil.

Je souris sans pouvoir m'en empêcher, touchée par son inquiétude.

– Oui, réponds-je. Je suis en soirée. Est-ce que ça va, toi ?

– Aussi bien qu'il m'est possible d'aller…

Je hoche la tête, soulagée. Le silence reprend avant qu'il n'enchaîne :

– Je peux faire quelque chose pour toi ?

J'hésite à mon tour. J'avais envie de lui parler. Mais est-ce bien judicieux de lui proposer de me rejoindre en soirée ? J'en meurs pourtant d'envie.

– Est-ce que tu es dans le coin ? Je suis au *Studio 16*, près de la fac.

– Non, mais je peux me déplacer… tente-t-il, méfiant.

– Tu veux nous rejoindre ?

Un rire lui échappe, et ce son résonne en moi. Sentir ce frisson me parcourir me prouve que j'ai raison, j'ai besoin de l'avoir à mes côtés. Parfois, mieux vaut suivre son cœur sans poser de questions à sa raison.

– Qu'est-ce que tu me fais ? Je croyais que tu avais besoin d'espace ? demande-t-il.

– J'ai dit ça, moi ? dis-je en feignant l'innocence.

– Explique-moi… Te rejoindre ne me déplaît pas, mais je ne m'y attendais pas vraiment.

Je pousse un soupir avant de passer une main dans mes mèches.

– Ça fait une semaine. Et j'ai beau avoir tenté de me changer les idées, je n'ai fait que penser à toi. Tu me manques, plus que je ne t'en veux, avoué-je.

– Laisse-moi deux minutes pour me changer, et une minute pour te rejoindre.

– Adjugé, je t'attends à l'intérieur, déclaré-je.

Je souris bêtement en mettant mon écran en veille, puis je rejoins mes amis à l'intérieur du bar. Lorsqu'ils me voient arriver, ils me dévisagent, surpris par mon air béat.

– Mon copain arrive, expliqué-je simplement.

– Alors il existe ? demande Grace.

– Évidemment. Il est à quelques minutes à vol d'oiseau… dis-je en me retenant de rire.

J'ai hâte de le retrouver. Je lui en veux, mais je l'aime plus que ma rancœur.

Pothos ne tarde pas à arriver, habillé d'un simple jean et d'un haut que je le soupçonne d'avoir pris à Éros, et son regard se pose immédiatement sur moi. À travers la pièce, je le détaille sous toutes les coutures. J'ai l'impression que la distance n'a fait que renforcer cette attraction que je ressens en sa présence. Mon corps est parcouru d'un frisson que je ne peux pas contenir. Il avance vers nous en souriant franchement, le regard de Grace rivé sur lui, comme celui de la plupart des femmes de la salle.

– Bordel de merde… C'est quoi ce mec ? Tu crois que Cooper m'en voudra si je le quitte ?

Je lui jette un regard noir.

– Sois gentille et garde ce genre de remarque pour toi !

– Facile à dire, c'est toi qui es avec…

Je lève les yeux au ciel. Le seul que je plains, c'est Cooper, parce qu'il mérite bien mieux. Je ne la comprends pas.

Pothos arrive à notre hauteur, les mains dans les poches, et alors que je ne sais pas comment me comporter après une semaine sans lui, il s'approche de moi jusqu'à venir me voler un baiser, bien trop court à mes yeux. Un sourire moqueur étire ses lèvres lorsque nos regards se croisent, et je sais parfaitement qu'il pense la même chose que moi.

– Tu es très belle, Thalya, dit-il avant de se tourner vers mon amie. Enchanté, je suis Po…

– Paul, le coupé-je en reprenant mes esprits.

Pothos me jette un regard perplexe, et je secoue la tête pour qu'il me suive dans mon idée. Si j'ai compris très vite qui il était, j'ai peur que les autres n'en soient capables aussi. Je préfère préserver son secret.

– Enchantée. Moi, c'est Grace, dit-elle en lui souriant largement.

Pothos lui serre la main alors qu'elle le dévore des yeux. *Est-ce qu'elle est sérieuse ?* Je jette un coup d'œil en arrière pour trouver Cooper, qui est bien sagement accoudé au juke-box, en train de discuter avec un mec qui étudiait la musique il y a quelques années dans notre fac. Samael, je crois. Je suis presque déçue qu'il ne nous observe pas pour voir comment se comporte Grace et l'éloigner… J'aurais aimé parler à Pothos en privé.

– Grace, je crois que Cooper vient de te faire signe…

– Où ça ? demande-t-elle.

– Il est toujours près de la borne.

– Merde, tout pile quand ça devient intéressant, grommelle-t-elle.

Elle s'éloigne, non sans un dernier regard en direction de Pothos, et je croise les bras contre ma poitrine, agacée. Je n'ai jamais eu un regard déplacé pour Cooper. Il ne m'intéresse pas, certes, mais c'est tout de même une question de respect ! À croire qu'elle se fout royalement d'avoir quelqu'un ! Je me tourne à nouveau vers Pothos, pour le découvrir en train de me fixer avec perplexité.

– Pourquoi avoir changé mon prénom ?

– Elle étudie la mythologie, expliqué-je en soupirant.

Je m'assieds sur l'un des sièges du bar, suivie par Pothos. Il détaille les alentours alors que mon regard est rivé sur lui. Je ne peux pas m'en empêcher, j'étudie chacun de ses traits comme si je ne les avais pas vus depuis une éternité. Comme toujours, sa beauté me saute aux yeux. Là, face à moi, ce n'est plus la colère ou la tristesse qui m'habite, mais le manque. Je n'ai aucune envie de gâcher notre temps ensemble. Pothos tourne la tête vers moi, surprenant mon observation.

– Qu'est-ce qui t'a décidée à m'appeler ? demande-t-il du bout des lèvres.

Je vois l'espoir dans ses prunelles. Je me lève, il suit chacun de mes mouvements des yeux, et je me place entre ses jambes. Son regard brûle d'envie, et je contrôle tant bien que mal l'effet qu'il me fait. *On doit parler avant tout.*

– Depuis qu'on est arrivées, trois hommes m'ont approchée, lui dis-je.

Je le sens se crisper, et je glisse une main sous son haut. J'ai besoin de le toucher, de sentir sa peau.

– Ça m'a juste permis de me rendre compte que c'est toi que je veux. Peu importe ce qui est arrivé.

Tu as raison, avec le temps, j'arriverai à te pardonner. J'en ai vraiment envie en tout cas.

Le regard que Pothos pose sur moi achève de faire taire tous mes doutes : je ne veux personne d'autre dans ma vie. Je suis tombée amoureuse d'un dieu. Un dieu un peu buté, même beaucoup, au caractère souvent compliqué… Mais je crois que je l'aime comme ça. Et vu la façon dont il m'observe, il ressent la même chose. Je m'approche de lui, prête à l'embrasser, mais il maintient une distance entre nous.

– Avoue que tu voulais aussi en mettre plein la vue à ton amie.

– Ce n'est pas moi qui le dis.

Je souris en me mordant la lèvre, son regard se rivant sur ma bouche. Je n'attends pas qu'il fasse le premier pas, je passe une main sur sa nuque et je l'embrasse comme j'en rêve depuis des jours. Je me moque d'être au milieu d'un bar, la seule chose qui compte pour moi, c'est nos corps enfin en contact. Pothos semble hésitant pour la première fois depuis que je le connais, avant de se laisser complètement aller. Il répond à mon baiser avec plus d'ardeur, sa langue cherchant la mienne, et sa main se place sur ma hanche. Il tente de remonter le tissu de ma robe, et je souris contre ses lèvres en l'en empêchant. *J'en ai très envie, mais pas au milieu du bar.* Lorsqu'il s'écarte de moi, je suis certaine d'une chose : plus question de m'éloigner.

– Tu passes la soirée avec nous ? proposé-je. Ce sera l’occasion pour toi de rencontrer mes proches, étant donné que je connais déjà deux des tiens…

– Je n’ai pas attendu que tu me le demandes pour décider de rester, rétorque-t-il.

Je lève les yeux au ciel, amusée. *Ça m’aurait étonnée.*

CHAPITRE 35

POTHOS

– Tu fais quoi dans la vie ?

Depuis que je suis arrivé, Grace n'arrête pas de me poser des questions. Elle ne discute ni avec son petit ami, ni avec Thalya. J'avoue ne pas comprendre pourquoi cette dernière la côtoie. Elle ne cesse d'ailleurs de me toucher comme si elle avait peur que je ne disparaisse, alors que j'ai du mal à prendre conscience qu'elle m'a réellement proposé de venir ce soir. Après une semaine sans nouvelles, je ne m'attendais pas à ce qu'elle m'invite à une de ses soirées, mais je ne vais pas me plaindre. Quand Éros m'a dit qu'elle était au téléphone, mon cœur s'est emballé.

Thalya me jette un regard paniqué, visiblement inquiète face à la curiosité de son amie, mais je lui adresse un sourire assuré. Notre situation a beau être complexe, je suis rodé à ce genre d'exercice.

– Je suis dans une agence de rencontre. C'est une entreprise familiale, nous y travaillons avec mes frères.

Thalya s'étouffe avec sa boisson et je souris, heureux de retrouver sa bonne humeur.

– Waouh. C'est quoi le nom ? demande Grace.

– Je préfère ne pas parler travail lorsque je suis avec Thalya.

En réalité, je pourrais lui répondre. Notre entreprise est une couverture minutieusement élaborée. Mais elle trouverait trop facilement le nom de Pothos Agapè. Je jette un coup d'œil à Thalya ; elle se mord la lèvre pour contenir son hilarité.

– Oh, je vois. Je suis simplement curieuse… minaude son amie.

Je fronce les sourcils, de plus en plus agacé par ce comportement déplacé. Je ne sens pas cette fille. Si j'ai très vite su que je pouvais faire confiance à Thalya, je sais que cette humaine n'en est pas digne. Et je pense que Thalya mérite mieux. Alors je fais ce qu'elle déteste, je lis dans l'esprit de Grace. Ce que j'y trouve ne me surprend pas : elle est immature. Et surtout, irrespectueuse, vu les pensées qui traversent son esprit me concernant. Son petit ami se tient près d'elle, et elle pense à un autre homme. Qui fait une chose pareille ? Surtout quand le garçon en question a tout de quelqu'un de profondément gentil. *Ils ne sont pas âmes sœurs. Il trouvera bien mieux.*

– Comment vous êtes-vous rencontrés ? demande Cooper, m'interrompant dans mon observation. Thalya ne m'a jamais présenté personne en plusieurs années d'amitié, je suppose que tu dois être important.

Thalya rougit et je m'enorgueillis. *Même si notre rencontre n'est pas très glorieuse...*

– J'ai eu un accident de… voiture. C'est Thalya qui m'a trouvé et sorti de ce pétrin, avant de me soigner.

Ses joues se colorent un peu plus alors que ses deux amis nous dévisagent, surpris.

– C'est un truc de malade, s'exclame Grace. Pourquoi t'as rien dit ? demande-t-elle à son amie.

– Je ne sais pas… Peut-être parce que tu es toujours super curieuse ?

– C'est surfait, la vie privée !

– Tu dis ça parce que tu n'en as pas, Grace, rétorque Cooper.

Grace se renfrogne. Ce genre de remarque ne peut pas lui faire de mal, surtout venant de son copain. Il me paraît être un garçon respectueux. Ses intentions envers Thalya ne sont que bienveillantes, et surtout amicales. Autrement, il peut être sûr que je ne lui aurais même pas adressé un mot.

– Et toi, Cooper, tu étudies le même domaine que Thalya ?

Grace est clairement vexée que je ne lui porte pas attention, donc je mets ses pensées en sourdine, las. Thalya semble comprendre mon manège mais ne dit rien, et Cooper m'adresse un sourire poli.

– C'est ça. Mais soyons honnêtes, je n'ai pas le même niveau de culture que Thalya !

Je jette une œillade insistante à ma voisine.

– Elle aime connaître son domaine de près…

Elle me renvoie un regard lourd de sens, silencieuse. Je sens sa main rejoindre la mienne sous la table et je lui souris en entrelaçant nos doigts, avide de contact. Grace soupire en nous observant avant de se lever. Je pénètre à nouveau dans son esprit pour découvrir qu'elle espérait pouvoir tenter sa chance. *Elle est pire qu'Éris, la déesse de la discorde.*

– Je commence à fatiguer. Tu me ramènes, Cooper ?

Celui-ci soupire.

– Si c'est ce que tu veux…

Il se redresse, non sans jeter un regard désolé à Thalya, puis l'embrasse sur la joue. Sa copine s'impatiente derrière lui. Elle est typiquement le genre d'âme que j'évite lorsque je dois réparer un cœur… J'ignore comment son copain fait pour rester avec elle. Cooper s'avance ensuite vers moi en l'ignorant et me tend une main que je saisis sans hésitation.

– Ravi de t'avoir vu, Paul. J'espère que nous remettrons ça.

– Moi aussi, réponds-je avec sincérité.

– Juste une chose, dit-il en s'approchant.

Je fronce les sourcils.

– Si tu lui fais encore du mal, c'est moi qui te dégagerai.

Puis il tourne les talons et je l'observe partir sans rien dire. Il n'y a pas d'inquiétude à avoir, faire du mal à Thalya est la dernière chose que je souhaite. Ça et le fait que Cooper ne fait pas le poids.

Grace nous adresse ensuite un mince sourire avant de partir, et je suis soulagé de me retrouver enfin seul avec Thalya. Elle finit son cocktail d'une traite pendant que je bois le fond de ma bière avant de lui adresser un sourire franc. Je n'ai qu'une envie, quitter cet endroit pour terminer la soirée avec elle.

– On bouge aussi ? proposé-je.

– Si tu veux !

Elle se lève pour rejoindre le comptoir et discute avec un homme assez grand. J'en profite pour observer le décor chaleureux. Les lumières légèrement tamisées rendent l'ambiance confortable, et je souris en découvrant toutes ces signatures humaines sur le mur. C'est original.

– Cooper a déjà payé pour nous, déclare Thalya en me rejoignant.

– Il semble être un bon ami, déclaré-je en lui tendant son sac.

– Waouh, tu apprécies un homme de mon entourage ?

Je lui jette un regard moqueur tout en sortant du bar. Du moment qu'il n'a pas de pensées déplacées envers Thalya, je crois que je peux le supporter.

Surtout qu'il semble suffisamment tenir à elle pour vouloir s'en prendre à plus fort que lui.

– Tout arrive. C'est ta copine que je n'apprécie pas.

– Grace ? J'ai vu que tu l'ignorais. Pourquoi ?

J'avise les rues désertes de Seattle en réfléchissant. La lumière éclaire les pavés, et je peux apercevoir quelques jeunes en train de s'amuser devant l'université. Je tourne ensuite la tête vers Thalya pour la découvrir en train de m'observer encore une fois, et elle rit, prise sur le fait. Je lui adresse une grimace désolée.

– Elle espérait me mettre dans son lit, déclaré-je.

Et c'est sûrement à cause d'elle que Cooper a désormais le cœur brisé. Mais je ne peux pas le lui dire, elle tenterait d'intervenir alors que ce n'est pas son rôle.

– Tu as lu dans son esprit ?

– Je n'ai pas pu m'en empêcher. Elle pense très fort, pour ma défense…

Thalya se mord la lèvre, et je suis surpris qu'elle ne réagisse pas plus que ça.

– J'aurais préféré ne pas savoir que ma meilleure amie serait prête à se taper mon mec… soupire-t-elle.

– Ton mec ?

Je tente tant bien que mal de contenir ma joie. Elle lève les yeux au ciel, mais je vois bien qu'elle est amusée.

– Arrête de ne retenir que ce que tu veux !

– C'est plus fort que moi.

Elle attrape ma main, un mince sourire aux lèvres, même si mon aveu la touche.

– Je suis désolé.

– Ne le sois pas. On prend simplement des chemins différents… Je trouve ça quand même triste pour Cooper. C'est le mec le plus adorable que je connaisse, mais il sentait bien que quelque chose n'allait pas.

– Ils ne resteront pas ensemble, de toute façon, rétorqué-je.

– Comment tu sais ça ?

– Grace n'est pas son âme sœur.

Thalya se fige au milieu de la rue pour se tourner vers moi. Je sais qu'elle a conscience de nos dons, je l'ai vu dans toute la documentation qu'elle a sur nous, mais ce n'est pas pour autant que nous avons abordé le sujet des âmes sœurs.

– Tu peux savoir ça si simplement ?

– C'est mon travail, Thalya, je commence à avoir l'habitude. Je ne peux pas te dire qui l'est, mais je sais avec certitude qui ne l'est pas.

– Est-ce que j'ai une… âme sœur ? demande-t-elle avec hésitation.

– Forcément. Où elle se trouve, quel âge elle a… je l'ignore. Mais nous en avons tous une. Certains se contentent simplement d'être heureux sans jamais la rencontrer.

Je soupire. Je préfère ne pas me poser de questions sur la personne qui lui est destinée. Je ne veux pas imaginer que quelqu'un d'autre que moi soit fait pour être avec elle. Je n'espère qu'une chose, que je lui suffirai. Thalya m'attrape le bras pour m'attirer à elle, et je plonge mon regard dans ses iris noisette. Les lampadaires accentuent le reflet roux de ses cheveux et son regard brille, même dans la nuit.

– Je ne pense pas comme toi, reprend Thalya.

Je déglutis péniblement.

– Explique-moi.

– Je pense que rien n'arrive par hasard. Si je t'ai trouvé dans cette ruelle, c'est que ça devait arriver. Je ne crois pas aux âmes sœurs mais je crois au destin, déclare-t-elle avec conviction.

Mon souffle se coupe. Voilà exactement ce qui fait que je l'aime. Je n'ai pas le cœur d'insister, alors je m'approche de son visage avec l'idée de l'embrasser, mais Thalya détourne les yeux au dernier moment.

– Même si le temps va forcément finir par nous séparer… complète-t-elle.

J'encadre son visage de mes mains pour l'obliger à me regarder.

– J'ai quelque chose à te proposer pour qu'on ne soit pas séparés, lui dis-je.

– Quoi, une demande en mariage ? se moque-t-elle.

– Ça n'en est pas loin…

– Où veux-tu en venir, Pothos ?

Je la sens se tendre contre moi. Je m'apprête à lui offrir mon cœur, à lui ouvrir mon monde… Et je n'ai qu'une peur : être rejeté.

– J'ai peut-être trouvé un moyen pour que le temps ne se mette pas entre nous. Tu pourrais devenir immortelle…

– Quoi ? Comment ça ? demande-t-elle en s'écartant de moi.

– Une union divine. Ce n'est encore jamais arrivé avec un mortel, mais ça permettrait de te partager mes dons, dont mon immortalité…

Je m'attends à ce qu'elle me sourie, qu'elle m'embrasse… Mais au lieu de ça, elle me dévisage en silence. Je sens le froid m'envelopper et la peur me tétaniser. Après un long silence, elle secoue doucement la tête.

– Je… Non.

– Non ?

Une expression désolée se forme sur son visage, et cette fois-ci, c'est moi qui fais un pas en arrière.

– Écoute, Pothos…

– Non.

Je recule de quelques pas. Mon cœur est déjà trop fragile pour écouter ses arguments. Je sens des larmes couler sur mes joues, des larmes glacées par la fraîcheur de la nuit. Je lui ai ouvert mon cœur, offert l'éternité sur un plateau. Et ce que je craignais le plus arrive finalement : elle ne veut pas de moi.

– Essaie de m'écouter, chuchote-t-elle.

Je me suis déjà éloigné, les mains dans les poches. Il m'est impossible de garder la face, mes joues humides en sont la preuve. Je préfère partir avant de finir à terre.

– J'ai compris, Thalya, tu m'as dit non. Ne remue pas le couteau dans la plaie. Mon cœur souffre déjà assez.

– Je t'ai dit non, c'est vrai, mais ce n'est pas une question de sentiments ! dit-elle dans mon dos.

L'espace d'un instant, j'hésite à m'arrêter. Pas une question de sentiments ? Il n'est question que de ça. Elle ne tient pas assez à moi pour s'imaginer passer l'éternité à mes côtés, alors que je donnerais tout pour elle. Les épaules voûtées, je continue ma progression, jusqu'à ce que la voix de Thalya m'arrête dans mon élan.

– Je t'aime, Pothos, déclare-t-elle d'une voix forte.

Je me fige. J'ai l'impression que mes oreilles bourdonnent. Ai-je bien entendu ?

– Je t'aime, OK ? répète-t-elle face à mon manque de réaction. Si je te dis non, c'est parce que je ne veux pas que ça arrive par peur de se perdre. Je sais que tu me le demandes pour que la mort ne soit pas un motif de rupture, mais justement, ce n'est pas suffisant. Considère ma réponse comme un non provisoire. Pour le moment, je refuse. Il y a trop de choses à prendre en compte : ma famille, mes amis… Je ne peux pas tout quitter comme ça. Alors pour le moment, c'est un non.

Je n'ose pas bouger, trop sonné. C'est non… pour le moment. Ce n'est pas définitif, parce qu'elle m'aime. Ce n'est pas juste une illusion, et je crois que j'ai du mal à m'en rendre compte.

– Pothos ? murmure-t-elle.

Silencieux, je n'arrive pas à trouver les mots justes. Je me tourne lentement vers Thalya, qui semble autant à fleur de peau que moi. Alors plutôt que de chercher des phrases qui ne viennent pas, je préfère faire la seule chose dont j'ai envie. Mes doigts s'enroulent autour de son poignet et je l'attire à moi. J'entends son cœur battre à tout rompre, j'ai enfin l'impression de retrouver mon oxygène. Sa poitrine se plaque brusquement contre mon torse, et j'écrase désespérément mes lèvres contre les siennes. Mon baiser n'a rien de doux, il est alimenté par toutes les émotions qui nous ont traversés ces derniers temps, et elle y répond avec autant d'ardeur. Thalya se cambre contre mon corps et je glisse une main au creux de ses reins. Je dévore sa bouche sans retenue, ma langue cherchant la sienne alors que mes mains sont partout sur son corps, et elle attrape ma nuque pour m'attirer davantage à elle. Mon souffle se mêle au sien, ses mains tirent sur mes mèches, et je sens le cœur de Thalya battre à travers nos corps. Son rythme est régulier, entier, il n'a rien de brisé, au contraire, je le sens amoureux. Et c'est aussi efficace qu'un pansement. Lorsque nous commençons à manquer de souffle, nos bouches s'écartent, et mon regard plonge dans le sien. Ce que j'y lis me stupéfie. Une sincérité déconcertante.

– Je t'aime, Thalya, déclaré-je. Sincèrement. Et si j'ai peur, c'est justement pour cette raison…

Thalya caresse ma joue du bout des doigts.

– Tu as peur parce que notre situation est incertaine… Elle finira bien par se stabiliser.

Je lâche un rire rauque avant de poser mon front contre le sien.

– Je suis un dieu, Thalya. Rien n'est jamais stable.

Elle rit à son tour. Si seulement nous pouvions être ensemble, sans penser au reste.

– Ça peut le devenir, je veux y croire.

– Seul le temps nous le dira. Mais même si tu refuses ma proposition, j'ai autre chose à te demander… reprends-je.

Elle écarte vivement son visage du mien en fronçant les sourcils. Je parie qu'elle s'imagine déjà une demande encore plus saugrenue que la précédente. Elle est très loin de la réalité.

– Ma mère va venir sur Terre. Je vais devoir la rencontrer et lui présenter mes excuses à propos des récents événements… Il va aussi falloir que je voie avec elle quelles sont les conséquences que mon cœur brisé a sur mes pouvoirs.

Et c'est la suite qui risque de lui faire peur.

– J'aimerais que tu viennes, finis-je par déclarer.

Elle hoche automatiquement la tête avant de se figer d'un coup, comme si elle venait de comprendre, puis un rire nerveux lui échappe. Je l'observe avec appréhension, de peur de la voir fuir. Son corps est toujours près du mien, et si je ne sentais pas son cœur battre, je crois que je craindrais de la voir faire un arrêt cardiaque.

– Moi ? Face à Aphrodite ? Tu plaisantes, c'est ça ?

– Pourquoi je plaisanterais ?

– Pothos ! C'est… C'est… C'est ta mère, bon sang !

– Et c'est surtout une divinité supérieure… On doit en passer par là. Mieux vaut devancer le moment où ils comprendront que tu sais tout, car nous ne pourrons pas y échapper.

Je la sens paniquer. Son corps est parcouru d'un frisson, alors je la serre un peu plus contre moi.

– Et si elle décidait de… de…

– De quoi ?

– De nous séparer ?

J'encercle son visage de mes mains, mes pouces caressant ses joues pour l'apaiser, et je sens sa respiration retrouver son calme.

– Tu ne seras pas seule. Peu importe ce qui se décide, je ne la laisserai pas faire.

Nous savons tous les deux que nous n'avons pas vraiment le choix. Si nous voulons vraiment être ensemble, nous devons faire les choses dans l'ordre.

– On verra… murmure-t-elle.

– Ça veut dire que tu acceptes ? demandé-je, plein d'espoir.

– Il le faut bien.

– Alors ça ne va pas tarder, elle arrive dans quelques jours…

– Oh, mon Dieu, lâche-t-elle en jetant une œillade au ciel.

Sa respiration s'accélère à nouveau, et je l'attire à moi pour la rassurer. Cela ne sera pas facile, ma mère sera forcément méfiante, mais elle finira bien par accepter la situation. Il le faut.

CHAPITRE 36

POTHOS

Je pénètre dans le restaurant, seul. Je suis plus nerveux que je ne l'ai jamais été. Il ne s'agit pas uniquement de moi ou de mes ailes, mais également de Thalya, et ça compte plus que tout. Cette dernière doit me rejoindre d'ici une petite heure, le temps de me laisser tout expliquer à Aphrodite. Je veux pouvoir la présenter comme il se doit, et ça ne pourra arriver que lorsque ma mère saura toute la vérité. Éros a réservé un restaurant complet pour la venue de notre mère, persuadé qu'elle apprécierait l'attention, et il vaut mieux nous retrouver dans un endroit calme, où sa colère pourra exploser librement lorsqu'elle saura tout. Parce que je le sais, ce moment est inévitable.

Les mains négligemment glissées dans mes poches, j'observe les lieux avant que mon regard ne tombe sur Éros et Kaléa, ainsi que sur une troisième personne. Impossible de ne pas reconnaître la silhouette de ma mère. Ses longs cheveux bruns habituellement lâchés en une cascade bouclée sont attachés en un chignon haut, et je souris en découvrant son tailleur. Elle qui aime tant ses habits de déesse, il est surprenant de la découvrir aussi… humaine. Cela lui va bien, je pense que ma mère n'a jamais été aussi belle.

Je m'avance jusqu'à la surprendre en déposant un baiser sur sa joue, nerveux. Même si les circonstances ne sont pas idéales et que notre dernier entretien n'a pas été très positif, je suis heureux de la voir. C'est ma famille.

– Salut maman.

– Bonjour Pothos. Tu as bonne mine.

Je m'assieds tout près d'elle, Éros et Kaléa face à moi. Je me retiens de lui dire que ce n'était pas le cas il y a quelques jours. En réalité, je me sens toujours faible, mais avoir retrouvé Thalya me fait du bien, m'apaise.

– Nous discutions de cœurs brisés, explique Kaléa.

Je lui jette un regard mauvais auquel elle répond par un haussement de sourcils, ce qui tire un rire cristallin à ma mère. Celle-ci semble étrangement joyeuse, à mon opposé. J'aurais voulu profiter un peu de sa présence avant de mettre les pieds dans le plat…

– Je suis surprise par l'aisance avec laquelle tu as réussi à amadouer mes fils, Kaléa.

– Vous dites ça parce que Pothos me fusille du regard ?

– C’est ce qu’il fait avec ses frères, vois cela comme une preuve d’affection, explique-t-elle.

– Et si vous me laissiez m’exprimer seul ? interviens-je.

Ma mère rit de plus belle alors que je tente de contrôler mon agacement. Je n’aurais pas cru voir Aphrodite et Kaléa s’entendre si bien un jour. Je me redresse, ma jambe tressautant d’inquiétude. Décidément, je côtoie beaucoup trop les mortels, je deviens comme eux ! Je ferme les yeux, me ressaisissant. Je suis venu pour discuter, pour annoncer ce que je compte faire dans un avenir plus ou moins proche… Et surtout pour parler de Thalya. Rien n’a plus d’importance à mes yeux. Alors je ne dois pas perdre mon temps à me disputer avec mon humaine de belle-sœur.

– Vas-y, Pothos. Exprime-toi, se moque Éros.

Ma mère pose son regard sur moi, une lueur curieuse brillant au fond de son regard, et je grommelle une insulte en grec à l’intention de mon frère cadet. Je leur ai demandé de venir en guise de soutien, pas pour m’enfoncer.

– Vous n’êtes qu’une bande de traîtres.

– Nous te facilitons la tâche, nuance.

Éros s’avachit dans son siège avant d’embrasser la paume de sa femme et de lui sourire, me rappelant que Thalya n’est pas encore là. Mais je dois affronter tout cela seul, comme je l’ai toujours fait. C’est important pour repartir sur une base saine que mes erreurs ne viendront pas entacher. Je me tourne vers ma mère ; les sourcils haussés, sa méfiance est évidente. J'ai un mauvais pressentiment.

– Je dois te parler… commencé-je.

– Tu souhaites aborder le sujet de ton cœur brisé, je suppose ? demande-t-elle calmement. Ton frère a évoqué la question de vos missions – d'une manière plutôt maladroite, je dois dire –, mais je n'aurais de toute façon pas eu besoin de cela pour le comprendre. Tu es mon *fils*, Pothos. Et puis cela s'entend à des lieues d'ici.

Ma respiration se coupe. *Merde.*

Elle relève doucement son regard océan vers moi. Cette lenteur calculée laisse le temps à ses iris de devenir encore un peu plus foncés, jusqu'à ce qu'on ne puisse plus discerner ses pupilles, comme toujours lorsque quelque chose ne lui plaît pas. Ma mère est quelqu'un de compréhensif, mais elle a horreur d'une chose : qu'on lui désobéisse.

– Je… Peu importe ce que tu sais, je dois te dire que j'ai eu… un problème. Dès mon arrivée sur Terre.

– Et tu n'as pas cru bon de me venir me trouver pour m'en parler ?

– Je ne… je ne le pouvais pas. Je devais rester sur place.

– Il n'y avait aucun autre moyen ? Essaies-tu de me faire croire que tes frères n'auraient pas pu le faire pour toi ? Tu as préféré attendre, en pensant bêtement que je ne sentirais pas qu'il y avait un problème ?

J'ai attendu, Pothos, j'ai attendu que tu viennes vers moi, que tu agisses en adulte, en vain.

Je baisse les yeux, coupable. Je le sais, j'aurais dû prévenir au moins Antéros… Mais je ne l'ai pas fait. J'ai bêtement cru que si je réussissais à me débrouiller seul, elle verrait enfin de quoi je suis capable. Mais quoi que je fasse, cela ne sera jamais assez pour elle.

– C'est toi qui m'as dit de me débrouiller seul, rappelé-je.

– À présent tu comptes me reprocher tes erreurs ? Tu es trop orgueilleux, Pothos. Un groupe n'est pas faible, au contraire.

– Tu as dit que je devais apprendre à ne pas dépendre des autres ! Que je devais cesser de chercher la facilité !

Elle me jette un regard mauvais.

– Es-tu stupide ? Je parlais de tes missions ! Pas de problèmes que tu pourrais avoir !

– Et j'étais censé le deviner ? m'agacé-je.

– Stop, nous interrompt Éros.

Ma mère se tourne d'un geste sec vers mon cadet pour le fusiller du regard. Il ne lui laisse pas le temps de parler.

– Ça ne sert à rien de vous déchirer. Laisse-le s'expliquer, maman. Et toi, Pothos, mets ton ego de côté et accepte les mains tendues, pour une fois !

Éros m'envoie un regard appuyé et je serre la mâchoire, obéissant. Je suis têtu, je le sais, et surtout trop fier pour admettre que j'avais besoin d'aide…

Si Thalya n'était pas allée trouver Éros, j'aurais géré toute cette situation seul, et le résultat aurait sûrement été désastreux. J'aurais perdu Thalya et je me serais retrouvé plus seul que je ne l'ai jamais été. Mais Aphrodite non plus n'est pas sans reproches. Évidemment, elle n'admettra jamais ses torts !

Je souffle, faisant redescendre mon rythme cardiaque. Ils ont raison, il faut que je me calme. Ils sont là pour moi. Je relève la tête puis pose une main sur celle de ma mère. La colère d'une déesse n'est jamais bonne pour la Terre, la guerre de Troie en est une preuve, et elle est surtout un poison pour la communication.

– Je vais t'expliquer, d'accord ? Mais s'il te plaît, ne m'interromps pas.

– Je n'apprécie pas les cachotteries ni tes directives, Pothos, déclare-t-elle froidement. Je respecterai tes explications, mais ensuite, ne compte pas sur moi pour garder le silence.

Je hoche la tête, prévenu. J'ai fait de grosses erreurs, c'est un fait. Dès le début, j'aurais dû comprendre que tenter de récupérer seul mes ailes en brisant un cœur m'attirerait des ennuis bien plus graves qu'une fierté entachée. Je lui dois des explications, même si je vais garder certaines choses pour moi. J'ai besoin de savoir ce qu'elle compte faire avant de mettre Thalya en danger en lui dévoilant tout. Alors je lui explique en partie ce qui est arrivé : je lui explique m'être fait attaquer et avoir perdu mes ailes, ce qui m'a été demandé pour les récupérer, et surtout qui en est l'auteur, en omettant simplement les raisons qui l'ont poussé à le faire. Je sais pourquoi Thanatos l'a fait, je le comprends, même si je le hais de mettre Thalya en danger de cette manière. Puis je passe à ma rencontre avec la mortelle, jusqu'à ma décision de ne pas lui briser le cœur… Et le simple fait d'avouer que j'étais prêt à lui faire du mal me fait souffrir un peu plus.

Au fur et à mesure de ma tirade, le visage de la déesse se déforme de colère. Elle commence par retirer sa main de la mienne, puis son regard habituellement bleu devient entièrement noir. Même Éros semble effrayé car il s'éloigne vers une autre table en compagnie de Kaléa. Je dois garder la face, ne pas lui montrer mon angoisse.

– Tu as désiré briser le cœur d'une humaine ? demande-t-elle avec un calme qui n'augure rien de bon.

– Oui, avoué-je. Mais je ne l'ai pas fait, je te l'ai dit. À la place…

– Tu t'es toi-même brisé le cœur, finit-elle. Je ne comprenais pas comment cela était possible… J'ai ma réponse. J'aurais dû descendre sur Terre pour te ramener immédiatement au lieu d'attendre que tu me parles.

Je secoue vivement la tête. Elle agit en mère pour me protéger, mais je ne dois pas oublier que je suis face à une divinité supérieure.

– Thanatos n'a plus de limite, dernièrement, reprend-elle. Il faut à tout prix que nous tuions ses velléités de rébellion dans l'œuf. Il ne t'a pas donné la raison de ses agissements ?

– Non.

Je baisse les yeux, tentant de cacher mes pensées. Je me moque qu'elle soit déçue ou en colère, tout ce que je désire, c'est régler cette situation au plus vite pour pouvoir me concentrer sur le reste. Nous aurons une éternité pour régler nos différends, mais Thalya n'est pas dans notre cas. Alors peu m'importe ce qu'elle peut penser, du moment que je suis avec celle que j'aime. J'espère seulement ne pas perdre mon immortalité.

– Quel impact le changement de mon cœur a-t-il sur mes dons ? demandé-je pour revenir au sujet principal.

Elle plisse le nez, frustrée, mais ne poursuit pas.

– Tu ne pourras plus réparer les cœurs, explique-t-elle. Même guéri, tu as perdu le don qui fait de toi un dieu de l'amour, bien que tu restes immortel, capable de voler, de lire dans les esprits ou d'écouter les cœurs. Tu ne seras simplement plus un dieu de l'amour.

Nom de Zeus !

J'écarquille les yeux, la bouche soudain sèche. Ma mère m'observe avec déception, mais elle ne m'atteint pas tant je me sens… libéré. Je ne serai plus un dieu de l'amour ! Je n'aurai plus besoin de côtoyer l'amour au quotidien si je ne le désire pas, je ne serai plus obligé de venir sur Terre pour réparer des cœurs, je pourrai simplement être moi et profiter de chaque seconde comme je le désire, à commencer par ma relation avec Thalya ! Et ça, ça n'a pas de prix. Ma mère pensait sûrement que cette information me toucherait, mais elle vient de m'offrir la liberté. Cette liberté dont je rêve depuis déjà si longtemps… Je n'aurais jamais pensé l'obtenir après tout ce qui s'est passé. Vu son air agacé, elle le comprend parfaitement, mais je suis bien incapable de cacher ce que je ressens.

– Je vois que tu en es soulagé.

– Je ne t'ai jamais caché mon désir de ne plus être un Érote.

– Non, tu m'as caché bien d'autres choses, me reproche-t-elle. Et je vais devoir encore une fois réparer les erreurs de mes enfants.

– Je voudrais m'excuser, je te l'assure. Mais je ne regrette rien.

– Et c'est bien pour ça que je suis si déçue. Qu'est devenue l'humaine ? Nous devons effacer ses souvenirs, décrète-t-elle.

Je me lève d'un bond, le regard noir. Il n'est pas question qu'elle s'en prenne à Thalya ! Nous n'avons pas traversé tout cela pour finir séparés !

– Certainement pas ! Tu ne l'approcheras pas. C'est bien pour ça que je suis ici !

– Ce n'est pas à toi de décider, Pothos. Tu n'as aucun ordre à me donner !

Elle se lève à son tour. Le pouvoir qu'elle dégage est la seule chose habituellement capable de m'effrayer. Elle crée une atmosphère lourde, étouffante, et n'importe quel dieu sait qu'il ne vaut mieux pas la défier… Au risque de se faire enfermer dans son propre esprit, dans lequel elle implante des sentiments humains et douloureux. Je n'en ai jamais fait les frais, je sais simplement que c'est l'une des punitions utilisées par le conseil. Pourtant, aujourd'hui, je prends le risque. Pour Thalya, je suis prêt à lui tenir tête parce qu'il est inenvisageable de la laisser lui retirer ses souvenirs. Jamais.

– Tu as toi-même dit qu'avec une bonne raison, tu nous laisserais libres ! Thalya est cette raison !

Je reprends ses mots dans l'espoir qu'elle comprenne. Elle a laissé Kaléa avec ses souvenirs, elle a accepté qu'Éros reste avec elle et qu'ils conservent notre secret. Rien ne l'empêche de faire de même avec nous ! Pourtant, elle reste stoïque. Mes mots rebondissent sur sa carapace. Éros me jette un coup d'œil désolé, mais je ne fais pas attention à lui.

– Tu estimes que tes actes sont justes, Pothos ? Alors que tu comptais lui faire du mal ?

– Ton avis sur la question ne m'importe pas, dis-je sans me soucier de sa colère. Seul celui de Thalya compte, et elle est au courant. Tu ne toucheras pas à un seul de ses cheveux. Punis-moi si tu le désires, mais ne t'en prends pas à elle.

J'en pense chaque syllabe. Je tiens à mon immortalité et même si j'aimerais dire « plus que tout », ce n'est plus le cas, parce que Thalya est ce qui m'est le plus précieux. Si je dois la perdre pour préserver

Thalya, je le ferai. Il est hors de question qu'elle paie pour mes faux pas, je ne le supporterais pas. Et dire que je pensais encore il y a quelque temps que rejoindre le conseil m'apporterait la sérénité que je recherchais ! Ce n'est rien, finalement, absolument rien face au bonheur de pouvoir être avec Thalya.

Ma mère secoue doucement la tête.

– Penses-tu réellement que je compte te punir, Pothos ? J'estime qu'un cœur brisé est une douleur suffisante.

Je déglutis péniblement, je ne peux pas la contredire. Avoir failli perdre Thalya et m'être brisé le cœur m'a suffisamment prouvé que je n'aurais jamais dû penser à lui faire du mal. Je suis soulagé de savoir que mon châtiment ne sera pas plus grand. Ma mère continue de me détailler avec insistance, comme lorsqu'elle juge au sein du conseil olympien.

– Tu souhaites donc que cette humaine conserve ses souvenirs ? As-tu conscience qu'elle n'est pas ton âme sœur ?

Je hoche la tête, le cœur serré. Je le sais, et je n'ai aucune envie d'imaginer la personne qui lui est réellement destinée… Non, je préfère me concentrer sur ce que nous avons. Elle ne l'est peut-être pas, mais à mes yeux, c'est tout comme. Ce que je ressens pour elle n'a pas de limite. Elle est la seule pour qui je suis prêt à prendre des risques pour quelqu'un d'autre que moi-même.

– Oui, dis-je sans avoir besoin d'y réfléchir davantage.

– Bien. Alors même si je ne tolère en rien tes actes, par souci d'équité, je t'offre la même chose qu'à Éros : l'humanité.

Un rire m'échappe face à son air sérieux, ce qui lui fait froncer les sourcils. Devenir humain ? Certainement pas. Je plante mes yeux dans ceux de ma mère, déterminé.

– Tu n'as pas compris. Je compte bien passer mon existence avec Thalya, mais je ne deviendrai pas mortel.

– Et comment comptes-tu t'y prendre ? Explique-moi ton idée brillante, toi qui sembles si confiant, déclare-t-elle avec un grand geste du bras, m'invitant à continuer.

– Une union divine.

Tout son corps se fige alors que son visage se teint de surprise, chose que je n'avais jamais vue. La déesse n'a jamais été prise de court, elle a toujours un coup d'avance ; jusqu'à aujourd'hui. Elle plisse les yeux, cherchant sûrement à déterminer si je pense sincèrement à faire une telle chose, mais elle ne trouvera que de l'assurance en moi. Mon choix est réfléchi, et même si pour le moment Thalya n'accepte pas ma demande, je suis certain que ce jour viendra.

– C'est une union réservée à nos semblables, argue-t-elle.

– Non, ne déforme pas la réalité. Cette union n'a été réalisée que sur des dieux, nuance. Tu sais aussi bien que moi que c'est possible. Si Thalya accepte ma demande, je le ferai.

Elle hausse les sourcils, abasourdie, alors qu'un grand sourire s'étale sur mon visage.

– Je sais enfin ce que je veux faire de mon éternité.

CHAPITRE 37

THALYA

J'achève de me préparer, observant le reflet que me renvoie le miroir. J'ai les traits tirés, le manque de sommeil est visible sur mon visage. La rencontre d'aujourd'hui est une étape importante pour nous et j'ai peur de ce qui pourrait arriver. Je suis même terrorisée. En un claquement de doigts, la mère de Pothos pourrait me faire disparaître.

Je secoue vivement la tête pour chasser ces idées. Je dois rester confiante. Pothos sera là, près de moi, et je sais qu'il ne laissera rien m'arriver. Je retouche mon maquillage léger, puis je rajuste ma robe fleurie avant de prendre mes affaires. Pothos m'a répété durant toute la soirée de la veille que les apparences ne comptent pas pour Aphrodite, mais il est hors de question que j'arrive en pyjama.

Je rejoins le restaurant en un clin d'œil, reconnaissante envers Éros d'en avoir choisi un proche de chez moi, et je pénètre dans celui-ci après avoir donné mon nom à l'entrée. Je me suis fait des films toute la matinée, imaginant deux des Érotes et leur mère sagement réunis, Kaléa à leur côté… Mais il n'en est rien. Lorsque je rejoins le coin du restaurant où ils étaient censés être, Pothos est seul au milieu de la pièce, les traits tirés. Aucune trace des autres. J'accours vers lui sans prendre la peine de cacher mon inquiétude. Ça n'augure rien de bon lorsqu'il fait cette tête… Je m'accroupis face à lui, ses mains dans les miennes.

– Est-ce que tout va bien ? demandé-je avec douceur.

– Ça ne s'est pas vraiment passé comme prévu… Éros et Kaléa sont partis quand ça s'est gâté, et ma mère n'accepte pas la situation. À croire que je n'ai pas le droit de faire mes propres choix !

– Quoi ? Comment ça ?

– Je lui ai annoncé mes intentions envers toi. Elle n'est pas d'accord.

Je déglutis péniblement, la peur de comprendre ce que cela signifie me nouant l'estomac.

– Qu'est-ce qu'elle veut faire, elle ? demandé-je.

Pothos se pince la lèvre, agacé, alors que sa main vient se poser sur ma nuque.

– Effacer ta mémoire, et nous séparer.

Je me redresse, en colère. Je refuse. Je sais que ce n'est pas à moi de décider, mais je suis exaspérée de voir qu'elle ne respecte même pas les choix de son fils. Il a donné des siècles de sa vie afin d'aider les autres, et aujourd'hui, il n'aurait pas le droit de vivre à son tour ? Qu'elle veuille s'en prendre à moi est une chose, mais le priver lui ?

– Tu sais quoi ? On s'en fout de son avis. Elle a quoi ? Dix mille ans ? Ce n'est pas une vieille déesse aigrie qui va te dire quoi faire ! dis-je alors que Pothos grimace.

– Heureuse d'être traitée de vieille déesse aigrie, résonne une voix dans mon dos.

Un frisson me parcourt. Je ne bouge plus, les bras le long de mon corps, alors que Pothos secoue doucement la tête, confirmant ma peur. Pitié, faites que je ne vienne pas d'insulter une déesse vieille de plusieurs millénaires en sa présence…

Une déesse qui a dans l'idée de m'effacer du paysage, qui plus est.

– Dis-moi que ta mère n'est pas dans mon dos, chuchoté-je.

– Elle n'est pas dans ton dos.

Je lève les yeux au ciel devant son trait d'humour et je me retourne lentement, le cœur battant à mille à l'heure. Je ne suis pas surprise de découvrir une femme aux traits parfaits. Elle semble jeune et ses yeux sombres sont soutenus par des pommettes joliment rosées, sans parler de sa chevelure sombre. D'un calme parfait alors que je viens de l'insulter sans la moindre gêne, elle est encore plus impressionnante. Je n'aurais pas dû… Je prends des risques inconsidérés, je risque ma vie autant que l'avenir de Pothos.

– Je suis Thalya, soufflé-je.

– Je m'en suis doutée.

Elle s'assied sans me quitter du regard, de façon très humaine. Je m'imaginais une femme immense, comme ce qui est décrit dans les mythes, pourtant Aphrodite est plus petite que moi. Ses yeux sont de la même couleur que ceux de Pothos, en plus sombres, et je connais assez le regard de son fils pour savoir qu'elle bouillonne intérieurement.

Je jette une œillade à Pothos, et j'inspire profondément. Il sait que dans n'importe quelle autre situation, je ne me serais pas écrasée… Mais je ne peux pas me le permettre face à Aphrodite, d'autant que j'ai clairement raté mon entrée. Ce n'est pas seulement sa mère, c'est une déesse dont je ne veux pas connaître l'étendue des pouvoirs.

– Je suis désolée pour mes propos.

Aphrodite semble surprise, ses sourcils parfaitement dessinés haussés.

– Je tiens simplement à souligner que Pothos a fait des erreurs, mais je pense que d'autres en auraient fait bien plus dans la même situation, continué-je. Alors si vous ne comptez pas le laisser faire ses propres choix… tenté-je plus poliment.

– Il va pouvoir le faire, me coupe-t-elle. Je ne le retiendrai pas, mais je ne le soutiendrai pas non plus. Vous pourrez vous unir, je ne m'y opposerai pas.

J'ouvre la bouche avant de la refermer, abasourdie, puis je me tourne lentement vers Pothos. Nous unir ? C'est ça qu'il lui a demandé ? On ne parlait pas seulement de ce qu'ils avaient prévu de me faire ?

Celui-ci lève les mains en l'air, comprenant parfaitement la raison de ma colère.

– Je n'ai pas parlé d'union à court terme ! Je l'ai informée de mes intentions au cas où ça arriverait un jour ! se défend-il.

Je ne dis rien, me contentant de souffler d'agacement en me redressant. Je ne veux pas qu'on se dispute à nouveau, et encore moins face à sa mère. Il m'adresse un sourire qui se veut rassurant et je me tourne vers Aphrodite, qui m'observe avec une certaine curiosité.

– Tu as donc refusé ? demande-t-elle d'air air étonné.

– Évidemment. Vous me prenez pour qui ? Une humaine en quête de pouvoir ?

– Je n'ai rien dit, argue-t-elle.

– Vous le pensez.

– Peut-être bien.

Déçue, je m'assieds à côté de Pothos, sans la quitter des yeux. Je ne sais pas quoi penser. D'un côté, elle ressemble à une mère inquiète. De l'autre, elle me juge pour savoir quoi faire de moi. C'est un test, et je n'ai aucune envie d'échouer, je tiens trop à la vie pour ça.

Pothos glisse sa main dans la mienne. Il me scrute, et je vois dans son regard à quel point cette situation est loin de ce qu'il s'était imaginé.

– Qu'est-ce qui vous fait penser ça ? l'interrogé-je calmement.

– Il a voulu te briser le cœur et il n'est pas ton âme sœur, dit-elle, espérant sûrement m'apprendre quelque chose que j'ignore. Vous n'êtes pas destinés l'un à l'autre. Soit tu es sotte, soit tu en veux à notre immortalité.

Je me retiens de rire. Pour une déesse de l'amour, elle est bien aveugle.

– Je suis amoureuse, pas idiote. Je suis avec Pothos parce que je tiens suffisamment à lui pour tenter de lui pardonner, peu importe si vous ne me croyez pas. Et vous ne comprenez pas comment je peux lui avoir pardonné ?

– Thalya… intervient Pothos.

– Laisse-la finir, insiste Aphrodite.

J'hésite, serrant plus fort la main de Pothos dans la mienne.

– Si vous ne comprenez pas, c'est sans doute parce que vous n'avez pas saisi ses motivations. Il a voulu se débrouiller seul, montrer qu'il était assez fort. Pour impressionner qui, à votre avis ?

Je ne regarde pas Pothos, toute mon attention est dirigée vers la déesse. J'ai l'intime conviction que la décision de me laisser mes souvenirs ou non sera prise après cette discussion.

Aphrodite fronce les sourcils avant de se lever, m'observant avec colère, et j'inspire profondément. Son regard sombre me donne envie de fuir, et je sais que c'est ce qu'elle attend. J'ai dit ce qui me paraissait juste, et peut-être suis-je suicidaire que de défier quelqu'un d'aussi puissant qu'Aphrodite, mais un étrange pressentiment me laisse penser qu'elle ne me fera rien.

– Maman… Ne fais pas ça, demande-t-il à sa mère, qui ne cesse de m'observer.

– Faire quoi ? demandé-je.

– Thalya ferme la porte ! lâche-t-il précipitamment.

Je mets un instant à comprendre, avant de me remémorer ses mots dans le parc. La porte ! Elle veut entrer dans ma tête !

Je m'exécute presque aussitôt, la chaleur de la main de Pothos dans la mienne m'aidant à me concentrer. Je l'imagine à nouveau au cœur de mon appartement, à me tenir la main comme il est en train de le faire… Et je ferme complètement mon esprit. Lorsque je rouvre les yeux, la déesse me fixe avec mécontentement.

– Je constate que Pothos t'a montré comment bloquer ton esprit. Il faut croire que tu es meilleur professeur que je ne le pensais, Pothos, lâche-t-elle froidement.

Pothos ferme un instant les yeux, et je ne résiste plus. Je lâche sa main et me lève, agacée par toute cette comédie. J'ai toujours admiré les dieux : les mythes me fascinent, leur histoire est incroyable. J'imaginais Aphrodite comme une femme sage et forte, et voilà que je me retrouve face à une déesse qui est persuadée tout savoir même lorsqu'on lui prouve qu'elle a tort.

– Je n'aurais pas dû me montrer insultante et je sais parfaitement dans quelle position délicate je me trouve, mais ce n'est pas une raison pour tenter d'entrer dans ma tête ! Le respect, c'est dans les deux sens ! Sans compter que vous me tutoyez, alors que je ne vous en ai jamais donné la permission ! lâché-je sans aucune retenue.

– Tu n'as qu'à me tutoyer en retour, rétorque-t-elle, amusée.

Je lâche un grognement en me tournant vers Pothos. Celui-ci se passe une main sur le visage, aussi dépassé que moi. J'ai l'impression de me retrouver face à une version de lui bien moins charmante.

– C'est de là que tu tiens ton caractère ?

– Les dieux ne font pas des humains, ricane-t-il.

Il se mord la lèvre, essayant de dissimuler un rictus. Je ne dois pas m'emporter pour si peu. C'est précisément ce qu'elle désire, et je ne lui donnerai pas ça.

– Peu importe. Ce que je veux savoir, c'est si vous allez le laisser libre de ses choix, autant sur sa nature de dieu que sur sa vie sentimentale. Après tout, vous avez dit que vous ne le retiendriez pas…

Aphrodite hausse les sourcils alors que Pothos lâche un rire jaune.

– Ne te méprends pas, Thalya. Elle a dit qu'elle ne s'y opposerait pas, c'est tout.

– Si Pothos veut sa liberté complète et l'autorisation pour ce genre d'union, il fera comme tout le monde. Je suis certaine que son grand-père sera ravi de sa visite, explique-t-elle, sérieuse. Il décidera au passage ce qu'il en est de ton cas.

Ses yeux reprennent leur couleur claire, elle semble visiblement calmée, et je me tourne lentement vers Pothos. Je connais son arbre généalogique… Je sais parfaitement qui est son grand-père et je ne suis pas sûre de l'apprécier.

– Ton grand-père ? Elle ne veut quand même pas dire…

– Si.

Je tente de retenir ma peur, sans grand succès. Pothos se lève brusquement pour venir encercler ma taille de son bras. J'ai appris la mythologie sous tous ses angles et Zeus n'est pas représenté comme le plus clément des dieux. Bien au contraire, il est souvent celui qui s'emporte facilement et punit ses semblables. Je n'ai aucune envie que Pothos prenne le risque de se trouver face à lui simplement par peur de me perdre… Ou que je me retrouve à disparaître pour ce que je sais. Il en est hors de question.

– On n'est pas obligés d'y aller maintenant, si ? Je veux dire, j'ai refusé ta demande et je n'ai pas changé d'avis… On pourrait attendre un peu…

– Je crois que vous n'avez pas bien compris la situation dans laquelle vous êtes, tous les deux, intervient Aphrodite. Vous avez voulu vous débrouiller seuls et prendre des décisions qui vous dépassent, très bien. Maintenant, vous allez devoir en répondre. Le conseil olympien ne vous laissera pas avec vos souvenirs sans vous avoir jugés, l'un comme l'autre. Et cela se fera dès demain.

Je vacille sur mes jambes, consternée. Demain ? Je ne peux pas rencontrer Zeus demain alors que je ne sais même pas comment j'ai fait pour ne pas mourir de peur sur place face à Aphrodite !

– Je veux comprendre pourquoi tu as refusé, reprend celle-ci.

Refuser quoi ? L'union divine ? C'est tout ce qui l'intéresse ? Toute cette situation m'échappe doucement…

– En quoi est-ce que c'est important ? Vous avez déjà une opinion à mon sujet.

– Change-la, décrète-t-elle.

Je soupire, n'appréciant toujours pas sa façon de me parler. Mais si je dois m'expliquer à nouveau pour qu'elle parle en ma faveur une fois là-haut… Alors soit.

– Je ne sais pas ce que représente ce genre de choses chez vous, mais pour moi, une union, c'est un engagement. Et on ne s'engage pas par peur de perdre l'autre ou pour vouloir lui transmettre je ne sais quel pouvoir, on le fait avant tout par amour, parce qu'on a la certitude de vouloir passer toute notre vie avec cette personne. Sans compter tout ce qu'engage l'éternité… Je ne peux pas quitter ma vie comme ça, j'aime mes proches, je ne les abandonnerai pas. Alors oui, j'ai refusé sa proposition.

– Oh, c'est pas vrai… grommelle Pothos.

Un sourire discret étire les lèvres d'Aphrodite. Elle me… sourit ? Pour de vrai ?

– Tu es plus amusante que ce à quoi je m'attendais.

– Et voilà ! Une humaine se permet de dire non à un de tes enfants, et tu ne la détestes plus ?

– Elle me distrait, rien de plus. Tu as été trop gâté, Pothos. C'est bien pour cette raison que tu es si égoïste, parce que tu as toujours eu tout ce que tu désirais. Alors oui, te voir ramer avec autant de difficulté que sur le Styx me plaît, même si cette idée d'union est ridicule.

Je serre mes mains entre elles, avant de me rapprocher de Pothos, satisfaite de cette maigre avancée. Elle ne m'apprécie pas, c'est évident, mais au moins, elle me tolère. Et c'est suffisant pour moi.

– Quelle sera la prochaine étape ? demandé-je, un frisson me parcourant le dos.

– L'entrevue avec Zeus. Il va te juger toi, puis la demande de Pothos. Nous ne parlerons pas d'union, ça ne sert à rien si ce n'est pas dans vos plans. Vous allez déposer une requête afin de permettre à Thalya de garder ses souvenirs et de rester à tes côtés, Pothos, pour commencer.

Celui-ci m'observe avec autant d'inquiétude que moi. Le plus difficile n'est pas encore passé. Je pourrais revenir en arrière, refuser de faire face à une divinité aussi importante, mais je ne le ferai pas. J'accompagnerai Pothos jusqu'au bout, peu importe où je devrai aller et ce que je devrai faire. Parce que je l'aime.

CHAPITRE 38

THALYA

Je tape nerveusement du pied, ma tension est au plus haut depuis le départ d'Aphrodite. Celle-ci n'a pas jugé intéressant de rester plus longtemps en notre compagnie. J'ai bien compris le message, je ne l'intéresse pas, surtout après notre échange, et une chose est sûre, c'est réciproque. Si elle n'était pas la mère de Pothos, je n'aurais pas écouté un mot de ce qu'elle avait à nous dire et je serais partie. Mais ces directives sont faites pour nous aider à rejoindre l'Olympe… Et bien que cette idée me terrorise, j'ai écouté chacune de ses paroles avec attention. Pothos doit m'emmener là-haut dès qu'il nous sera possible de le faire et je lui ai expressément demandé de ne pas attendre. Si je m'attarde encore, je suis persuadée que je vais me dégonfler. Alors nous nous sommes postés sur le toit de mon immeuble pour le grand départ, même si je commence à douter de mon choix…

– Tu as tous les détails en tête ? s'assure Pothos.

Je ne vois pas comment je pourrais les oublier.

– Oui. On ne parle pas de Thanatos, tu veux garder cette information pour négocier, et pour le reste… Je m'en souviendrai. Impossible d'oublier ce qu'on a vécu.

Et surtout, je ne peux pas oublier ce que je ressens. Ce ne sera pas dur de montrer au conseil que, malgré les motivations premières de Pothos, il est sincère aujourd'hui.

– Est-ce que tu as peur ? demande Pothos d'une voix hésitante.

– J'aimerais te dire que non… mais ce serait mentir.

– Moi aussi. Je n'ai jamais emmené personne là-haut. Je ne pensais même pas ça possible avec le champ de force.

Je me tourne vers lui, intriguée. Dans tout ce que j'ai pu lire concernant l'Olympe, il n'a jamais été question d'un champ de force. Et je ne suis pas sûre que cette information soit rassurante.

– Il y a une barrière ?

– Évidemment. Tu ne voudrais quand même pas qu'un avion atterrisse près du palais ?

Un rire nerveux m'échappe. *Il n'a pas tort.*

– Et je risque quelque chose ?

Pothos secoue vivement la tête.

– Si j'avais un doute, je ne t'emmènerais pas. Le champ de force sert à nous protéger du regard et des intrusions humaines. Tu ne risques rien si tu es avec moi, tu seras juste un peu perturbée par la gravité.

– Dans ce cas, allons-y.. Est-ce que je vais réussir à respirer malgré l'altitude ?

Pothos semble bien plus serein que je ne le suis. Il y a tellement de choses que je ne maîtrise pas… Et si je ne supportais pas la hauteur ? Peut-être que je n'arriverai même pas à passer les barrières qui entourent l'Olympe et le reste ! Sans compter que je joue mon avenir. Je fonce droit vers l'inconnu, et ça me terrifie. Nous avons beau nous être préparés comme nous pouvions dans le peu de temps qui nous était imparti, rien n'est certain. Les dieux du conseil de l'Olympe sont imprévisibles.

Sans un mot, il vient encadrer mon visage de ses mains et plonge son regard océan dans le mien.

– Tu seras peut-être surprise par l'altitude, mais ça ira. Tu ne manqueras pas d'oxygène là où on va. Tu te sens prête ?

Je hoche la tête avant d'encercler sa nuque de mes bras, et Pothos glisse ses mains sous mes cuisses. Je m'accroche fermement à son corps, me concentrant sur le trajet qui nous attend. Je ne dois surtout pas me laisser distraire, au risque d'une mauvaise chute. Les ailes de Pothos se déploient dans son dos, magistrales. Elles sont immenses, élégantes, et surtout, je n'imagine pas leur puissance. Les plumes sont d'un blanc surréaliste, et leur douceur me donne envie de m'y blottir… Pothos me laisse les caresser sans rien dire, ses yeux simplement posés sur moi.

– Elles sont magnifiques…

Silencieux, il se contente de m'envelopper de ses ailes avant de déposer un court baiser sur mes lèvres. *Trop court.*

– Le trajet va être rapide, il va falloir que tu fermes les yeux. Ne les rouvre pas avant que je te le dise, OK ? me demande-t-il. Je ne veux pas que la lumière qui entoure l'Olympe te rende aveugle.

– Je te le promets, réponds-je, la voix chevrotante.

Je m'exécute sans broncher, et aussitôt que mes paupières se ferment, je sens Pothos décoller du sol. Je m'agrippe fort à lui, parce que même si je sais qu'il ne me lâchera pas, l'altitude n'a rien de rassurant. Sa chaleur m'enveloppe complètement et le bruit de l'air dans ses plumes remonte jusqu'à mes oreilles. Je voudrais ouvrir les yeux, admirer ce qui nous entoure, découvrir l'Olympe à mon arrivée.

– Je te sens impatiente, plaisante doucement Pothos.

– Je dois dire que je ne m'attendais pas à ça quand j'imaginais atteindre le septième ciel…

– On se rattrapera, murmure-t-il contre mon oreille.

Je souris. Je n'ai aucun doute.

– Je t'avais dit que j'espérais que tu m'emmènes un jour dans les airs pour le plaisir… Je suis frustrée de ne pas pouvoir voir !

– Je ne veux pas que l'altitude te perturbe. Et il n'y a que ça qui te frustre ?

Un rire m'échappe, mon bassin fermement collé au bas de ses abdos. Je dépose un baiser dans son cou, lui arrachant un frisson. Je sens son corps se déporter, et je m'agrippe un peu plus à lui en lâchant un petit cri de surprise. *Merde !*

– Tu veux me déconcentrer, Thalya ?

– Je n'oserais pas.

Je souris contre sa peau alors que je sens la main de Pothos caresser ma cuisse lorsque son corps touche enfin le sol. Il me repose délicatement, mes yeux toujours clos, et je lâche un soupir de déception de ne plus sentir son corps contre le mien. Il semble ressentir ce manque aussi car ses mains viennent cajoler mon visage, son souffle contre mes lèvres.

– Ouvre les yeux, chuchote-t-il.

J'obtempère sans la moindre hésitation, pleinement confiante, et mon regard tombe dans celui de Pothos. Il semble aussi heureux qu'inquiet. J'attrape ses poignets, car ma tête commence à tourner. J'ai l'impression de ne plus avoir d'équilibre. Pothos passe un bras autour de ma taille lorsque je manque de perdre pied.

– Tout va bien ?

– Je crois. J'ai juste l'impression d'être plus légère.

Il lâche un rire rauque.

– C'est normal, la gravité est moins forte. C'est de ça dont je te parlais. Retourne-toi, tu devrais apprécier la vue.

Lentement, je tourne sur moi-même et me fige en découvrant ce que je suppose être le palais olympien. Aucun dessin ne rendrait justice à la beauté des lieux. À vrai dire, maintenant que je le vois, je me rends compte qu'aucun livre n'a réussi à retranscrire la réalité de cet endroit. Tout est étrangement lumineux et verdoyant, bien plus que sur Terre, et rien ne laisse deviner le vide sous nos pieds. Quant au palais, je n'ai sans doute jamais vu un bâtiment aussi splendide. Il ressemble au château de Versailles, en France, mais pas à celui que nous connaissons aujourd'hui. Non, il a des airs de celui de Louis XIV. L'immense terrasse qui est aujourd'hui la galerie des Glaces est recouverte d'un damier noir et blanc qui reflète chaque rayon du soleil. Les pierres sont claires et parfois décorées d'or, ce qui donne un air encore plus majestueux à l'Olympe. *Je n'ai jamais vu quelque chose d'aussi beau.*

– Je… Waouh. Tu crois que je peux prendre une photo ? demandé-je bêtement.

Pothos se place dans mon dos, l'une de ses mains sur mon ventre, et mon souffle se fait un peu plus court. Être ici, avec lui, me donne l'impression d'un doux rêve… *Même si les événements à venir n'ont rien de plaisant.*

– Évite si tu ne veux pas que les harpies détruisent ton téléphone, ricane-t-il dans mon cou.

Je hoche la tête tandis qu'un frisson parcourt ma nuque à cette idée. Je suppose que je n'ai pas la moindre idée des créatures qui vivent ici… La passionnée en moi vit un rêve éveillé.

– On aura le temps de visiter avant de repartir ? demandé-je en me tournant vers lui.

Le sourire de Pothos disparaît, emportant avec lui mon espoir de découvrir son monde sous toutes les coutures.

– Je ne pense pas, non. Le conseil n'acceptera sûrement pas. Je voudrais vraiment te montrer mon univers, mes endroits préférés, mais on ne peut pas s'attarder, ta présence a certainement déjà été détectée.

Je hoche la tête, compréhensive. J'aurais aimé découvrir le monde de Pothos, voir où il vit lorsqu'il n'est pas sur Terre, découvrir les lieux qu'il affectionne, partager toutes ces choses avec lui, mais si je m'en sors vivante et avec tous mes souvenirs, ce sera déjà pas mal.

– Alors allons-y, soupiré-je.

Pothos attrape fermement ma main et me guide à travers les jardins, bien plus beaux que tous ceux que nous pouvons trouver sur Terre. Un lac aux eaux étrangement bleues s'étend face à nous, entouré de verdure et de fleurs colorées. C'est un paysage idyllique, et si je ne nous savais pas à l'Olympe, je pourrais presque croire que nous sommes aux Champs-Élysées. Je m'arrête face à un grenadier dont les fruits d'un rouge profond attirent l'œil, mais Pothos me tire par la main.

– Ne touche à rien. Je ne connais pas l'effet de notre nourriture sur les humains.

– Compris. On va éviter de mourir pour un fruit.

Il m'adresse un sourire crispé, de plus en plus tendu à mesure que nous approchons. Lorsque le palais nous surplombe enfin de toute sa hauteur, il m'attire à sa suite jusqu'à l'une des grandes portes déjà ouvertes. Nous n'avons toujours pas croisé qui que ce soit, et ça me rend nerveuse. Nous passons par une large terrasse pavée pour atteindre un couloir dans lequel des dizaines de personnes échangent entre elles. Enfin de la vie ! Je les observe avec admiration, leur himation rendant tout cela encore plus spectaculaire, et mes yeux s'écarquillent lorsque mon regard tombe sur Méduse. Pothos m'attrape le visage pour me détourner presque immédiatement en grognant.

– Je ne pensais pas devoir te mettre en garde contre ça ! bougonne-t-il.

– Je n'étais pas vraiment préparée à la voir en vrai…

Je n'arrive toujours pas à prendre conscience que la totalité de la mythologie est réelle ! Je ne me rends compte que de ce qui touche Pothos de près ou de loin. Je vais devoir m'y habituer, et ça commence par ne pas dévisager le cyclope qui se trouve juste en face de moi. *Moi qui les pensais démoniaques.*

– On ne va pas s'attarder ici, ils sont en train de préparer le prochain banquet, me murmure Pothos.

Je hoche la tête, bien que mon regard s'arrête sur chacun des miroirs. C'est tellement… lumineux. Je pense que c'est ce qui me saute le plus aux yeux. Tout à l'air si moderne et ancien à la fois, c'est un mélange envoûtant.

Pothos me tire ensuite jusqu'à un autre couloir plus étroit, et je m'arrête net lorsque mon regard est attiré par une pièce ouverte.

– C'est… une télé ?

J'écarquille les yeux. Qu'est-ce que notre technologie fait ici ? Pothos ricane, un sourire en coin ourlant ses lèvres.

– Il faut bien qu'on s'occupe. Et puis, vos humains ne l'ont pas imaginée seuls, nous sommes toujours dans votre ombre, se vante-t-il.

Je lâche un rire avant de continuer notre progression. Même quand je pense en savoir assez, avoir été suffisamment surprise, il y a toujours quelque chose de nouveau.

Nous repartons, avançant dans des couloirs toujours plus grands, toujours plus impressionnants avec leurs fresques, leurs miroirs et leurs moulures, jusqu'à atteindre une aile plus fastueuse que les autres. Ici, les portes sont gigantesques, les dorures plus présentes. Il ne fait aucun doute que de grandes choses doivent avoir lieu dans cette partie du palais. Pothos m'arrête au coin d'un couloir et se tourne vers moi, le regard grave. Je sens mon estomac se nouer.

– Tu vas rencontrer tout le conseil, m'informe-t-il. Ils ont notre avenir en main, surtout ne fais rien pour les contrarier. Ils n'auront pas la tolérance de ma mère.

Je hoche la tête, parfaitement consciente du danger qui nous attend, puis nous tournons au coin du couloir, qui donne sur une gigantesque porte gravée. J'ai l'impression que les dessins retracent des éléments de la mythologie, de l'histoire des dieux qui nous attendent. D'une légère poussée, Pothos ouvre la porte et en passe le seuil. Nous pénétrons dans une salle majestueuse, baignée de lumière grâce aux larges baies vitrées. Contrairement à ce que je pensais, elle est déserte, et de grands trônes créent un demi-cercle, la rendant encore plus imposante. Je les compte, m'attendant à en découvrir vingt, comme il en est fait mention dans les mythes. Pourtant, seuls dix-huit sont présents. Je me tourne vers Pothos, perplexe.

– Le conseil olympien ne doit pas être composé de vingt dieux ? demandé-je tout bas.

– À l'origine, oui. Mais Thémis a fui l'Olympe et Éris a été bannie il y a déjà quelques siècles.

Je m'apprête à le questionner davantage, la passionnée en moi se posant mille et une interrogations, mais des pas se font entendre et je me retourne en direction de l'entrée de la pièce. La silhouette d'un homme apparaît, et je suis impressionnée par sa carrure. Il est grand, et bien plus musclé que ce que les humains peuvent imaginer. Torse nu, ne portant qu'un pantalon de lin qui expose ses abdominaux parfaits aux yeux de tous, ses cheveux sont rasés de près et ses traits virils ainsi que sa barbe impressionneraient sûrement n'importe qui. Je hausse pourtant un sourcil devant la surprise que Pothos affiche.

– Qu'est-ce qu'il y a ?

– Tu n'es pas… subjuguée ?

– Pourquoi je le serais ?

– Il fait souvent cet effet aux humains, grommelle Pothos.

Je hausse les épaules. Le dieu en question est peut-être canon – je suis persuadée que Grace serait de celles qui baveraient devant lui –, mais il m'est indifférent. Pothos a bien plus de charme. Je ne peux cependant pas m'empêcher de noter sa prestance, et le respect qu'il impose. Même mon dieu de l'amour a l'air sur ses gardes face à lui. Le nouveau venu s'approche de nous, un air avenant sur le visage, et Pothos serre un peu plus fort ma main dans le sienne.

– Ravi de vous compter parmi nous, Thalya, nous vous attendions, déclare-t-il.

– Merci… Zeus ? tenté-je.

Le dieu hausse les sourcils.

– Je ne suis pas Zeus.

J'ouvre la bouche en grand avant de la refermer, perdue. Il n'a pas les cheveux aussi longs que sur les représentations que j'ai pu voir de lui, mais ses traits sont pourtant les mêmes. Comment se peut-il qu'il ne soit pas lui ?

– Mais je vois que vous avez un minimum de culture, poursuit-il. Pothos, tu ne nous as pas amené une mortelle complètement inintéressante !

Je n'ai pas le temps d'interroger Pothos que deux autres dieux nous rejoignent, l'un portant un tatouage de trident sur le torse, l'autre un éclair sur le bras et ressemblant trait pour trait au premier venu. Alors seulement je comprends. Ce sont des triplés. Zeus, Poséidon et Hadès, bien que ce dernier ne porte aucune marque, contrairement à ses deux frères.

– N'êtes-vous donc pas inquiète ? me questionne Hadès, toujours face à moi.

Je jette une œillade à Pothos. Je ne sais pas jusqu'à quel point je peux me montrer honnête, mais il m'encourage d'un signe de tête.

– Vous avez mon avenir entre vos mains… Si je ne l'étais pas, je serais inconsciente, lui réponds-je.

Il hoche la tête, satisfait.

– Vous avez raison de l'être. Vous êtes le sixième humain à passer devant ce tribunal. Les précédents n'ont pas eu gain de cause. Mais qui sait… Peut-être que vous aurez de la chance, déclare-t-il avec détachement.

Je l'observe s'éloigner, impassible, alors que mon cœur bat la chamade. Si Pothos n'était pas à côté de moi, j'aurais pris la fuite. Je n'ai que très peu de chance de sortir d'ici avec tous mes souvenirs, et cette idée me terrorise. Je ne veux pas perdre ces dernières semaines. Même si elles ont été difficiles, ce que l'on a vécu m'a transformée, *nous* a transformés, et je refuse d'oublier l'homme que j'aime, dieu ou non. Ils ne peuvent pas nous faire ça maintenant.

Hadès m'adresse un signe de tête avant de s'installer au centre du demi-cercle en compagnie de ses frères. Zeus semble devoir accueillir chaque dieu par quelques mots, et pas une seule fois il ne m'adresse un regard. Il semble désabusé, fermé, et j'ai peur que ça ne joue pas en ma faveur. Il se fiche de notre sort.

Le reste des dieux ne tarde pas à arriver et, bien que je n'arrive pas à tous les reconnaître, quelques noms me viennent : Déméter et sa chevelure de feu, Hestia et cette éternelle cape qu'elle porte sur toutes les représentations que j'ai pu voir, ou encore Arès… Qui s'arrête à notre hauteur, son regard rouge planté sur nous. Il est plus petit que je ne l'aurais pensé, mais plus musculeux que n'importe qui dans cette salle.

– Père, déclare Pothos, bien moins familier qu'en présence d'Aphrodite.

Celui-ci ne lui répond pas, portant toute son attention sur moi.

– Qui donc est cette charmante créature ? demande-t-il d'une voix forte.

Je hausse les sourcils, gênée.

– La raison de ma présence, explique Pothos.

– Eh bien, si elle le désire et qu'elle sort indemne de ce conseil, mes quartiers lui sont ouverts.

Un large rictus étire son visage. Si grand qu'il paraît presque carnassier.

– Merci pour votre proposition, mais j'ai déjà bien à faire avec ceux de Pothos, interviens-je, un sourire factice aux lèvres.

Je serre plus fort la main de Pothos alors qu'Arès se détourne après avoir levé un sourcil dédaigneux, non sans un regard appuyé envers son fils. *Le dieu de la guerre vient de me proposer de coucher avec lui.*

– Est-ce que ton père vient de me draguer ?

Il grimace.

– Oui. Et je t'assure, je n'avais aucune envie de vivre ça.

Mon visage se déforme d'une moue dégoûtée, alors qu'Aphrodite nous rejoint, bien plus majestueuse que sur Terre. Elle porte l'himation à merveille, ses cheveux détachés formant une cascade de boucles décorée d'or. Le regard d'Arès est soudain happé par le corps de la déesse, alors que ses yeux à elle sont rivés sur nous.

– Je vais expliquer votre requête, puis vous prendrez le relais, explique Aphrodite sans préambule une fois arrivée jusqu'à nous. Compris ?

– Oui, déclare Pothos. Encore merci.

– Je le fais parce que tu ne m'en as pas laissé le choix, Pothos.

Elle s'apprête à se détourner mais s'arrête pour m'observer. Un soupir lui échappe.

– Je tiens à te demander de m'excuser, Thalya. J'apprécie les humains et je me suis comportée comme cette vieille déesse aigrie que tu as décrite, simplement par colère envers mon fils.

Mon souffle se coupe et j'écarquille les yeux. Je ne m'attendais pas à ça, mais je dois dire que j'en suis soulagée. Je préfère ça à l'ambiance pesante du restaurant.

– Je n'ai pas mieux réagi, soufflé-je.

– L'amour rend bête, conclut-elle.

Je me mords la lèvre, me retenant de sourire malgré la situation pesante. Pothos adresse un signe de tête reconnaissant à sa mère. J'ignore ce qu'il a fait pour la convaincre, mais une chose est sûre, elle semble au moins tenir à ses enfants. Du moins, plus qu'Arès. Elle s'éloigne de nous pour rejoindre les dix-sept autres dieux maintenant installés, et Pothos et moi nous dirigeons au centre de l'arc formé par les trônes, dans le silence. Bien droits, nous attendons que le procès commence. Une femme se lève alors, l'air fier. Pothos se penche pour chuchoter à mon oreille.

– C'est Artémis, la déesse de la chasse. Elle est amoureuse d'Antéros depuis une éternité. Je pense que nous aurons sa voix.

Je hoche la tête en observant la déesse avec admiration. Elle est magnifique. Ses cheveux courts et dorés lui donnent un air de femme fatale et ses lèvres fines laissent apparaître un sourire qui semble bienveillant.

– Nous sommes réunis aujourd'hui à la demande d'Aphrodite, fille de Zeus. Quelle est ta requête, déesse ?

– Je suis ici pour mon fils, Pothos, afin de juger ses actes passés, ainsi que pour l'humaine avec qui il se tient devant vous, explique Aphrodite. Elle a été mise au courant de notre existence et nous devons décider du sort qui l'attend, en plus de celui de mon fils. Il souhaite que cette humaine garde l'entièreté de ses souvenirs.

Je jette une œillade à Pothos, mais celui-ci est concentré sur le jury, occupé à dévisager chaque dieu qui nous fait face.

Alors qu'Artémis s'apprête à continuer son discours, Zeus l'interrompt en se levant, grave. Il s'approche du dieu de l'amour sans me porter la moindre attention, et je sens mon cœur rater un battement.

– Qu'as-tu donc fait pour qu'Aphrodite estime qu'un jugement est nécessaire ?

J'observe le visage tendu de Pothos, anxieuse.

– J'ai brisé mon propre cœur.

Quelques murmures montent dans l'assemblée. J'attrape la main de mon amant pour la serrer dans la mienne.

– Comment ?

– J'ai voulu briser le cœur de l'humaine présente près de moi.

Enfin, Zeus rive son regard sur moi. Je tente de garder la tête haute, sans succès.

– Je l'ai rencontrée lorsque je cherchais ma cible, poursuit Pothos. Je voulais m'affranchir de ma condition, et j'en ai discuté avec Thanatos. Il désirait un cœur brisé, mais devant mon refus, il m'a arraché les ailes pour s'assurer que je m'en chargerais à sa place. J'ai donc voulu profiter de Thalya pour parvenir à mes fins. Mais je suis… tombé amoureux. Au final, je me le suis brisé seul en pensant la perdre.

Il serre ma main à son tour, et je sais qu'il regrette profondément. Moi aussi. Pourtant, c'est grâce à ça que nous en sommes là aujourd'hui. Le dieu de la foudre nous observe à tour de rôle, cherchant sûrement à savoir si notre histoire est vraie.

– Thanatos ne cessera de nous surprendre. Tu as donc marchandé avec le dieu de la mort ? Tenté d'aller à l'encontre des décisions du conseil ? Pourquoi voulait-il ce cœur ?

– Je suppose qu'il avait ses raisons, mais je ne les connais pas, ment Pothos.

J'aperçois Aphrodite échanger quelques mots avec sa voisine, Artémis, et j'ai peur que les actes de Pothos ne soient punis. Je ne sais pas à quel point ce qu'il a fait est grave pour le conseil.

Zeus recule de quelques pas, stoïque, avant de se tourner vers la déesse de l'amour.

– Lui as-tu déjà communiqué ce qu'il adviendra de son statut ?

– Je l'ai fait, confirme Aphrodite.

– Et je l'accepte, les interrompt Pothos.

Le dieu de la foudre se tourne à nouveau vers nous, un rire sarcastique lui échappant.

– Nous ne t'avons pas demandé ton avis, jeune dieu. Un cœur brisé ne peut pas réparer ceux des humains, tu n'es plus rien. Tu aurais dû venir nous voir au lieu de flatter ton ego. Tu es condamné à n'être qu'un pauvre dieu sans intérêt, donc l'immortalité finira par paraître bien longue. Pour punir tes actes, tu n'auras plus jamais l'occasion d'intégrer le conseil. J'estime que cela est un complément suffisant, en regard de la souffrance que tu as endurée pour la perte de tes ailes. Cette décision vous convient-elle ? demande-t-il en s'adressant au reste de l'assemblée.

Les mains se lèvent une à une. Seule Artémis garde sa voix, ce qui lui vaut un regard noir de Zeus avant que celui-ci n'observe à nouveau le dieu près de moi. J'ai peur de voir Pothos changer d'avis. Que les mots de Zeus lui fassent prendre conscience qu'il veut plus de pouvoir, que la vie dont nous avons parlé ne lui convient pas vraiment… Pourtant il n'en fait rien.

– L'éternité n'est pas longue lorsqu'elle est partagée. Voici la raison première de ma présence ici. Je souhaite pouvoir partager ma vie avec Thalya, que vous lui permettiez d'entrer dans le secret des dieux, de connaître notre existence.

Après quelques murmures, le silence se fait dans l'assemblée. L'air déterminé, Zeus fait un pas en avant, s'éloignant à nouveau de son trône, et s'approche de moi. La salle peu meublée crée une résonance qui s'estompe aussitôt une fois le dieu à mon côté. Tous les regards sont tournés dans ma direction. Je reste figée alors que Zeus me tourne autour, ma main toujours fermement accrochée à celle de Pothos. Je capte le regard noir de ce dernier lorsque le dieu frôle mon dos de ses doigts.

– Ton identité ? demande Zeus en se plaçant de nouveau face à moi.

– Thalya Hale.

– Et d'où viens-tu ?

– Je vis à Seattle, mais je suis née à Chicago.

Je jette un coup d'œil à Pothos, mais je n'ai pas le temps de comprendre ce que j'y lis que Zeus pince mon menton pour me forcer à le regarder. Je le repousse sans réfléchir, déclenchant des murmures outrés parmi les dieux. *Fait chier !*

– Tu as l'amour du risque, déclare-t-il.

– Je suis désolée. Je n'ai simplement pas apprécié votre geste… soufflé-je, la gorge nouée. Je… je ne m'y attendais pas.

Pothos avait raison de me mettre en garde. Je ne sais pas me faire discrète, et j'en ai la preuve en le sentant me broyer les doigts. J'aurais dû m'abstenir. Zeus ne dit rien, le visage impassible, des éclairs crépitant autour de ses mains. C'est aussi impressionnant que terrifiant. Il pourrait me tuer d'un geste. Si Aphrodite ne m'inspirait pas de crainte, je ne peux pas en dire autant de Zeus. Des milliers de petits éclats se baladent entre son pouce et son index, et je relève doucement les yeux vers son visage. Il me fixe sans ciller, une émotion indescriptible dansant dans son regard gris.

– Une mortelle, donc ?

– Oui… murmuré-je, sans comprendre le but de ses questions.

– Et pourquoi te penses-tu digne d'un dieu ?

Je me tourne vivement vers Pothos, perdue, tandis que Zeus s'éloigne de quelques pas. Digne d'un dieu ? Combien de fois vais-je devoir me justifier ?

– Écoutez, je comprends votre méfiance… Mais je ne me pense pas digne d'un dieu. Je veux simplement être avec Pothos et rien de plus. Je me moque de ce que vous êtes…

Toute l'assemblée se fige, y compris Pothos, et je sens mon ventre se nouer. Zeus me jette un regard ombragé, ses iris troublés par ses éclairs, et Pothos s'interpose entre nous avant que je n'aie pu dire quoi que ce soit pour me justifier. *Pitié, faites que je n'aie pas dit quelque chose qu'il ne fallait pas…*

– Ne lui fais pas de mal, intervient doucement Pothos. Elle ne connaît pas nos codes…

– Alors tu aurais dû les lui enseigner avant de venir ! On ne remet pas en question notre statut ! tonne la voix de Zeus.

Je déglutis, comprenant mon erreur.

– Je me suis mal exprimée, veuillez m'excuser…

Zeus me fait taire d'un regard. J'aurais dû préparer ce laïus avant. Nous n'avons disposé que de peu de temps, mais j'aurais dû faire plus, parce que j'ai bien l'impression que je suis en train de gâcher toutes nos chances d'obtenir leur approbation.

– Votre requête est refusée, déclare finalement Zeus.

– Et je peux savoir pourquoi ? demande Pothos calmement.

Trop calmement. Il prépare quelque chose, j'en mettrais ma main à couper.

– Ne te montre pas si insolent, jeune dieu. Tu ne fais pas partie du conseil, je ne te dois aucune justification.

– Je pense que si, justement. Il s'agit de ma vie et de celle de la femme que j'aime, pas d'un malheureux sujet que tu peux balayer d'un revers de la main.

Pothos est resté posé, pourtant la tension est montée d'un cran. Tous les dieux retiennent leur souffle, Aphrodite serrant les accoudoirs de son trône en silence. C'est ma faute si tout a dérapé, et je ne peux rien faire, impuissante. Il y a moins d'une heure, je pensais que ma seule préoccupation était cette histoire d'union. À présent… Je crois que je ne sais plus où j'en suis. Surtout lorsque le rire de Zeus se met à résonner dans la pièce.

Ça ne sent pas bon.

CHAPITRE 39

POTHOS

– Tu penses vraiment avoir le choix ?

Zeus a brutalement cessé de rire, un long silence suivant sa question. Tous les regards de l'assemblée pèsent sur moi. Ils me pensent sûrement téméraire, voire suicidaire, mais je ne le suis pas. Je ne prendrais jamais un tel risque en sachant qu'ils pourraient s'attaquer à Thalya. Je joue aussi ma dernière carte ; c'est osé, mais calculé.

– Je t'offre une information précieuse en échange de l'approbation du conseil.

– Qu'est-ce qui te fait penser que cela pourrait m'intéresser ?

– Je connais les intentions de Thanatos. Je vous ai menti.

Des chuchotements se propagent dans le conseil. Je le savais en balançant cette bombe. C'est pour cette raison que j'ai gardé précieusement les raisons qui ont poussé Thanatos à me faire ça. J'aurais aimé ne pas avoir à le faire, parce que je peux comprendre ses motivations… Je le hais pour ce qu'il nous a fait, à moi et à ma famille, mais j'en ai moi-même été réduit à imaginer des actes abominables pour me sortir de cette impasse qu'était l'éternité. J'ai failli briser le cœur de Thalya, merde ! Rejeter Thanatos serait hypocrite. Cependant, je n'ai plus le choix. Zeus est prêt à mettre un terme à ce procès, et ce n'est pas en notre faveur. Je ne suis pas hypocrite, mais je suis égoïste, et mon égoïsme me convainc de sauver ce que j'aime. Et c'est Thalya. Si cela nous permet de sortir d'ici indemnes, alors je n'hésite pas une seconde.

Zeus plisse les yeux, les lèvres retroussées en un rictus agacé.

– Parle, avant que je ne change d'avis.

– Pas sans ta parole.

– Perséphone ! s'exclame-t-il en se tournant vers la déesse. Je te prends comme témoin. Je donne ma parole au jeune dieu. Satisfait ? demande-t-il en revenant à moi. Maintenant, parle.

Du coin de l'œil, je vois qu'Aphrodite nous observe, de marbre. Seuls ses poings sont serrés, comme si elle se retenait de bouger. Même si je sais qu'ici, elle ne peut prendre parti qu'en tant que déesse, je mentirais si je disais que je n'espérais pas une intervention de sa part.

Je jette un regard assuré à Thalya et celle-ci vient entrelacer nos doigts. J'ai alors l'impression d'enfin respirer. Je ne sais pas où nous allons, mais nous y allons ensemble.

– Thanatos cherchait un cœur brisé pour quitter les Enfers avant le jugement de ses actes envers Éros. C'est pour cela qu'il m'a imposé cet échange et s'en est pris à mes ailes. J'ignore qui il devait contacter, cependant. Il a peut-être réussi à marchander sa sortie à l'heure qu'il est. Vous n'avez plus beaucoup de temps, si ce n'est pas déjà trop tard.

L'ambiance devient lourde, et Aphrodite se lève sans attendre en lançant un ordre à ses harpies. Celles-ci descendent du plafond, là où elles étaient cachées, et Thalya les observe avec des yeux écarquillés, tremblante. Artémis suit les harpies sans attendre, en bonne déesse de la chasse qu'elle est, et les voilà parties à la poursuite du dieu de la mort alors que les autres discutent bruyamment entre eux. Zeus aboie des ordres à ses frères, et je profite de ce court instant de répit pour me pencher vers Thalya.

– Surtout, ne dis plus rien, OK ?

– Je suis désolée…

– Ne le sois pas. Tu as essayé.

Elle se mord la lèvre, et je vois bien que ma tentative de la rassurer n'a pas fonctionné. D'autant plus lorsque ma mère s'approche de nous.

– Tu as donc si peu de respect pour moi que tu n'as pas jugé bon de me le dire ?

J'avale difficilement ma salive, coupable.

– J'ai fait ce qui me semblait juste.

– Et tu as un jour osé demander à rejoindre le conseil ? réplique Zeus. Tu n'en as pas l'étoffe ! Tu aurais dû nous prévenir avant !

– Maintenant, vous le savez. Alors laisse-nous partir et faites ce que vous avez à faire.

Je le vois enrager, mais je sais qu'il ne fera rien. S'il rompt sa parole, le conseil ne lui fera plus confiance. Ils nous observent tous, de nouveau silencieux dans l'attente du verdict.

– Pour ces informations données, tu es libéré de tes fonctions et libre de vivre avec cette mortelle. Celle-ci conservera ses souvenirs tant que son silence durera. Maintenant, partez, avant que je ne change d'avis.

Il nous tourne le dos sans un mot de plus et j'attire Thalya à l'écart alors que tous les regards restent rivés sur nous. Je sais ce que signifient ses mots. Je suis immortel, mais je n'aurai jamais de place au sein de l'Olympe. Je resterai une divinité mineure. Pourtant, cela ne m'importe plus. J'avais besoin de changement dans cette éternité, et ce changement me tient la main.

CHAPITRE 40

POTHOS

À peine la porte passée, j'attire Thalya à moi pour la serrer contre mon torse. J'ai besoin de ce contact, de la sentir et de prendre conscience que tout cela n'est pas une illusion. Zeus nous a donné ce que nous désirions, je ne peux pas y croire. Je l'espérais, oui, mais je ne savais pas si cela serait possible, même en jouant la carte « Thanatos ». J'ai besoin de savourer ce moment entre nous.

– Je n'ai pas encore bien percuté que je ne vais pas finir morte ou amnésique, murmure-t-elle contre moi.

– Tu t'en rendras mieux compte une fois sur Terre.

Je m'écarte doucement, caressant sa joue.

– On rentre déjà ?

– Pas encore, non. Je dois d'abord passer voir l'un de mes frères, Antéros.

Je la sens s'éloigner de moi brusquement, et j'observe son visage tendu par l'inquiétude. Je voudrais profiter d'un moment d'insouciance, pouvoir lui faire visiter mon monde comme elle l'a fait avec le sien et lui montrer que je n'ai plus aucun secret pour elle, mais ce n'est pas aujourd'hui que cela va arriver. Zeus a été clair : nous ne devons pas traîner ici. Il faut que je trouve mon frère pour ensuite pouvoir rejoindre la Terre au plus vite. Je ne peux pas rentrer avec elle sans avoir parlé à Antéros, il me détesterait de ne pas lui avoir dit les choses de vive voix. Je n'aime pas l'idée de laisser Thalya seule ici, mais je sais que personne ne prendrait le risque de lui faire du mal.

– Je vais devoir rester seule ? demande-t-elle, faisant écho à mes pensées.

– Oui. Tu pourrais peut-être visiter les jardins dans lesquels nous sommes arrivés ? Est-ce que ça te dérange ?

Thalya secoue la tête, à mon plus grand soulagement. Elle a tenu tête à Aphrodite, elle s'est tenue devant Zeus… Rares sont les humains aussi courageux qu'elle. Je dépose mes lèvres sur son front avant de l'entraîner à ma suite pour rejoindre les espaces verdoyants. Nous croisons quelques harpies que Thalya ne remarque pas, perdue dans ses pensées, et nous passons notre chemin. Mieux vaut se faire tout petit face à elles.

– Est-ce que tu as peur de la réaction de ton frère ? demande-t-elle, me sortant de mes pensées.

Un soupir m'échappe et mon regard se pose sur le sol.

– Oui et non. Je sais qu'il me soutiendra, il l'a toujours fait… J'espère simplement qu'il ne m'en voudra pas de ne pas lui en avoir parlé, lui réponds-je.

Même en revenant en arrière, je ne ferais sûrement pas les choses différemment… Je n'en aurais même pas parlé à Éros si Thalya n'était pas allée le chercher. Je ne regrette pas mon silence, cela m'a au moins permis de comprendre seul mon cœur et ce que je ressens pour Thalya.

Nous arrivons aux jardins, un océan de verdure s'étendant devant nous. C'est l'un des lieux préférés de ma mère, un cadeau de Perséphone avant son départ définitif pour les Enfers. De grands arbres en forme d'arches entourent un chemin de sable, et des parterres de fleurs de toutes les couleurs encadrent les tables de banquet sur lesquelles les nymphes aiment se poser. C'est l'un des lieux les plus sereins de l'Olympe.

Thalya s'assied sur l'un des bancs devant nous, puis serre ma main un peu plus fort avant de me sourire.

– Allez, vas-y, je t'attends ici.

J'ai peur qu'elle ne se force. Ces derniers jours ont été éprouvants, et elle vient à peine d'échapper à la mort, je n'ai pas envie de la laisser. Et si elle décidait qu'avoir un dieu dans sa vie, c'était trop pour elle ? Ce serait logique.

Voyant mon hésitation, elle serre un peu plus fort ma main et me caresse la joue. Je dois faire vite. Je lui adresse un sourire reconnaissant avant de l'abandonner après un dernier baiser, déployant mes ailes pour rejoindre les quartiers de mon frère. Je prends une minute pour savourer la sensation de me retrouver sur le sol olympien, la chaleur du soleil venant réchauffer mes plumes. J'ai l'impression de ne jamais les avoir perdues, et pourtant, voler me semble différent… Peut-être parce que j'ai enfin pris conscience de ce qui est important dans ma vie.

Lorsque je rejoins les quartiers d'Antéros, je ne peux m'empêcher de sourire face à la nouvelle décoration qu'il y a fait installer. Mon frère a beau être le plus vieux jeu, c'est un éternel admirateur de l'art moderne humain. Ses murs sont blancs afin de pouvoir être recouverts d'œuvres d'art, et un large écran plat trône face à son lit. Je m'attends à ce qu'il soit en train de lire ou de peindre comme il aime tant le faire, mais ce sont des éclats de voix qui m'accueillent, et je m'arrête net sur le balcon. *Qu'est-ce qu'il lui arrive ?*

– Artémis… murmure Antéros.

– J'ai plus important à faire que d'écouter tes âneries !

– Alors tu vas juste partir sans me laisser parler ?

Je m'approche, les apercevant enfin. La déesse de la chasse repousse mon frère d'un geste de la main. Si je pensais qu'elle était en colère lorsque je leur ai annoncé ce que je savais sur Thanatos, ce n'est rien comparé à ce que je suis en train de voir. Du lierre vient entraver mon frère, et je fais un pas en avant pour l'aider. Il n'est pas question que je la laisse lui faire du mal ! Pourtant, je m'arrête avant de franchir la porte vitrée. Antéros ne réagit pas.

J'ignore pourquoi Artémis est tant en colère, mais si Antéros voulait vraiment se défendre, il le ferait.

– Non. Je vais faire mon devoir. Je reviendrai ensuite pour avoir des explications et tenter de remettre tes idées en place !

Sur ces mots, elle tourne les talons et me jette un regard noir lorsqu'elle me découvre sur le balcon. Elle ouvre les portes d'un geste rageur puis, d'un mouvement d'ailes, quitte les quartiers de mon frère. Je hausse les sourcils avant de pénétrer dans la pièce, Antéros se relevant en soupirant.

– Je suppose que tu as tout vu ?

– Assez pour savoir que tu viens de te laisser mettre à terre. Que lui vaut cette colère ? Moi qui pensais qu'elle ne savait que te dévorer du regard…

Mon frère grommelle alors que je tente de contenir mon sourire. Je crois ne jamais avoir vu Artémis s'énerver contre lui.

– Elle n'apprécie pas l'impact que tes erreurs ont sur ma personne.

Je me fige, perdant immédiatement mon expression moqueuse. *J'arrive trop tard.*

– Tu sais déjà ? demandé-je, la gorge nouée.

Mon frère ramasse les feuilles éparpillées dans sa chambre et les jette par la fenêtre avant de me lancer une œillade déçue.

– À quoi est-ce que tu t'attendais ? Je passe mon temps libre avec Artémis, évidemment que j'allais le savoir ! dit-il, agacé. J'aurais simplement préféré que tu me le dises toi-même au lieu de l'apprendre par quelqu'un d'autre.

Je le rejoins, penaud. J'aimerais pouvoir lui dire que je suis désolé, que si j'avais su, j'aurais fait les choses autrement… Pourtant, ce serait un mensonge, et il n'est pas question de continuer sur ce chemin-là.

– Quel impact cela a-t-il sur toi ? demandé-je en m'asseyant sur son canapé.

Mon frère lâche un rire sans joie, ce qui ne fait que renforcer mon inquiétude. Antéros est le plus posé d'entre nous ; il est d'ailleurs souvent pris pour notre aîné. Ce comportement ne lui ressemble pas.

– Rien de bien grave, soupire-t-il. Je me dis juste qu'une pause de quelques mois dans mon travail me ferait du bien… Mais Artémis n'est pas de cet avis, elle n'aime pas l'idée que je m'éloigne d'elle.

– Et depuis quand c'est à elle de choisir pour toi ? rétorqué-je sans réfléchir.

Mon frère me renvoie un regard moqueur.

– Tu es bien amusant d'oser me dire une telle chose lorsque tu viens d'abandonner ton rôle pour une femme.

Je ne peux m'empêcher de sourire. Il a raison. Pourtant, il y a une différence majeure : je suis amoureux de cette humaine. Alors que si j'en crois les propos de mon frère, il n'a jamais aimé la déesse de la chasse… Et j'ai sincèrement de la peine pour elle, car un amour non partagé est tout aussi douloureux qu'un cœur brisé.

– Fais ce qui te semble juste, dis-je seulement. Elle finira par comprendre.

Mon frère baisse la tête. Il ne veut pas en parler pour le moment, alors je le laisserai venir à moi. Je crois que nous avons eu assez d'émotions pendant quelque temps.

– Est-ce que tu m'en veux beaucoup de ne pas t'avoir prévenu ? demandé-je, le cœur au bord des lèvres.

Mon frère incline doucement la tête, l'air pensif, et je sens mon rythme cardiaque s'accélérer. Mon cœur divin n'a jamais été aussi malmené que ces derniers temps.

– Je le comprends. Il est important d'avoir son jardin secret. Tant que tu me présentes l'humaine en bonne et due forme, je devrais pouvoir te pardonner.

Je ne peux empêcher un large sourire d'étirer mes lèvres. Je suis certain que Thalya va l'adorer, et cela sera réciproque. Mon frère est le genre de dieu que tout le monde apprécie pour sa bienveillance et sa placidité. Je n'ai cependant pas le temps d'accepter que la porte s'ouvre dans un grand fracas, et je dévisage Antéros alors que celui-ci jure dans sa barbe.

– Elle ne va jamais se calmer, bon sang… grommelle ce dernier.

Il n'a pas le temps d'ajouter quoi que ce soit qu'Artémis pénètre à nouveau dans la pièce, le regard plus sombre que jamais.

– Thanatos vient d'être appréhendé à la frontière entre les Enfers et l'Olympe. Il était sur notre territoire, en train de marchander auprès d'un de nos gardiens avec le cœur brisé. Ils étaient apparemment en contact depuis quelque temps. Le conseil est en train de se charger de son cas, tu devrais partir tant qu'il en est encore temps, Pothos.

Je déglutis péniblement, conscient de ce qu'Artémis est en train de me dire. Zeus pourrait changer d'avis. S'il ne peut pas m'interdire de repartir ou s'en prendre directement à Thalya, il est tout de même coutumier des machinations et des contournements de règles. S'il le veut vraiment, il pourrait trouver un moyen de nous faire du mal. Autant que nous ne soyons plus dans les parages pour le lui rappeler.

Je me tourne vers Antéros, un sourire de façade sur les lèvres.

– Rejoins les jardins de mère, Thalya y est. Tu devrais au moins pouvoir la voir quelques minutes.

– Et toi, que comptes-tu faire ? m'interroge-t-il.

– Je vais te suivre, j'ai juste une dernière petite chose à faire.

Pour une fois, Antéros ne bronche pas et s'envole en direction des jardins d'Aphrodite. Je me tourne ensuite vers Artémis, qui m'attend les sourcils froncés. Elle se doutait sûrement parfaitement que je souhaitais être seul avec elle. Elle m'aide, je peux bien lui rendre la pareille.

– Est-ce que ça va aller pour toi ?

Elle recule d'un pas, avant de me dévisager ouvertement. Elle ne s'attendait pas à ça, j'en ai parfaitement conscience, mais je m'inquiète pour elle. Après tout, elle compte pour moi. Bien plus que d'autres de nos congénères. Elle replace ses mèches blondes, et je peux voir ses épaules se détendre.

– Les dernières heures ont été intenses. Je crois que j'ai juste besoin d'un peu de repos.

– Alors prends le temps. L'Olympe le comprendra… Mais ne mets pas de côté ce que tu ressens. Si tu veux le suivre, fais-le. Je pense qu'Éros et moi avons su prouver que nous pouvions vivre notre existence au même titre que n'importe qui.

Artémis ferme les yeux un instant, la respiration hachée, et lorsqu'elle les rouvre, ils sont de nouveau clairs.

– J'ai déjà perdu l'un de mes amis les plus chers. Je n'ai aucune envie de perdre Antéros également.

Je m'approche d'elle afin de poser une main sur son épaule et la déesse ne me repousse pas, me laissant apercevoir cette part vulnérable qu'elle ne montre jamais. Elle était très proche d'Éros, et sa nouvelle vie humaine les a indubitablement séparés.

– Alors fais ce qui te semble juste pour que les choses marchent, lui conseillé-je, grave.

– Tu devrais en faire de même. Je suis sérieuse lorsque je dis que Zeus est en colère. Ne prends pas de risques inconsidérés.

Je lui souris une dernière fois avant de tourner les talons. Elle a raison, il n'est pas question de tenter le dieu de la foudre. Je refuse de perdre ce que j'ai avec Thalya pour si peu. Alors je la rejoins sans la moindre hésitation, sachant pertinemment où est ma place.

CHAPITRE 41

THALYA

J'inspire profondément, les nombreuses odeurs des fleurs alentour remontant jusqu'à moi. Les arbres, les fruits… Tout sent divinement bon, et j'aurais presque l'impression d'être au paradis si les récents événements n'avaient pas eu lieu. Les couleurs autour de moi sont vives, la verdure semble saturée, et la lumière qui émane tout autour est presque aveuglante. Aucun tableau ni aucun récit ne peut y rendre justice. J'aimerais pouvoir en mémoriser chaque centimètre pour ne jamais l'oublier. *Dire que j'ai un jour rêvé qu'un tel endroit existe*… Pourtant certaines choses devraient rester dans notre imagination. Rien ne s'est passé comme je l'espérais.

Le conseil olympien n'est pas aussi intègre que ce que raconte la mythologie, les dieux ne se sont pas montrés très sympathiques, Zeus ne m'a même pas laissé une chance après mon erreur. Nous avons quitté la pièce dans un silence gênant, soulagés d'être encore en vie alors que j'ai failli nous faire tuer. Je dois avouer que je suis déçue. Est-ce que je regrette pour autant ? Pas un seul instant. Je suis avec la personne que je désire, nous allons rentrer ensemble, et plus rien ne se dresse entre nous. *Que demander de plus ?*

– Pouvons-nous nous joindre à toi ? m'interrompt une voix.

Je relève doucement la tête vers deux hommes que je n'ai encore jamais vus, que ce soit en réalité ou dans les livres que j'ai étudiés. Ils m'observent avec une curiosité non dissimulée. Je les toise, cherchant à savoir s'ils me sont hostiles ou non. Les yeux de l'un sont ambrés, une couleur que j'ai toujours admirée, alors que ceux de son compagnon sont orange. Ils sont tous deux grands et bruns, d'une beauté divine, et ont l'air plus curieux que menaçants.

– Tout dépend de votre identité, tenté-je.

Celui au regard étrangement orange s'approche de moi avec un sourire chaleureux aux lèvres. Il semble âgé d'une trentaine d'années, même si j'ai conscience que l'âge n'est pas le même ici que sur Terre. Sa ride du lion est très marquée, comme s'il était constamment en train de se faire du souci, et ses cheveux bruns en bataille lui donnent un air sympathique. *Du moins, plus que les autres dieux.*

– Je m'appelle Antéros, se présente-t-il. Et voici mon frère, Hédylogos.

– Les frères de Pothos, deviné-je.

– En chair et en os, rétorque Hédylogos.

– Je crois qu'il te cherchait, dis-je à l'attention d'Antéros.

– Je le sais, oui. Nous avons déjà discuté.

Je les observe à tour de rôle, surprise. Je pensais que seul Antéros était ici. Je suppose que Pothos ne sait pas pour son second frère. Hédylogos est un peu plus petit qu'Antéros, son regard ambré brillant de malice. Antéros a tout autant de charme, même si aucun n'est aussi beau que Pothos à mes yeux. *Je ne suis pas objective.*

– Je peux vous aider ? demandé-je.

– Pas du tout. Antéros était simplement curieux de te rencontrer. Et comme je m'ennuie, je l'ai suivi.

– Pourquoi ?

Je hausse les sourcils, surprise par sa franchise. Me rencontrer ? Moi ? Je ne vois pas vraiment l'intérêt.

– J'ai appris tout ce qui est arrivé à mon frère de la bouche des autres. Je voulais au moins rencontrer son humaine par moi-même, explique Antéros.

– Sa… Quoi ? Tu me prends pour un objet ?

Je le dévisage alors qu'Hédylogos éclate d'un rire sonore, comme si la situation avait quelque chose de comique. *Est-ce que c'est une plaisanterie ?*

– Je suis désolé, Antéros est un peu… particulier, explique finalement Hédylogos. Il est celui qui maîtrise le moins votre langage, à force de traîner avec tous ces vieux dieux.

Je me mords la lèvre pour ne pas rire. Je ne connais pas beaucoup de dieux, c'est évident, mais Hédylogos semble avoir autant de second degré que Pothos, et ce n'est pas désagréable.

– Je m'appelle Thalya, me présenté-je finalement.

– Enchanté ! répond Antéros en me souriant. Vous avez décidé de quitter l'Olympe ?

Je baisse la tête en triturant mes doigts. Nous n'avons pas encore abordé ce sujet avec Pothos. Nous n'avons pas le choix, et c'est principalement à cause de mon erreur face à Zeus. Si j'avais su tenir ma langue… Pothos aurait peut-être pu obtenir une place au conseil mais maintenant, c'est hors de portée, et je sais que cela va lui coûter. J'ai peur qu'il ne finisse un jour par m'en vouloir, même si la perspective de simplement pouvoir profiter de la vie aux côtés de la personne que j'aime me donne des frissons.

– Oui. Zeus l'a en tout cas exigé pour moi.

– Vous avez de la chance, me répond Antéros. Je pense demander une pause aussi pour tenter de profiter d'un peu de liberté…

– Et de profiter de ta déesse ! le chambre Hédylogos.

– Non, je voudrais une pause pour moi si le conseil me l'accorde. Prendre du temps seul, pourquoi pas sur Terre. Tout ne tourne pas autour de l'amour, vous devriez vous mettre ça dans la tête !

Je souris, amusée par leur joute verbale. *J'espère qu'un jour, chaque dieu pourra vivre comme il le désire.*

– C'est donc toi qui es avec Artémis ? demandé-je à Antéros, toujours debout face à moi.

– En quelque sorte.

– Hmmm… se moque Hédylogos.

Ça a l'air compliqué pour lui aussi de s'avouer ses sentiments. Comme quoi, l'amour n'est pas qu'une considération humaine.

– Donc, vous aussi vous passez votre temps sur Terre pour réparer des cœurs ? m'intéressé-je pour changer de sujet.

– Absolument ! Et nous, on ne les brise pas ! se moque Hédylogos.

– Le cœur brisé de Pothos n'a rien de drôle, le rembarré-je.

Je le dévisage, mon sourire disparu. Je déteste savoir que la peine de Pothos est en partie ma faute. Antéros grommelle, alors qu'Hédylogos lève les yeux au ciel.

– Mon frère a absolument tout mon soutien, mais je pense avoir le droit de me moquer étant donné que je suis toujours le dernier au courant de ce qui arrive, répond Hédylogos avec sérieux.

Je baisse les yeux alors que les dieux m'observent avec intérêt. Je me sens désolée pour eux. Le seul qu'il m'était possible de contacter était Éros, ce que j'ai fait. Le reste n'était malheureusement pas de mon ressort. J'adresse un sourire contrit aux Érotes.

– Je suis navrée que vous ayez appris la situation de cette façon. Pothos ne voulait pas en parler. C'est moi qui ai réussi à trouver Éros sans son accord…

– Il a dû apprécier ta défiance ! se moque Hédylogos.

– J'ai bien cru qu'il n'allait jamais me pardonner, oui.

Je ne peux m'empêcher de sourire. Oui, j'ai bien cru qu'il ne voudrait plus jamais me voir. Puis j'ai pensé ne jamais lui pardonner de m'avoir utilisée… Cette période me paraît si lointaine lorsque je vois où nous en sommes aujourd'hui.

– Vous avez quand même l'air d'avoir dû surmonter quelques obstacles, de ce que j'ai pu entendre des oracles, réagit Antéros.

– Ce qui compte, c'est le résultat.

– C'est bien une phrase humaine, ça ! ricane Hédylogos.

– C'est une phrase sage, le rembarre Antéros.

J'éclate de rire. Je ne sais pas si je les apprécierais au quotidien, mais ils ont au moins le mérite d'être divertissants.

– Je sais que Thalya a quelque chose de très attirant, mais elle est déjà prise. Alors si vous pouviez nous laisser plutôt que de rire sans moi…

Je me retourne au son de cette voix, avant qu'un large sourire ne me vienne aux lèvres. Pothos se tient droit, l'air enjoué, et je ne peux m'empêcher d'admirer cette vision.

– Et si on refuse ? tente Hédylogos.

– Ce n'est pas une question, c'est un ordre.

– Thalya est bien trop charmante pour l'idiot que tu es.

– Alors je suis un idiot chanceux.

Je me mords la lèvre en me retenant de rire. Il s'estime chanceux ? J'ai plutôt l'impression que c'est moi qui le suis. Avec tout ce qu'il s'est passé entre nous, plus d'un aurait baissé les bras. Mais pas nous. Je compte bien profiter de chaque seconde en sa présence, je crois que nous l'avons bien mérité.

Je me redresse avec un sourire poli, pressée de me retrouver seule avec Pothos.

– Merci de m'avoir tenu compagnie, dis-je à l'attention des deux frères.

– Avec plaisir. N'hésite pas si tu as besoin de quoi que ce soit, répond Antéros. Pothos a nos numéros.

Les deux me saluent avant que je me retrouve seule face à Pothos. Ses cheveux trop longs lorsque je l'ai rencontré me semblent plus courts, et je détaille chacun de ses traits comme si je le voyais pour la première fois. J'ai du mal à croire que nous sommes pleinement ensemble.

– À quoi tu penses ? demande Pothos, soucieux.

Je me mords la lèvre. Je sens mon rythme cardiaque accélérer, et l'angoisse que j'avais pourtant tenté d'ignorer prendre place au creux de mon ventre.

– J'ai peur que tu m'en veuilles…

– T'en vouloir ? Pourquoi ?

Je voudrais pouvoir ignorer tout ce qui est en train de nous arriver, mais ce n'est pas possible. Ma main gauche joue avec les mèches blondes de Pothos et mon regard s'arrime au bleu du sien. Je déteste voir ses sourcils autant froncés. J'ai peur de lui avouer ce que je ressens et de découvrir que j'ai raison.

– Je… Si j'ai bien compris, tu n'auras jamais la place que tu convoitais à l'Olympe à cause de moi. Et si tu m'en voulais un jour ? Et si tu te rendais compte que c'était ça, le plus important pour toi ?

Pothos semble horrifié par mes mots, une grimace déformant ses lèvres, puis il me rapproche de lui, l'air tout ce qu'il y a de plus sérieux.

– Parfois, je me demande comment tu peux être aussi intelligente tout en étant profondément naïve… grommelle-t-il.

Je plisse les yeux, perdue.

– Mon cœur s'est brisé, Thalya…

Je grimace. Pas besoin de me le rappeler.

– Et tu sais pourquoi il s'est brisé ? Parce que c'est toi qui comptes le plus. Sinon il se serait brisé lorsque j'ai perdu mes ailes. Alors non, je ne risque pas de t'en vouloir. Et si jamais ça arrive… tu me traiteras d'imbécile, et tu me remettras les idées en place.

Je lâche un rire bref, et les larmes me montent aux yeux. Il n'imagine pas comme j'avais besoin d'entendre ça. J'ai l'impression d'avoir tout foiré devant le conseil, et Pothos à dû rattraper la situation pour nous deux. J'avais peur de le perdre un jour à cause de ça.

– Alors j'ai l'autorisation de t'insulter ? demandé-je pour tenter de nous détendre.

Un rire rauque lui échappe, et ce son me fait du bien. Les émotions de ces dernières heures pèsent lourd sur nos épaules. Pothos semble du même avis, un sourire tendre ourlant ses lèvres et ses mains caressant mes hanches.

– Respire, Thalya.

– Qu'est-ce qu'on va faire, maintenant ?

Pothos vient caresser ma joue, son regard fermement rivé au mien. Il me sourit avant d'approcher son visage, mais je sens que quelque chose le tracasse aussi. Je m'accroche à son cou, soucieuse.

– Ça ne va pas ?

– Si, bien sûr que si.

– Alors quoi ? Tu… Tu ne veux pas partir ? m'inquiété-je.

– C'est… autre chose.

Je ne peux retenir un soupir de soulagement : je ne supporterais pas de rester ici, nous sommes au moins sur la même longueur d'onde. Il retire mes mains de sa nuque, semblant chercher ses mots.

– Je me lance… souffle-t-il.

Il prend ma main dans la sienne, et j'observe son visage, un peu perdue. Il me sourit avec hésitation, ce qui ne lui ressemble pas, lui habituellement si fier.

– Il faut que je te demande quelque chose.

La gorge nouée, je ne dis rien. *Pitié. Faites qu'il ne me demande pas en mariage.*

– Et si on ne rentrait pas ?

Je me fige, abasourdie.

– Pothos… J'ai été bannie de l'Olympe, tu le sais. Je ne suis même pas en mesure d'accepter ta demande d'union…

Il secoue vivement la tête, puis prend mon visage en coupe.

– Ce n'est pas du tout ce que je te demande. Je parlais plutôt de te faire découvrir la Terre… Tu voulais voyager, non ? On pourrait aller en Grèce, visiter tous les lieux que tu rêvais de voir… Tu n'as pas besoin de tout abandonner pour ça. Je sais que ces dernières semaines ont été une épreuve et je comprendrais que tu veuilles un instant à toi, loin des dieux, loin de moi… Mais nous pourrions passer du temps ensemble comme des gens simples, sans complications. Je…

Je retiens un sanglot, éblouie par le dieu face à moi. Il a compris. Il a compris pourquoi j'ai refusé, et mieux, il a trouvé une solution. Une solution qui fait battre mon cœur un peu plus fort au creux de ma poitrine.

– Pitié, dis-moi oui, cette fois-ci, murmure-t-il.

Mon souffle se coupe. Dans ses yeux, tous les sentiments qui s'y reflètent font écho aux miens et me donnent la certitude qu'aucun cœur brisé ni aucun dieu ne pourront nous séparer. Alors plutôt que de lui répondre avec des mots qui ne représenteront jamais assez ce que je ressens, je l'embrasse. Mon corps rencontre le sien comme s'ils étaient faits l'un pour l'autre et nos langues se trouvent, les mains de Pothos s'accrochant à mon jean.

– Si tu savais comme j'ai envie de toi, susurré-je.

Je frissonne lorsque ses doigts descendent sur mes cuisses, et je passe une main sous le tissu de son tee-shirt pour caresser son ventre. Avant que nous n'allions plus loin, un rire résonne dans le jardin, et je m'écarte en observant tout autour de nous, le souffle court. *Qu'est-ce que c'est ?*

– C'est l'esprit des nymphes qui nous épie, explique Pothos. Elles ne font pas de mal, elles ne peuvent même pas communiquer avec nous.

Je pose à nouveau les yeux sur lui, mon visage toujours près du sien, nos respirations mêlées. Il me sourit avec douceur, et j'ai enfin l'impression de retrouver celui dont je suis tombée amoureuse, ce dieu espiègle et plein de vie.

– Je croyais que tu n'étais pas romantique ? Parce que je trouve que ta proposition l'est…

Il grommelle, mais je vois bien qu'il contient son hilarité.

– Je ne suis pas romantique, je suis réaliste.

– Ça y ressemble drôlement, pourtant.

J'éclate de rire alors qu'il continue de râler. Les événements de ces derniers jours m'ont donné l'impression de me perdre. J'ai perdu mes repères, ma vie a changé sans que je m'y attende… Pourtant, je pense avoir trouvé une nouvelle ancre à mon existence.

– Alors ? Concernant ma proposition ? insiste Pothos.

– Ce ne sera pas un oui…

Pothos se décompose, la panique lisible dans ses yeux bleus. Je pose bien vite une main sur son torse, là où son cœur bat, puis je viens me blottir dans ses bras sous son regard soucieux.

– Ce sera une centaine de oui. Autant de fois que tu me poseras la question, soufflé-je tout près de ses lèvres. Je te suis, n'importe où.

Il lâche un soupir libérateur, avant de m'embrasser. Ses mains agrippent fermement mes hanches, et je laisse échapper un gémissement lorsqu'il mord ma lèvre. Je me fous d'être au beau milieu des jardins olympiens, que des dieux nous surveillent ou je ne sais quoi d'autre… Tout ce qui compte à cet instant, c'est nous.

Le regard de Pothos est brillant, sûrement autant que le mien, et il vient essuyer une larme qui roule le long de ma joue alors que je ne cesse de sourire, déployant ses ailes pour nous ramener sur Terre.

Pothos est arrivé dans ma vie au moment où je croyais que tout était parfait. Sans le savoir, il m'a montré à quel point mon quotidien était sans grand intérêt. Il m'a montré comment profiter différemment, comment aimer passionnément, et ça n'a pas de prix. J'ignore de quoi demain sera fait, les épreuves que nous devrons traverser, mais je suis certaine d'une chose : nous aurons l'éternité pour les surmonter. Nous serons ensemble, aucune limite ne pourra entraver notre bonheur, pas même l'Olympe.

ÉPILOGUE

POTHOS

Deux mois plus tard

Je dépose délicatement Thalya au centre du site archéologique, simplement illuminé par les lumières de la nuit. C'est la dernière étape de notre voyage, avant de rentrer quelques jours à Seattle pour qu'elle puisse fêter l'embauche de son meilleur ami et le réconforter après sa rupture avec Grace. Un dernier moment de bonheur pur. J'avais hâte de lui faire enfin découvrir cet endroit dont elle rêve depuis si longtemps.

Je souris alors que Thalya se précipite dans l'herbe, aussi enthousiaste que lorsqu'elle a découvert la véracité de la mythologie. Je savais que venir ici la rendrait dingue… Après avoir visité Paris et Rome, je me suis enfin décidé à emmener Thalya à Athènes, et je crois que je ne pouvais pas lui faire plus plaisir. J'ai fait le choix de la visiter de nuit pour qu'elle puisse profiter pleinement, sans touristes, et j'ai eu raison. Son visage rayonnant vaut toutes les divinités de mon monde. C'est ce que je préfère depuis que nous avons commencé à voyager : la voir s'émerveiller de chaque petite chose. Je redécouvre la Terre à travers ses yeux, et cette fraîcheur répare peu à peu mon cœur. Je le sens, bientôt, il sera entièrement réparé à force de battre pour Thalya.

Je m'approche d'elle jusqu'à pouvoir me caler dans son dos, puis je dépose mes mains sur son ventre avant de lui déposer un baiser dans le cou.

– Tu vois ce temple ? chuchoté-je tout près de son oreille en désignant le Parthénon.

Elle acquiesce avant de se laisser aller contre mon torse. Le Parthénon est la pièce majeure de l'Acropole d'Athènes, que j'ai personnellement vu construire et s'écrouler. J'aime pouvoir lui raconter des histoires qu'elle n'entendra que de ma bouche.

– Tu le sais, il a été érigé pour Athéna, à la suite de l'anéantissement du précédent. Cependant, les humains ont mis cette destruction sur le dos des Perses alors qu'en réalité c'est la déesse elle-même qui en est à l'origine. Elle le détestait…

Thalya se retourne vivement vers moi, un sourire moqueur aux lèvres. Je suis certain qu'elle ne s'attendait pas à cela. Pourtant, Athéna est loin d'être la déesse la plus placide.

– Sérieusement ? Et personne ne l'a jamais su ?

– Je pense que tu es bien placée pour savoir que si l'Olympe ne veut pas que ça se sache, ça ne se saura pas, ricané-je.

Je n'ai pas besoin de préciser pour qu'elle aussi fasse le lien avec notre situation. Il y a deux mois, le conseil olympien aurait pu nous faire disparaître et faire en sorte que personne n'en sache rien s'il l'avait voulu… Pourtant, Thalya s'écarte de moi en haussant les épaules, comme si ce n'était qu'un détail.

– Peu importe leurs secrets, j'ai quelqu'un pour me les révéler, s'amuse-t-elle.

Je lâche un rire bref alors que Thalya avance d'un pas lent à travers les sentiers. Elle observe chaque élément avec émerveillement, avant de frôler la pierre illuminée du bout des doigts. Ce monument n'a plus rien de la splendeur d'antan. Et si, à première vue, je ne vois aucun intérêt à visiter ce genre de site, le faire avec Thalya a quelque chose de fascinant. Comme si elle touchait mon passé du doigt.

– Qui aurait cru qu'on en serait là aujourd'hui ? À découvrir le monde ? murmure-t-elle en observant le haut du Parthénon.

Je souris avant de venir lui prendre les hanches.

– Tu veux monter ? proposé-je.

Elle me jette une œillade excitée.

– On peut ?

– Nous sommes entrés illégalement sur un site historique… Est-ce qu'on en a vraiment quelque chose à faire ?

Elle rit avant de s'accrocher fermement à moi, à présent habituée à voler. Elle enroule ses jambes autour de mes hanches alors que mes ailes se déploient, et je halète lorsque ses doigts se perdent dans mes plumes. Je crois que c'est ce que je préfère… Lui faire découvrir une partie de moi que personne ne connaît vraiment, et lui montrer des chemins qu'elle n'aurait jamais pu atteindre seule.

En un battement d'ailes, je l'emmène au sommet des ruines du temple. Une fois en haut, Thalya lâche un son admiratif devant l'Acropole illuminée par les étoiles.

– Je… Waouh. Est-ce qu'on peut rester ici pour toujours ?

Je hausse un sourcil.

– Est-ce que c'est une façon de me dire que tu acceptes ma demande d'union ?

Elle tourne la tête vers moi, les lèvres pincées. Je ne suis pas près d'obtenir un oui. Ce n'est pas grave, je continue d'espérer.

– Toujours pas. Mais bien tenté.

Elle encercle ma taille de ses bras avant de déposer sa joue contre mon torse. De l'extérieur, cela ressemble à une simple étreinte, pourtant je sais qu'elle cherche les battements de mon cœur pour s'assurer que je vais bien. Elle n'a pas encore compris que du moment que je suis avec elle, les choses iront nécessairement mieux. C'est un rêve inespéré.

REMERCIEMENTS

Quand j'ai commencé à écrire *Gods Of Love*, c'était censé être un one-shot. Je vous assure : ce n'était pas dans mes plans d'écrire la suite ! Et puis j'ai eu une idée… Et je me suis dit, pourquoi pas ? Quand j'en ai parlé à mon éditrice, je m'attendais tellement à un « super, bonne idée ! ». Mais non. Elle m'a dit : « Ce n'était pas prévu à la base ? » J'ai compris qu'il n'y avait que moi qui n'y avais pas pensé !

Alors me voilà aujourd'hui à écrire ces remerciements pour l'histoire de Pothos, et j'ai bien du mal à prendre conscience que ce roman est entre vos mains. J'ai même du mal à me rendre compte que cette histoire existe ! J'ai tellement de personnes à remercier pour ça.

Premièrement, et pour moi le plus important, merci à mon éditrice. Une bonne partie des remerciements sont pour toi, Marie, parce que ce roman ne serait pas pareil sans toi, et mon écriture non plus. Merci pour tous les conseils que tu m'as donnés, pour toutes mes idées parfois délirantes que tu m'as aidée à développer. Merci d'avoir cru en *Gods Of Love*. Cette aventure ne serait pas la même sans toi, et tant que tu n'en as pas marre de moi, j'espère qu'on continuera à travailler ensemble.

Ensuite, merci à Dahlia. Merci d'être là depuis le tout début, et d'avoir cru en Pothos parfois plus que moi ! Je suis heureuse de partager tout ça avec toi.

Merci à la FrenchTeam d'être si bienveillante, vous rendez cette aventure encore plus merveilleuse ! Je vous aime, les filles.

Merci à ma famille d'être présente pour moi chaque jour. Merci à mes parents de supporter mon écriture (et moi, au passage, quand je m'agace contre mes personnages), de croire en moi. Merci à mes frères, à mon grand-père qui lit chacun de mes romans, à ma tante et mes cousin(e)s d'être toujours là. Merci pour tout. J'ai une chance incroyable de vous avoir.

Merci à tous mes amis pour leur soutien indéfectible. Anne-Sophie, Adélie et Victor, merci d'être présents chaque jour. Merci Camille d'avoir pris tous mes cours pour me permettre d'écrire pendant certains CM (tout en écoutant – je sais que mes profs risquent de lire ça, je vous jure que je suis attentive). Merci à Sam, Lyla, Laurène, Éloïse, Énola, Chloé… Bref, merci à chacune de mes amies, merci de me permettre d'être dans vos vies, et merci d'être dans la mienne.

Enfin, merci à tous les lecteurs qui m'ont suivie, qui me suivent, et qui me suivront. Merci de donner une chance à mes romans, merci de leur permettre de vivre à travers vos lectures.

Composition et mise en pages
Nord Compo à Villeneuve-d'Ascq